rororo

Astrid Fritz studierte Germanistik und Romanistik in München, Avignon und Freiburg. Als Fachredakteurin arbeitete sie anschließend in Darmstadt und Freiburg und verbrachte mit ihrer Familie drei Jahre in Santiago de Chile. Heute lebt Astrid Fritz in der Nähe von Stuttgart.

«Ein Lesevergnügen.» (Frankfurter Neue Presse über «Das Siechenhaus»)

«Ein packendes Buch.» (Ruhr Nachrichten über «Unter dem Banner des Kreuzes»)

«Kein Buch für schwache Nerven, wohl aber ein in vielerlei Hinsicht eindrucksvoller Roman.» (Der Westen über «Henkersmarie»)

Tod im Höllental

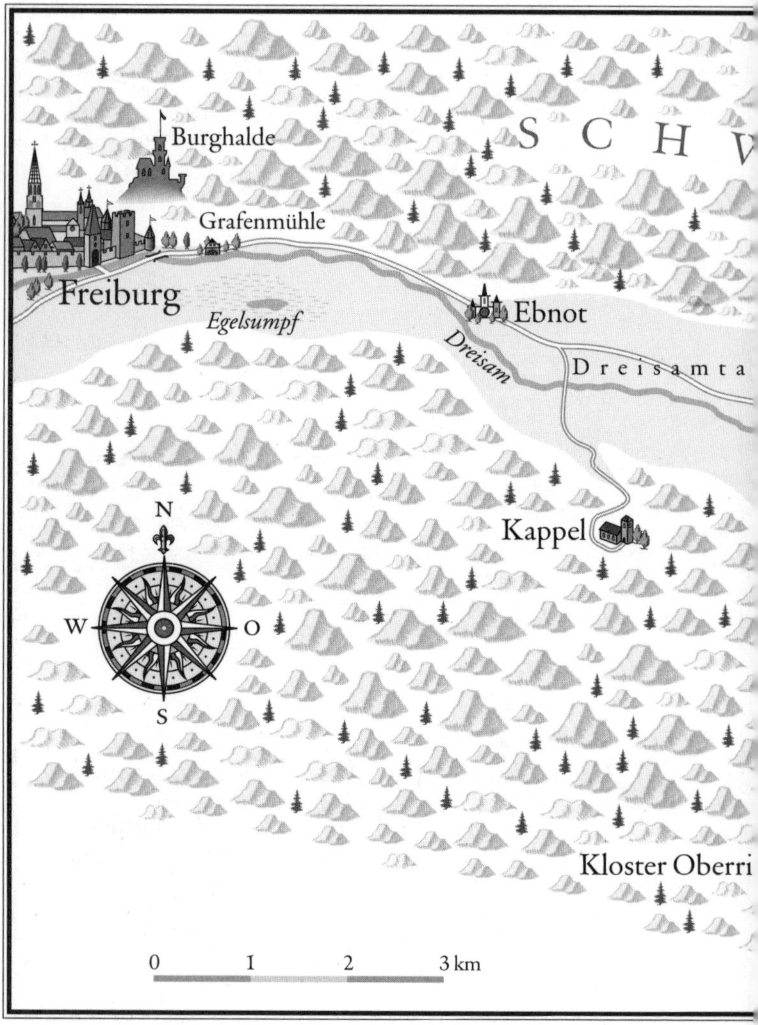
Burghalde
S C H W
Grafenmühle
Freiburg
Egelsumpf
Ebnot
Dreisam
D r e i s a m t a
N
Kappel
W
O
S
Kloster Oberri
0
1
2
3 km

Weg zur Höllenschlucht
RZWALD
nach St. Märgen
Zarten
Wagensteigbach
Kirchzarten
Wiesneck
Wagensteige
Rotbach
Himmelreich
Schafspferch
Warte
(Wachturm)
Ruine
Falkenstein
Hennis Schenke
Köhlerhütte
Höllen-
schlucht
Falkensteiner
Steige
nach Neuenstadt

Dramatis Personae

Die Hauptpersonen

SERAFINA STADLERIN: Mit ihren etwas über dreißig Jahren ist sie zwar schon reiferen Alters, doch das tut ihrer unerschrockenen Neugier keinen Abbruch: Wo immer es in ihrer neuen Heimatstadt Freiburg nicht mit rechten Dingen zugeht, steckt sie vorwitzig ihre Nase hinein. Nicht einmal die bevorstehende Hochzeit mit ihrer großen Liebe Adalbert Achaz kann sie davon abhalten, auf Spurensuche zu gehen. Zumal, wenn es um ihre Beginenschwestern geht, mit denen sie eine wunderbare Zeit verbracht hat

ADALBERT ACHAZ: Studierter Medicus, Freiburger Stadtarzt und mittlerweile auch Ratsherr. Er stellt ein stattliches Mannsbild dar, hat aber allzu lange als einsamer Wolf mit seiner alten Magd Irmla zusammengelebt. So hat es denn auch geraume Zeit gebraucht, bis er sich mit seiner Liebe zur Begine Serafina nicht mehr selbst im Wege stand. Die letzten Tage vor der ersehnten Hochzeit hätte er sich allerdings anders gewünscht

VITUS: Der mehr oder weniger heimliche Sohn von Serafina. Für diesmal darf der Siebzehnjährige, der mit der Straßburger Compania als Gaukler durch die Lande zieht, unter den Hauptfiguren aufgeführt werden, da er einen großen Auftritt hat und mannigfache Talente beweist

Die Schwesternsammlung zu Sankt Christoffel

MUTTER CATHARINA: Hält als strenge, aber mütterlich-gerechte Meisterin Aufsicht über die Ordnung des kleinen Konvents und macht sich zu dessen Wohl sogar auf eine höchst gefährliche Wanderschaft. Wie Serafina hat auch sie ihr kleines Geheimnis im früheren Leben, allerdings ist ihr weniger Glück in Sachen Liebe beschieden. Auch wenn sie ihrem Glück in diesem Fall ganz, ganz nahe kommt

GRETHE: Die Jüngste im Bunde. Fröhlich, großherzig und allem zugetan, was mit Kochen, Backen und vor allem Essen zu tun hat, wie ihrem rundlichen Leibesumfang deutlich anzusehen ist. Für Serafina ist sie schnell zur guten Freundin geworden und fast immer zur Stelle, wenn es brenzlig wird

HEDWIG VON ÜSENBERG: Reichlich undurchsichtiger Neuzugang aus einem Basler Damenstift. Die ebenso vornehme wie frömmlerische Frau um die vierzig, Spross eines im Mannesstamm erloschenen Adelsgeschlechtes, hat ihre besten Zeiten hinter sich und lässt sich auf eine höchst verhängnisvolle Affäre ein

HEILTRUD: Sie gibt sich zumeist sauertöpfisch und hartgesotten, doch Serafina weiß längst, wie man sie zu nehmen hat

DIE ALTE METTE: Ein kränkliches Persönchen, das sich als Magd krumm und bucklig geschuftet hat. Darf jetzt ihren Lebensabend mit leichteren Arbeiten wie Kerzenziehen gestalten

BRIDA VON STÜHLINGEN: Die verwöhnte junge Halbwaise aus einem verarmten Rittergeschlecht war gegen ihren Willen bei den Beginen gelandet, hat sich aber wider Erwarten bestens eingelebt

MISCHLINGSHÜNDCHEN MICHEL: Einziges männliches Mitglied im Beginenhaus. Sobald es gefährlich wird, ist er mit dabei – wenn auch nicht immer an Serafinas Seite

Und zumindest bis zum Anfang unseres Abenteuers gehört natürlich auch SERAFINA dazu – siehe oben

Der Freundeskreis

BRUDER MATTHÄUS: Prior der Wilhelmiten-Mönche. Der offenherzige Mann ist ein alter und vor allem guter Bekannter von Meisterin Catharina. Ihr zuliebe nimmt er jede Gefahr auf sich

IRMLA: Adalbert Achaz' bärbeißige alte Magd, die auch mal äußerst laut werden kann. Aus rauem Holz geschnitzt, ihrem Dienstherrn dafür umso treuer ergeben. Erstaunlicherweise hat Serafina es dennoch geschafft, ihr Herz zu gewinnen

Ratsherr Laurenz Wetzstein: Zunftmeister der Bäcker und gemeinsam mit seiner Frau Unterstützer der Christoffelsschwestern. Der besonnene, schmerbauchige kleine Mann ist für Serafina und Achaz ein Fels in der Brandung, wenn den übrigen Freiburger Ratsherren wieder einmal nicht zu trauen ist

Kräuterfrau Gisla: Noch fit im hohen Alter dank ihrer Kräutertränke. Spielt diesmal nur im Hintergrund mit: Sie soll Serafina bei ihrem Herzenswunsch unterstützen

Gallus Sackpfeiffer: Dass der oberste Stadtbüttel, bislang eher ein grober Klotz und nicht gerade höflich im Umgang mit Serafina, hier nun unter dem Freundeskreis aufgeführt wird, ist zwar verwunderlich, aber dennoch kein Druckfehler

Freiburger Ratsherren

Andreas Schneehas: Der Silberkrämer, den Beginen alles andere als wohlgesonnen, hat große Pläne für die Stadt Freiburg. Allzu blauäugig glaubt er dabei, leichtes Spiel zu haben

Ratsherr Pfefferkorn: Der aus Band 1 wohlbekannte Kaufherr gibt sich wiederum alle Mühe, ein gutes Wort für die Beginen einzulegen – und tut es wiederum vorerst vergeblich

METZGERMEISTER EBERHART GRIESWIRTH: Der dicke Mensch, mit seinen Zipperlein einer der Dauerpatienten des Stadtarztes, knickt allzu schnell ein im Beginenstreit

SEILERMEISTER PONGRATZ: Vom Altgesellen zum Seilermeister aufgestiegen und sogar in den Magistrat gewählt. Als Nachbar der Christoffelsschwestern ein stets verlässlicher Freund, der im Gegensatz zum dicken Grieswirth standhaft bleibt

APOTHEKER JOHANS: Der Stadtapotheker hat allen Grund, Serafinas Heirat mit Achaz mit Misstrauen zu beobachten

GOLDSCHMIEDEMEISTER QUINTLIN: Hatte für die Freiburger Beginen noch nie viel übrig und schlägt sich daher gern auf Silberkrämer Schneehas' Seite

LAURENZ WETZSTEIN: siehe oben

Mitspieler, bei denen Vorsicht geboten ist

ELISABETH MARSCHELKIN: Geschäftstüchtige Meisterin der Lämmlein-Schwestern, welche sich hauptsächlich durch ihren Gewerbefleiß im Spinnen und Weben hervortun. Zeigt sich nicht eben hilfsbereit, als man ihre Unterstützung braucht, obwohl es auch ihrer Sammlung an den Kragen geht

WANDERMÖNCH BRUDER THOMAS: Der dickliche

Hassprediger aus Basel bringt die Sache überhaupt erst ins Rollen, hat den Ausgang aber mit Sicherheit falsch eingeschätzt

DESSEN SCHOLAR: Der junge Gelehrte ist seinem Herrn wie ein Hündchen ergeben, verplappert sich aber gern einmal

KÖHLERVATER RUPERT: Der eher einfältige Riese lässt sich auf die falschen Freunde ein, bis er aus dem Schlamassel, den er angerichtet hat, nicht mehr herausfindet

ALTE KÖHLERFRAU: Das verlotterte alte Weib von Rupert will endlich aus ihrer verlotterten alten Köhlerhütte heraus. Für eine gute Milchkuh und schöne Kleider ist sie zu allem bereit

KÖHLERSOHN KLEWI: Ist ganz nach seiner Mutter geraten und macht den Fehler, Serafinas Hund zu nahe zu kommen

GASTWIRT HENNI: Der kahlköpfige Wirt aus dem Höllental tut sich als zweifelhafter Braumeister hervor

ENDRES: Ehemaliger Gefängniswärter im Christoffelsturm. War ihm einst seine Spielsucht fast zum Verhängnis geworden, hat er nun seinen Hang zu großem Theater entdeckt

In kleineren, dennoch wichtigen Rollen

PRINZIPAL DON GIACOMO: Leiter der Straßburger Compania, Brotherr von Vitus und Vater einer bildschönen Tochter

MÜNSTERPFARRER HEINRICH SWARTZ: Er soll dem Brautpaar seinen Segen spenden – sofern es denn überhaupt zur Hochzeit kommt

WUNDARZT MEISTER HENSLIN: Dieser eher farblose Mensch ist, als es darauf ankommt, mit seinem Latein leider am Ende

GOTTSCHALK, DER STADTBOTE: Der weitschweifige Umstandskrämer springt am Ende noch über seinen eigenen Schatten

KAMMMACHER BERTSCHIS WEIB: Bei ihr hat die Beginenhetze schon Früchte getragen – sie will nichts gesehen noch gehört haben

Historische Mitspieler am Rande

DIE FALKENSTEINER SIPPSCHAFT: Von Ritter Kuno erfahren die Leser eine gar rührende Geschichte, dessen Raubritter-Nachfahren hingegen haben sich weniger mit Ruhm bekleckert. Immerhin stellen sie ihre Burg (Ende 1388 von den erbosten Freiburgern zur Ruine geschleift) als Schauplatz für dieses Abenteuer zur Verfügung

SCHULTHEISS PAULUS VON RIEHEN: Entstammt

einem der vornehmen Freiburger Geschlechter und war 1415 bis 1419 Schultheiß der Stadt, also das vom Landesherrn eingesetzte Gerichts- und Stadtoberhaupt

Abrecht von Kippenheim: Ebenfalls ein Spross der Vornehmen, war einer der jährlich vom Rat gewählten Bürgermeister der Stadt

Johans von Gloter: Ob der Freiburger Stadt- und Kanzleischreiber von Gloter, der zeitweise auch das Amt des Bürgermeisters innehatte, tatsächlich der Völlerei gefrönt hat, ist nicht belegt. Wie alle Männer, die dieses Amt ausübten, war er aber mit Sicherheit höchst gebildet

Die Snewlin-Sippe: Diese weitverzweigte, steinreiche und einflussreiche Familie gehörte sozusagen zum Freiburger Hochadel und besetzte immer wieder die höchsten Ämter der Stadt

Fürstbischof von Basel: Der aus burgundischem Adel stammende Humbert von Neuenburg war von 1395 bis 1417 Bischof und Territorialherr zu Basel. Historisch tat er sich unrühmlich hervor, indem er zwischen 1405 und 1410 die Basler Beginen enteignete und aus seinem Fürstbistum vertrieb

Fürstbischof von Konstanz: Der bau- und ausgabefreudige Otto von Hachberg war von 1410 bis 1434 Fürstbischof von Konstanz. Zudem Gastgeber des Konstanzer Konzils, einer Versammlung der Kirchenoberen mit dem Ziel, dem höchst misslichen Zustand von drei Päpsten gleichzeitig ein Ende zu setzen

Prolog

»Und so frage ich euch«, finster schweifte der Blick des Predigers über die Handvoll Zuhörer, »warum sich dieses Beginengesindel nicht unserer heiligen römischen Kirche und der städtischen Obrigkeit unterordnen will.«

Der dickliche Mann Gottes, der da auf der Treppe zur Spitalkirche die Faust in die Höhe reckte, trug die schwarzweiße Ordenstracht der Dominikanermönche. Zwei Stufen unter ihm hielt sein junger Begleiter ein silbernes Kruzifix vor die Brust, als wolle er drohenden Schadenszauber abwehren.

«Ich will es euch sagen», donnerte der Wandermönch erneut los. «Weil sie ketzerischen Lehren frönen! Heimlich, bei sich zu Hause, aber auch offen in euren Häusern. Hier in Freiburg, mitten unter euch! Sie nennen sich Regelschwestern, Willige Arme Schwestern, aber es sind Abtrünnige, ketzerische Weibspersonen, die ohne jegliche Kontrolle männlicher und geistlicher Autorität in ihren Sammlungen gotteslästerliche Riten pflegen.»

«So lasst doch die lieben Schwestern in Ruh!», rief ein älterer Bürgersmann. «Sie tun mehr Gutes als jede Klosterfrau.» – «Recht hat er, der Heinzmann. Wer sonst kümmert sich um die Armen, Kranken und Sterbenden?»

«Oh, wie lasst ihr euch da blenden.» Die Stimme des Predigers wurde schärfer. «Nicht um zu helfen, kommen sie in eure Häuser, sondern euch zu verführen. Gewiss, sie tragen eine Tracht wie Ordensfrauen und führen das Wort Gottes im Munde, aber sie sind weltlich wie ihr, bloß dass sie nicht von ihrer Hände Arbeit leben, sondern gleich elenden Schmarotzern von *euren* Almosen!»

Der Markt auf der Großen Gass war inzwischen zu Ende gegangen, und dem Häuflein an Zuhörern hatten sich ein paar mehr Neugierige angeschlossen. Eine Greisin reckte bei den letzten Worten erbost den Hals:

«Das ist Verleumdung! Die Christoffelsschwestern haben meine arme alte Schwester im Tode gepflegt! Wer seid Ihr überhaupt, dass Ihr hier so große Reden schwingt?»

Der Prediger beachtete sie nicht. Ungerührt fuhr er fort:

«Warum also weigern sich diese falschen Schwestern, das Gelübde abzulegen, auf ihr Eigentum zu verzichten und einer Ordensregel zu folgen? Ich will es euch sagen: Weil sie den Pfad der Demut, der Buße und des Gehorsams verlassen haben. Mehr noch: Ihr Geist ist verwirrt! Sie verbreiten Lügen über die Heiligste Dreifaltigkeit, über die göttliche Wesenheit und über die Sakramente der Kirche. Hängen der ketzerischen Lehre von Sündlosigkeit und Gottgleichheit des Menschen an, maßen sich an, predigen zu dürfen und sich gegenseitig die Beichte abzunehmen. Schlimmer noch: Unter dem Deckmantel der Fürsorge verrichten sie in euren Häusern Priesterdienste, wie uns zu Ohren gekommen ist, sehen sich selbst als Heilige an! Dabei sind diese Frauen des Teufels und gehören ausgemerzt wie seinerzeit in meiner Heimatstadt Basel.»

Kapitel 1

«Es darf wirklich kosten, was es wolle?», fragte Grethe zum wiederholten Male. Sie saßen im Haus Zum Christoffel in der warmen Küche, vor sich auf dem Tisch eine Schiefertafel mit Griffel und Schwämmchen, auf der Serafina die Speisenfolge vermerkte, um beim Einkauf nur ja nichts zu vergessen. Draußen herrschte dichter Novembernebel, und vom Gang über den Markt hatte Grethe noch ganz rote Wangen.

Serafina lachte. «Aber ja doch.»

«Dann wisch nur alles wieder aus, was du geschrieben hast. Weißkohl und Rüben mit Bratwurst und Schweinsbraten – das mag für ein Sonntagsessen in unserer Sammlung gehen, nicht aber für ein Festbankett!»

«Nun ja», Serafina tat, wie ihr geheißen, «war ja nur ein Vorschlag. Dann schieß los.»

Ihre Freundin Grethe war nicht nur Küchenmeisterin der Christoffelsschwestern, sondern auch eine ausgemachte Feinschmeckerin, wie man ihrer rundlichen Gestalt ansehen konnte. Am besten würde Serafina ihr die Speiseplanung uneingeschränkt überlassen und sich selbst auf die Gestaltung des Tischschmucks beschränken. Vor ihrem inneren Auge sah sie bereits mit weißem Linnen eingedeckte Tafeln, auf denen Sträußchen aus Herbstlaub und Hagebutten verteilt waren.

Grethes rosiges Gesicht mit dem Herzchenmund strahlte. «Gut. Ich denke an sieben Gänge, dazu ausreichend feines Herrenbrot. Einverstanden?»

«Mehr als sieben Gänge wär auch nur dem Ritterstand erlaubt. Aber einverstanden. Die Sieben ist eine gute Zahl – die sieben Sakramente, die sieben Tage der Schöpfung …»

«Und die sieben Todsünden, allen voran die Völlerei», feixte Grethe. «Alsdann würde ich sagen: Vorweg eine Eiersuppe mit Honig und Rosinen, dann Grünkraut mit Bratwürsten für den ersten großen Hunger – nein, das lassen wir weg, das ist zu bäurisch. Besser Sulz von jungen Spanferkeln auf Linsen in süßsaurer Tunke.»

«Nicht so schnell, ich komm kaum hinterher.»

Ein wenig langsamer, doch ohne groß nachzudenken, fuhr Grethe fort:

«Zum Dritten: Pastete vom Wild in Ingwertunke. Zum Vierten: gebackenes weißes Ochsenfleisch auf gesüßten Pastinaken. Zum Fünften: gesottene Forellen mit eingelegten Flusskrebsen. Zum Sechsten: glasierter Kapaun mit Dörrpflaumen gefüllt. Und zum Abschluss etwas Süßes. Was hältst du von Anispfannkuchen und Mandeltörtchen?»

«Wunderbar!» Serafina schrieb die letzten Stichworte nieder. «Alles bestens, Grethe.»

«Und das wird wirklich nicht zu kostspielig?»

«Solange du nicht mit Blattgold überzogene Wachteln vorschlägst, wird Achaz mit allem einverstanden sein.»

«Was hast du nur für ein Glück mit diesem Mann, Serafina!»

Serafina lächelte. «Ja, das habe ich.»

Sie lehnte sich zurück und schloss für einen Augenblick die Augen. Ein freudiger Schauer fuhr ihr über den Rücken. In gut einer Woche, am Tag vor Martini, würde sie ihre Kutte ablegen und fortan die Frau des Stadtarztes sein. Vor den Zeugen der Hochzeitsgesellschaft würden sie sich das Jawort geben, zur Nacht dann würde Adalbert Achaz sie in sein Haus führen und am nächsten Morgen zum Münster Unserer Lieben Frau, damit Pfarrer Swartz ihre Ehe segnete.

Alles war in die Wege geleitet: Die Eheschließung vom Magistrat bewilligt, das öffentliche Aufgebot erfolgt, ihr Festtagsgewand bei Schneidermeister Rothenkopf in Auftrag gegeben. Auch mit dem Münsterpfarrer und dem Wirt des «Elephanten» hatten sie bereits alles besprochen. Den Zeitpunkt ihrer Hochzeit hatten sie mit Bedacht gewählt, denn mit Martini begann das sechswöchige Fasten der Adventszeit, das die Bürgersleute zwar allenfalls an den Freitagen einhielten, Serafinas Mitschwestern hingegen selbstredend sehr ernst nahmen.

Wie würde es wohl sein, an Achaz' Seite zu leben? Würde sie sich wohl fühlen als Ehefrau in einem solch feinen Bürgerhaus, in dem es an nichts mangelte und eine Magd für Behaglichkeit sorgte? Sie war in einem bescheidenen Häuschen auf dem Dorf aufgewachsen, inmitten einer großen Familie und schon als Kind mit vielerlei Aufgaben betraut, hatte dann als Dienstmagd in Radolfzell in einer Dachmansarde gehaust und in Konstanz schließlich, während einer nicht gerade ehrenhaften Zeit, zwei winzige Kammern im Haus Zum Blauen Mond bewohnt. Ihr schauderte, als sie an diese Zeit zurückdachte.

Auch hier, im Haus Zum Christoffel, war alles recht einfach, und seit Hedwigs Einzug teilte sie sich die Schlafkammer mit Grethe. Aber sie hatte sich längst daran gewöhnt, in enger Gemeinschaft mit anderen zu leben, und womöglich würde sie sich an Tagen, wo Achaz unterwegs war, recht einsam fühlen.

Die Meisterin, die jetzt den Kopf durch die offene Küchentür streckte, riss sie aus ihren Gedanken.

«Serafina, könntest du für Mette nachher den Dienst in der Elendenherberge übernehmen? Ihr ist wieder einmal die Hex ins Kreuz gefahren.»

«Die Arme. Aber wäre heut nicht das Regelhaus der Thurnerin an der Reihe?»

Die Elendenherberge war eine Einrichtung in der Neuburgvorstadt. Im Wechsel mit den Thurnerin-Schwestern, die dem Prior der Dominikaner unterstanden, kümmerten sich die Beginen dort um Pilger, bedürftige Wanderer und die ärmsten der Freiburger Hausarmen, sie beteten und sangen mit ihnen, wechselten Verbände oder trugen Salben auf, wenn es denn nötig war.

Mutter Catharina schüttelte den Kopf.

«Nein, wir haben doch getauscht, hast du das vergessen?» Sie lachte leise, und auf ihren Wangen zeichneten sich zwei tiefe Grübchen ab. «Kein Wunder. In Gedanken bist du wohl schon ganz bei deiner Hochzeit. Nun denn, in etwa einer Stunde brechen wir auf.»

Als sie in Richtung ihrer kleinen Schreibstube verschwunden war, sagte Grethe: «Ich glaube, sie nimmt es sehr schwer, dass du uns verlässt, auch wenn sie's nicht zeigt. Erst recht, wo sie dich so gern als ihre Nachfolgerin gesehen hätte bei der letzten Meisterinnenwahl.»

«Ich weiß. Aber ich wäre als Meisterin sowieso nicht geeignet gewesen. – Jetzt schau mich nicht so betrübt an.»

«Mich hat's halt auch traurig gemacht, als du es uns gesagt hattest. Und ich bin's immer noch.»

«Ach, Grethe!» Serafina umarmte ihre Freundin. «Von hier bis zum Haus Zum Pilger ist's ein Katzensprung. Wir werden uns sehen, so oft es passt, und außerdem werde ich mit euch weiterhin die Frühmesse bei den Barfüßern besuchen, wo das doch sozusagen vor der Haustür ist.»

Dabei würde auch ihr der Abschied schwerfallen. Über eineinhalb Jahre lang hatte sie mit diesen Frauen in tiefer Verbundenheit gelebt – mit Frauen, die unterschiedlicher nicht sein konnten. Da war die mütterliche, herzenswarme Catharina, die nun erneut zur Meisterin gewählt worden war, auch wenn dies nach der Hausregel nur in Ausnahmefällen erlaubt war; dann die alte Mette, die trotz ihrer Gebrechen niemals klagte und mit ihrer Kerzenwerkstatt ganz erheblich zum Unterhalt des Hauses beitrug; die hinkende Heiltrud, die zwar ein mürrisches Wesen, aber einen weichen Kern hatte; die verwöhnte junge Brida, die nach langem Anlauf nun doch in ihre Gemeinschaft gefunden hatte; und schließlich die lebenslustige Grethe, die Köchin, mit der man Pferde stehlen konnte. Trotz des Altersunterschieds waren sie und Serafina beide sehr schnell zu engen Freundinnen geworden.

In jüngster Zeit war noch Hedwig von Üsenberg hinzugekommen, eine vornehme Frau um die vierzig. Sie entstammte einem im Mannesstamm erloschenen Adelsgeschlecht und mochte früher eine Schönheit gewesen sein mit ihren großen, dunklen Augen und den vollen Lippen. Jetzt indessen wirkte ihr faltiges, graues Gesicht verlebt, ihre Stimme war rau wie die eines Mannsbildes. In ihrem frömmlerischen Gebaren erinnerte sie an die junge Adelheid und deren Hang zu geheimnisvollen Gotteserfahrungen, was ihrer Gemeinschaft einmal fast zum Verhängnis geworden wäre. Hedwig war zwar längst nicht so belesen wie Adelheid, die inzwischen bei den Dominikanerinnen im Kloster Adelhausen lebte, dafür hielt sie sich streng an das Psalmwort «Siebenmal am Tag singe ich dein Lob, und nachts stehe ich auf, um dich zu preisen»: Bei jeder Gelegenheit fiel sie auf die Knie, um zwanzig Paternoster mit den Ave-Maria zu sprechen. Obendrein hatte sie, genau wie Adelheid, Mühsal und Arbeit nicht gerade erfunden. Aber wer weiß, vielleicht mochte auch sie bald eine echte Christoffelsschwester abgeben – bei Brida hätte es schließlich auch keiner gedacht.

Grethe wischte sich über die Augen. «Hast recht, bist ja nicht aus der Welt. Sag mal, was bekommst du eigentlich als Brautgabe von Achaz?»

«Ach, eigentlich wollte ich gar nichts haben. Aber dann ist mir doch ein Wunsch eingefallen: dass ich nämlich im Haus Zum Pilger meine kleine Apotheke weiterführen möchte. Du verstehst schon – für euch und alle Bedürftigen in der Stadt. Die Meisterin würde mir das Kräuterbeet im Garten überlassen, und unsere gute alte Gisla würde mich mit ihren

Wildkräutern unterstützen. Und mir mit ihrer Erfahrung weiterhin zur Seite stehen.»

«Und was hat der Stadtarzt dazu gesagt?»

«Er hat die Arme zum Himmel gereckt und gerufen: ‹Bei den heiligen Brüdern Cosmas und Damian – nur das nicht!›», grinste Serafina.

«Im Ernst?»

«Das war ein Scherz, du kennst ihn doch. Er will sich jedenfalls beim Magistrat dafür einsetzen. Hoffen wir das Beste.»

Ihr Blick fiel auf die Schiefertafel, und sie musste plötzlich kichern wie ein junges Mädchen. Über die süßsauren Linsen würde Achaz nicht gerade begeistert sein – zu kalt für diese Jahreszeit. Im Geiste hörte sie ihn in seinem bedächtigen Gelehrtenton aus irgendeiner seiner Schriften dozieren:

«So möge man im Winter, der als feucht und kalt gilt, möglichst viel essen und möglichst wenig trinken, um den Körper warm und trocken zu halten. Nach dem Prinzip *Contraria contrariis curantur* sollten daher bei kühlem Wetter Speisen mit den Beschaffenheiten heiß und trocken gegessen werden, wie etwa der Knoblauch, der Anis oder die Petersilie.»

«Warum lachst du?», fragte Grethe.

«Ich musste nur eben an Achaz denken. Vielleicht solltest du noch an eines der Gerichte Knoblauch oder Petersilie tun.»

«Meinetwegen. Wobei ich Knoblauch nicht besonders mag. Was ist eigentlich mit Musik und Tanz? Hast du dich schon um Spielleute gekümmert?»

«Nein, warum auch? Schließlich kommt Vitus mit seiner Gauklertruppe zum Martinimarkt nach Freiburg.»

«Stimmt!» Grethe schlug sich gegen die Stirn und grinste breit. «Deshalb habt ihr ja auch ein halbes Jahr gewartet mit eurer Hochzeit. Ich wette, Achaz hätte dich am liebsten gleich vom Fleck weg geheiratet. Ich hab ja von Anfang an gemerkt, dass der Stadtarzt bis über beide Ohren verliebt in dich war.»

Sie schlug Serafina auf die Schulter.

«Ich an deiner Stelle hätt nicht so lang gewartet – kannst froh sein, dass dich in deinem Alter überhaupt noch einer nimmt», sagte sie neckend.

«Werd nicht frech, du Küken. Mit knapp über dreißig bin ich schließlich noch keine Greisin.»

Wobei Grethe natürlich recht hatte. Sie hätten längst geheiratet, wenn es ihr nicht so überaus wichtig gewesen wäre, dass Vitus mit dabei war, ihr inzwischen erwachsener Sohn, der mit seiner Straßburger Compania durch die Lande zog und den sie vor den anderen als ihr Paten- und Schwesterkind ausgab. Außer Grethe, der Meisterin und Achaz wusste nämlich niemand um ihre unrühmliche Vergangenheit.

Als sie Vitus kurz vor Ostern das letzte Mal gesehen hatte, auf dem Freiburger Frühjahrsmarkt, da hatten weder er noch sie geahnt, dass sie bald schon ihre Beginenkutte ablegen würde. Erst recht nicht, dass Stadtarzt Adalbert Achaz um ihre Hand anhalten würde. Jetzt hoffte sie inständig, dass die Gauklertruppe bald schon eintreffen und die vollen acht Tage des Jahrmarkts in der Stadt bleiben würde.

Sie schickte ein Stoßgebet zum Himmel. Bitte, lieber Gott, lass nichts dazwischenkommen und bring mir meinen Jungen zum Martinimarkt hierher.

Kapitel 2

Serafina und Grethe schraken auf, als es heftig gegen das Hoftor polterte und Michel, der Hund, zu bellen begann. Sie streckten den Kopf zum Fenster hinaus, doch in dem Nebel war niemand zu erkennen. Als sie den mannshoch ummauerten Hof betraten, stand Heiltrud schon am Tor.

«Wer macht da solch einen Lärm?», schimpfte sie und scheuchte ein Huhn zur Seite.

«Ich bin's, der Ponkratz!» Die Stimme klang aufgeregt. «Ich muss euch was zeigen.»

Heiltrud schob den schweren Riegel zurück, und sie traten hinaus auf das menschenleere Brunnengässlein. Hinter den allseits geschlossenen Läden rundum hörte man gedämpft das Klappern, Hämmern und Klopfen der Handwerker, die in diesem schmalen Gässchen ihre Werkstätten hatten.

Ihr freundlicher Nachbar von schräg gegenüber, der sonst die Ruhe selbst war, wirkte ganz und gar außer sich. Michel wedelte ihn mit seiner drollig nach oben geringelten Rute freudig an, doch für diesmal beachtete Pongratz ihn nicht. Er winkte die Frauen auf die Gasse hinaus.

«Seht euch das an, ihr lieben Schwestern.» Seine Hand zitterte, als er auf die Außenmauer deutete.

Serafina traute ihren Augen nicht. In blutroter Farbe hatte dort jemand das halb vollendete Wort «Ketzeri...» auf das Mauerwerk geschmiert.

«Was steht da?», fragte Heiltrud, die wie Grethe und die alte Mette kaum lesen und schreiben konnte.

«Da will uns wohl jemand als Ketzerinnen verleumden», murmelte die Meisterin und berührte den noch feucht glänzenden Schriftzug. Bis auf Brida, die heute Dienst im Heilig-Geist-Spital hatte, hatten sich inzwischen alle Beginen auf der Gasse versammelt und starrten nun ungläubig auf die Mauer.

«Was für eine Schweinerei!», stieß Grethe hervor, und Hedwig, die Neue, bekreuzigte sich, um sogleich mit zusammengelegten Händen ein Gebet zu murmeln.

Heiltrud stemmte wütend die Arme in die Seite. «Du sagst es. Das ist frisches Schweineblut. Hol Schwamm und Schrubber und einen Eimer mit Wasser! Wir müssen das sofort wegmachen.»

Grethe verschwand, für diesmal ohne gegen Heiltruds Befehlston aufzumucken.

«Geh du nur wieder hinein, Mette», beschied die Meisterin. «Die feuchte Kälte tut deinem Rücken nicht gut.»

Dann wandte sie sich an Pongratz. «Habt Ihr irgendjemanden gesehen?»

«Das schon, aber nicht erkannt. Ich hatte gerade meine Handkarre aus dem Tor gezogen, als sich jemand im Nebel an eurer Mauer zu schaffen machte. Ich hab dann laut gerufen ‹He, was soll das?›, und dann ist die Person davongerannt in Richtung Sattelgasse.»

«Also habt Ihr sie nicht erkannt.»

«Nein. Wie auch bei diesem Nebel? Es war jemand in langem Mantel und Kapuze, wie die meisten bei diesem Wetter.»

«Dann ist Euch nichts Besonderes aufgefallen?»

Pongratz zuckte die Schultern.

«Dem flinken Gang nach war es ein junger Mann. Vielleicht auch ein Weib, ganz sicher bin ich mir nicht.»

«Was für ein Frevel!», ließ sich Hedwig lautstark vernehmen, nachdem sie ihr Gebet vollendet hatte, und rollte empört mit den Augen. «Uns vor aller Welt der Ketzerei zu verdächtigen. Das müssen wir umgehend dem Rat melden.»

«Überlass das am besten unserer Meisterin», gab Serafina ihr schnippisch zu verstehen. Ihrer Meinung nach sollte Hedwig den Mund nicht so voll nehmen, sondern sich lieber selbst vorsehen mit ihrem Hang zu übertriebenen Glaubensbekundungen und Geschichten über Gotteserfahrungen. Erst gestern wieder, auf dem Heimweg von der Frühmesse, hatte sie ihren Mitschwestern vorgeschwärmt von der seligen Schwester Wiltrud, die in solch glühender Minne zum Heiland entbrannt war, dass man ihr während der Andacht eine Nadel durch die Ferse stechen konnte, ohne dass sie es merkte, und der zu jedem Freitag so viel Blut aus dem offenen Mund floss, dass es ein ganzes Becken füllte. Als Mutter Catharina, die noch bei den Barfüßermönchen zurückgeblieben war, sie dann im Brunnengässlein eingeholt hatte, war Hedwig allerdings sofort verstummt. Sie ahnte wohl, dass die Meisterin solcherlei Geschichten nicht liebte.

Catharinas Miene war mehr als besorgt. «Schrubben wir

das hier erstmal ab, dann treffen wir uns im Gemeinschaftsraum und sehen weiter.»

Keine halbe Stunde später war die böswillige Schmähung von der Außenmauer verschwunden, nur noch ein länglicher, hellgrauer Fleck erinnerte daran. Leider waren ausgerechnet während des Putzens einige Freiburger durch die stille Gasse gezogen und neugierig stehen geblieben. Der Vorfall würde alsbald die Runde machen.

Als sie sich jetzt in dem schlichten, hellen Raum versammelten, der den Schwestern zugleich als Refektorium, als Versammlungsraum und mit seinem kleinen Marienaltar zur Andacht diente, dachte Serafina, dass Hedwigs Vorschlag, die Sache dem Magistrat zu melden, gar nicht so dumm war. Es schien ihr jedenfalls sinnvoller zu sein als sich wegzuducken. Doch aus einigen leidigen Erfahrungen der Vergangenheit wusste Serafina, dass man als Begine nicht so mir nichts, dir nichts zu einer Ratssitzung vorgelassen wurde. Das Beste wäre, sie würden Achaz für sich sprechen lassen, der zur jährlichen Wahl an Johanni für den aus der Stadt verwiesenen Ratsherrn Nidank in den Magistrat nachgerückt war.

«Das geht bestimmt aufs Kerbholz von diesem Wanderprediger», platzte Grethe heraus. «Jedes Mal, wenn ich auf dem Markt einkaufe, steht der vor dem Spital und hält seine Hetzpredigten. Schmarotzer nennt er uns, wo wir die Almosen doch nur für die Armen verwenden. Und immer mehr Schafsköpfe hören ihm auch noch zu.»

Die alte Mette nickte so heftig, dass ihr wieder der Schmerz in den Rücken fuhr.

«Er mag dahinterstecken», erwiderte Mutter Catharina, die als Meisterin an der Stirnseite des langen Tisches saß, und rieb sich nachdenklich die Nase. «Aber ebenso gut könnte es jemand gewesen sein, der sich hat aufstacheln lassen. Das werden wir wohl nie herausfinden. Still auf uns sitzenlassen sollten wir diese Schmähung dennoch nicht. Erst recht, wo unsere frühere Mitschwester Adelheid schon einmal der Ketzerei verdächtigt worden ist. Was schlagt ihr also vor?»

«Wir sollten dem Münsterpfarrer Bescheid geben», knurrte Heiltrud. «Der wenigstens weiß die Arbeit von uns Beginen zu schätzen. Und er könnte beim nächsten Gottesdienst seine Schäfchen mal ein wenig wachrütteln – von wegen Ketzerinnen! Wer, wenn nicht wir Laienschwestern, kümmert sich sonst um die Armen und Einsamen, betet mit den Siechen und Sterbenden, hält die Totenwache …»

«Gut, Heiltrud», unterbrach die Meisterin deren aufgebrachten Redeschwall. «Du übernimmst das. Jetzt zur Mittagsstunde wird Pfarrer Swartz im Pfarrhaus sein. Hedwig, du begleitest mich zu den Barfüßern.»

Von den Franziskanern, die nicht weit von hier ihr Kloster hatten, wurden sie in geistlichen wie auch rechtlichen Angelegenheiten betreut. Dass sie ansonsten aber ihren Alltag nach ihrer eigenen Hausregel ausrichteten, war Streitpunkt seit Jahren: Nicht nur der Kirche, auch der städtischen Obrigkeit war dies ein Dorn im Auge. Immer wieder drängte man sie, sich als sogenannte Terziarinnen den großen Orden anzuschließen. Doch keine von ihnen wollte wie Nonnen hinter Klostermauern leben.

Die Neue zupfte ihren Schleier zurecht.

«Aber was ist mit dem Rat der Stadt?», fragte sie in ihrer etwas herablassenden Art. «Der sollte doch als Allererstes Bescheid wissen über diese Schmiererei.»

Serafina, die ahnte, dass die Meisterin noch nicht zum Ende gekommen war, musste unwillkürlich lächeln. Tatsächlich gab denn auch Catharina der Neuen zur Antwort: «Nicht nur das. Bei der Gelegenheit sollte auch dafür gesorgt werden, dass diesem Mönch das Predigen untersagt wird, denn dazu hat nur der Magistrat die Macht. Aber wir machen das auf anderem Wege. Unser Stadtphysikus und Ratsherr Adalbert Achaz genießt bei den Bürgern großes Ansehen, er mag unser Fürsprecher sein. Serafina, du gehst mit Grethe beim Medicus vorbei, bevor du Mettes Dienst in der Elendenherberge übernimmst.»

Kapitel 3

Das Wetter schlug ganz offensichtlich um. Ein milder Wind löste den Nebel auf, endlich drang Tageslicht in die Gassen der Stadt, bevor bald schon wieder die Dämmerung einbrechen würde. Es war etwa eine Stunde nach dem Mittagsläuten, und wenn sie Glück hatten, saß Achaz noch bei Tisch, bevor er zum nächsten Krankenbesuch aufbrechen würde oder von Amts wegen in der Stadt unterwegs war. Wie die meisten vornehmeren Bürger pflegte er frühmorgens nur eine Kleinigkeit zu sich zu nehmen und stattdessen mittags warm zu essen. Für sein leibliches Wohl sorgte, bis jetzt jedenfalls, seine treue alte Magd Irmla.

«Dass du heut noch deinen Schatz besuchen darfst, hättest auch nicht gedacht, was?», sagte Grethe, nachdem sie vor der Ratskanzlei einer Eselskarre ausgewichen war.

«Wenn nur der Anlass nicht so widerwärtig wäre», entgegnete Serafina.

Aber selbstredend freute sie sich auf die Begegnung mit Achaz. Wie oft hatte sie in den letzten Wochen und Monaten mit klopfendem Herzen sein Haus betreten, mitunter verbotenerweise ohne Begleitung ihrer Mitschwestern, und hatte doch nie länger, als es schicklich war, bleiben dürfen, hatte dabei stets Abstand halten müssen, obwohl sie nichts lieber getan hätte als ihn zu umarmen.

Sie musste an ihre letzte Begegnung vor zwei Tagen denken, als sie sich im Gasthaus Zum Elephanten trafen, um den großen Saal anzumieten: Da hatte er gescherzt, dass er sich am allermeisten darauf freue, sie zur Hochzeit in dem wunderschönen neuen Kleid zu sehen anstatt in ihrer schrecklichen mausgrauen Beginenkutte. Woraufhin er sie, vor den Augen des Wirts und des Schankmädchens, geküsst hatte!

Sie war ganz verdutzt gewesen über die Offenherzigkeit dieses ansonsten so zurückhaltenden, ja fast schüchternen Mannes. Und hatte sich einmal mehr gefragt, ob sie nicht besser gleich zu Ostern, nachdem er ihr in aller Förmlichkeit einen Heiratsantrag gemacht hatte, die Hochzeit hätten festsetzen sollen. Doch Serafina hatte sich nicht allein wegen Vitus dagegen entschieden: Um Achaz' guten Rufes willen hatte sie eine angemessene Verlobungszeit einhalten wollen, zumal es ob der Tatsache, dass der hiesige Stadtphysikus eine Begine ehelichen wollte, schon genug Gerede gab. Und aus ebendiesem Grund wollte sie auch nicht allein mit ihm gesehen werden. Dass sich ein halbes Jahr wie eine Ewigkeit hinziehen konnte, hatte sie indessen nicht bedacht. Viel zu lange schon liebte sie diesen ebenso warmherzigen wie unbeholfenen Menschen, auch wenn sie diese Liebe nie hatte wahrhaben wollen. Noch heute tat es ihr leid, dass sie ihm bei ihrer ersten Begegnung in Konstanz, nachdem er ihr aus einer höchst misslichen Lage herausgeholfen hatte, eine Maulschelle verpasst hatte für seinen ungeschickten Versuch, sie zu küssen. Dass sie sich hier in Freiburg vor anderthalb Jahren so unverhofft wiederbegegnet waren, sah sie als ein Geschenk Gottes.

Sie hatten das Haus Zum Pilger erreicht, und Serafina betätigte den Türklopfer. Neugierig blickten zwei Mägde, die beim nahen Brunnen Wasser geholt hatten, zu ihnen herüber und begannen zu tuscheln.

Kurz darauf waren von drinnen die leicht schlurfenden Schritte der Magd zu hören. Als sie die Tür öffnete, zeigte sich auf ihrem faltigen Gesicht der Anflug eines Lächelns.

«Ach, Ihr seid es. Der Doctor Adalbert ist gerade fertig mit essen. Kommt herein.»

Die Bärbeißigkeit der Alten ihr gegenüber war inzwischen verschwunden, woraus Serafina schloss, dass sie einverstanden war mit der Brautwahl ihres Dienstherrn. Und allmählich verstand Serafina auch, warum Achaz so an seiner Magd hing, die ihm bereits zur Seite gestanden hatte, als er noch Leibarzt des Basler Fürstbischofs war.

«Wir wollen auch nicht lange stören, Irmla», sagte Serafina und trat ein. Die Tür zum Krankenzimmer stand weit offen, und wie immer war dort alles akkurat aufgeräumt. Sie folgten der Magd hinauf in die Küche, wo Adalbert Achaz in seinem blauen Hausmantel zu Tisch saß, vor sich eine Karaffe mit Wein. Serafina musste daran denken, wie er sie einmal gefragt hatte, ob es ihr etwas ausmachen würde, weiterhin gemeinsam mit Irmla in der Küche zu essen, anstatt sich von ihr in der Stube auftischen zu lassen. Ganz im Gegenteil, dachte sie auch jetzt wieder.

«Schwester Grethe! Serafina!», rief er und sprang so unvermittelt auf, dass sein Schemel umkippte.

Mit einem Lächeln stellte er ihn wieder auf. «Das ist aber schön, dass ihr vorbeischaut.»

Aus seinen hellbraunen Augen strahlte er Serafina an, während er auf die freie Küchenbank wies. Dann stutzte er.

«Ihr seht so ernst aus – gibt es schlechte Nachrichten?»

«Wie man's nimmt», entgegnete Serafina und ließ sich mit Grethe auf der Bank nieder, während Irmla das Essgeschirr abräumte und ihnen Becher sowie zwei Stückchen Butterkuchen hinstellte.

Achaz schenkte ihnen Wein ein.

«Erzählt.»

Serafina räusperte sich. «Ein Unbekannter hat heute unsere Mauer besudelt. Hat mit Schweineblut ‹Ketzerinnen› draufgeschmiert.»

«Herr im Himmel!», entfuhr es Achaz.

«Das muss mit diesem hergelaufenen Lotterpfaffen zu tun haben», murmelte Grethe mit vollem Mund, während Serafina ihr Stück Kuchen nicht anrührte. Wie gern wäre sie jetzt allein gewesen mit Achaz.

Der Stadtarzt nickte. «Das vermute ich auch. Ich frag mich bloß, was der Kerl hier in Freiburg zu schaffen hat. Er kommt aus einem Basler Dominikanerkloster, wie ich inzwischen weiß.»

«Und in Basel hat man vor Jahren alle Beginen und Begarden zum Teufel gejagt», fügte Serafina hinzu.

Wieder nickte Achaz. Auf seiner hohen Stirn zeigte sich eine steile Falte.

«Habt ihr es weggewischt?»

«Natürlich. Aber wir fragen uns, was wohl als Nächstes

kommt.» Sie blickte ihn eindringlich an. «Könntest du dich nicht bei der nächsten Ratssitzung dafür starkmachen, dass dieser Mensch aus der Stadt gewiesen wird?»

«Hm, die nächste Ratsversammlung ist erst am Freitag … Aber ich könnte nachher Laurenz Wetzstein aufsuchen und ihm die Ernsthaftigkeit der Angelegenheit klarmachen. Vielleicht gelingt es uns, eine außerordentliche Sitzung einzuberufen.»

Irgendwie hatte sich Serafina mehr erhofft. Immerhin, auf den besonnenen Zunftmeister der Bäcker war Verlass, wie sich in der Vergangenheit nicht nur einmal gezeigt hatte. Obendrein unterstützte seine Ehegenossin seit Jahren die Schwesternsammlung mit Geld- und Sachspenden.

«Bitte, tu das.» Sie griff nach seinem Handgelenk, zuckte aber unter Irmlas strengem Blick zurück. «Vielleicht kannst du ja auch den Kaufherrn Pfefferkorn und den Metzgermeister Grieswirth ansprechen. Die beiden fördern ebenfalls die hiesigen Regelhäuser.»

«Das werde ich tun, verlass dich drauf. Und mir fallen da noch andere wichtige Männer ein. Beispielsweise euer Nachbar Pongratz, der inzwischen auch im Magistrat ist.»

Er deutete auf ihr Stück Butterkuchen.

«So greif doch zu! Ich verwette meine Gelehrtenkappe, dass du seit heute früh nichts als ein Stück Brot und Molke zu dir genommen hast.» Sein Blick wurde warm und besorgt zugleich. «Du weißt doch, der Mensch sollte dreimal am Tag essen, um seinen Säftehaushalt im Gleichgewicht zu halten.»

Sie musste lachen. «So steht es in deinen gescheiten Büchern, ich weiß. Aber wir müssen los, ich sollte längst bei den Elenden in der Neuburgvorstadt sein.»

Sie trank aus und erhob sich, Achaz ebenfalls.

«Ich bringe euch zur Tür.»

Unten im Flur flüsterte er Serafina zu: «Wie schade, dass du schon etwas vorhast. Sonst könntest du mich ins Gutleuthaus begleiten, zur monatlichen Prüfung der Rechnungsbücher. Da wären wir mal ein wenig länger zusammen als nur auf ein Vaterunser.»

Dann nahm er ihre Hand und drückte sie fest.

«Mach dir keine Sorgen, Serafina, das wird schon alles wieder ins Lot kommen.»

Kapitel 4

Guter Dinge und mit einem Lächeln auf den Lippen, das er einfach nicht mehr loswurde, trat Adalbert Achaz beim Läuten der vierten Nachmittagsstunde hinaus auf die Gasse. In seiner Vorfreude auf die Hochzeit hätte er von früh bis spät singen und tanzen können. Und hatte dies in den letzten Tagen auch einige Male heimlich getan: Mit lautem Gesang und in ausgelassenen Sprüngen war er durchs Zimmer gehüpft – immer dann, wenn Irmla zum Einkaufen unterwegs war. Und als Serafina gestern mit Grethe hereingeschneit kam, hätte er sie am liebsten umarmt und auf Händen durchs Haus getragen.

Jetzt hatte er seine Amtstracht als Ratsherr angelegt, einen dunkelroten Tappert mit Pelzbesatz und auf dem Kopf das glänzende schwarze Samtbarett. Gemeinsam mit Laurenz Wetzstein, den er gestern gleich nach Serafinas Besuch aufgesucht hatte, war es ihnen nämlich tatsächlich gelungen, für heute Nachmittag eine außerordentliche Sitzung der Achtundvierzig einzuberufen. Eine Stunde Zeit hatte der Bürgermeister ihnen einberaumt, aber das würde ausreichen.

Als er im Hof zwischen Kanzlei und Ratsstube auf den

ewig griesgrämigen Rats- und Gerichtsschreiber Lambrecht traf, hätte Achaz ihm ums Haar freundschaftlich auf die Schulter geklopft.

«Einen ganz wunderschönen Tag, mein lieber Lambrecht», grüßte er ihn fröhlich.

«Ebenso», kam es knapp zurück, und aus dem Augenwinkel konnte Achaz sehen, wie der Mann die Stirn runzelte. Mit einer ehrerbietigen Verbeugung ließ der Wächter sie gleich darauf eintreten.

Die große Stube im Erdgeschoss war noch gähnend leer. Lediglich Bürgermeister Abrecht von Kippenheim hatte sich bereits an dem schmalen, langgestreckten Eichenholztisch niedergelassen, flankiert von den Ratsherren Wetzstein, Pfefferkorn und Schneehas. Während Lambrecht seinen Platz am Schreibpult einnahm, begrüßten die Männer Achaz aufs freundschaftlichste. Bis auf Silberkrämer Schneehas. Der sah nicht einmal auf, sondern kaute ungerührt an einem Zahnstocher.

Achaz zuckte die Achseln und setzte sich. Wahrscheinlich grollte der Kerl ihm, weil er nicht zur Hochzeit geladen war. Dabei war ihm als Stadtarzt lediglich eine Gästezahl von fünfzig Personen erlaubt worden, und der Silberkrämer gehörte wahrlich nicht zu seinen engsten Freunden.

Nach und nach tröpfelten weitere Ratsmitglieder ein, und Achaz wurde allmählich ungeduldig.

«Unsere Sitzung scheint ja nicht jeder hier ernst zu nehmen», entfuhr es ihm.

«Es geht schließlich auch nur um die Beginen», kam es prompt von Schneehas zurück.

Nachdem schließlich Metzgermeister Grieswirth hereingeeilt kam, aufgrund seiner Leibesfülle wie immer schwer schnaufend und mit hochrotem Kopf, läutete Abrecht von Kippenheim das Glöckchen.

«Fangen wir an.»

«Aber wir sind gerade mal etwas mehr als die Hälfte», wandte Achaz ein. Seine gute Laune war verflogen. Unter denjenigen, die er sich als Mitstreiter erhofft hatte, waren einige erst gar nicht erschienen, wie etwa der Stadtschreiber Johans von Gloter, der ihm nach etlichen ärztlichen Behandlungen eng verbunden war.

«Die Zeit drängt.» Der Bürgermeister wies auf die Sanduhr vor ihm. «Und beschlussfähig sind wir allemal. – Alsdann, Lambrecht, schreibt: Auf Gesuch des Magistratsmitglieds und Stadtarztes Adalbert Achaz eröffne ich hiermit die außerordentliche Sitzung des Rats der Achtundvierzig. Zur Tagesordnung bestimmt sei die Frage, ob dem Basler Wandermönch Bruder Thomas das öffentliche Predigen zu Marktzeiten untersagt werden soll, um des Friedens willen in unserer Stadt. Zu Freiburg im Breisgau, Dienstag an Sankt Pirmin Anno Domini 1416.»

Achaz hob die Hand.

«Verzeiht, Herr Bürgermeister – aber da wäre noch der Punkt, der bereits zweimal vertagt wurde, nämlich», er hörte den Stadtapotheker Johans vernehmlich aufseufzen, «der Antrag auf eine Gerechtsame für eine Armenapotheke zu Händen meiner künftigen Ehefrau Serafina Stadlerin.»

«Nun, werter Herr Ratskollege, sofern dafür Zeit bleibt, werden wir auch hierüber abstimmen. Zunächst aber erteile ich Euch das Wort in Sachen Wanderprediger Bruder Thomas.»

Achaz räusperte sich. «Wie sicherlich keinem von Euch entgangen ist, wiegelt dieser Dominikanermönch aus Basel zusammen mit seinem Scholar seit Tagen unsere Bürger gegen die hiesigen Beginen auf. Ein erstes Resultat dieser Hetze hat sich gestern gezeigt: Da wurde mit Schweineblut an die Außenmauer der Christoffelsschwestern die infame Schmähung ‹Ketzerinnen› geschmiert. Um den öffentlichen Frieden nicht noch mehr zu gefährden, beantrage ich, Bruder Thomas das Predigen zu verbieten und ihn obendrein aus der Stadt zu weisen.»

«Wer sagt Euch, dass die Schmiererei auf dem Mist dieses Wandermönchs gewachsen ist?», warf Schneehas ein. «Man braucht doch nur den eigenen Verstand benutzen, um zu erkennen, dass Beginentum und Ketzerei per se zwei Seiten derselben Medaille sind.»

Achaz musste an sich halten, nicht laut zu werden. «Ihr unterstellt den Christoffelsschwestern Ketzerei? Das ist eine Verunglimpfung, die ich bei Gericht zur Anzeige bringen kann. Außerdem habe ich die Wandschmiererei als *Resultat* der Hetzpredigt bezeichnet, womit nicht gesagt ist, dass der Wandermönch sie selbst ausgeführt hat. Auch wenn dies natürlich im Bereich des Möglichen liegt.»

«Nun gut.» Der Silberkrämer brach den Zahnstocher entzwei. «Aber andere Bürger mögen meine Meinung durchaus teilen.»

«Ich möchte dem Kollegen zustimmen», pflichtete Goldschmiedemeister Quintlin seinem Nebensitzer bei. «Hatte nicht damals diese Christoffelsschwester Adelheid in den hiesigen Haushalten vor unseren Frauen ketzerische Reden gehalten?»

«Das stimmt. Aber genau hierfür wurde sie aus der Sammlung verwiesen.»

«Ich könnt Euch grad noch weitere Beispiele nennen, Achaz», ließ sich nun auch der Zunftmeister der Schmiede vernehmen. Und schon musste sich Achaz von allen Seiten haarsträubende Klatschgeschichten über die Freiburger Schwesternsammlungen anhören. Immer deutlicher war herauszuhören, dass man wegen der Beginenhetze nichts zu unternehmen gedachte, ja, mehr noch: dass nicht der Wanderprediger den Frieden gefährde, sondern die Beginen selbst. Diese Sitzung verlief mehr als unerfreulich, und Achaz sah seine Felle bereits davonschwimmen.

Schließlich erhob sich Schneehas sogar, um seinen Worten nun doch mehr Nachdruck zu verleihen.

«Ich will Euch eins sagen, Achaz.» Er schlug mit der flachen Hand auf die Tischplatte. «Es ist geradezu lächerlich, nur wegen der Auftritte eines hergelaufenen Lotterpfaffen und einer einzigen Wandschmiererei eine außerordentliche Ratssitzung einzuberufen! Ihr stehlt uns unsere kostbare Zeit!»

«Mäßigt Euch gefälligst in Eurem Tonfall», brauste Wetzstein auf. «Dies ist alles andere als Zeitverschwendung. Vielmehr setzt sich unser Medicus aufs ehrenhafteste für den Stadtfrieden ein. Und der wird ganz gewiss nicht von den Willigen Armen Schwestern gebrochen. Außerdem gibt sich dieser Predigermönch als Sprachrohr des Basler Bischofs aus, das sollten wir in unserer Stadt gar nicht erst zulassen. Unser Oberhirte ist schließlich der Bischof von Konstanz.»

Grieswirth, Pfefferkorn und drei Handwerksmeister klopften Beifall, und Achaz warf dem Zunftmeister der Bäcker einen dankbaren Blick zu. Zu seinem Erstaunen hob jetzt Kaufherr Pfefferkorn, der sich sonst höchst selten zu Wort meldete, die Hand.

«Wir dürfen eines nicht außer Acht lassen: dass diese gottesfürchtigen Schwestern so viel Gutes in unserer Stadt tun. Wer sonst kümmert sich so hingebungsvoll um unsere Armen, Kranken und Sterbenden? Da ist es eine Schande, wenn diese Frauen verunglimpft und sogar bedroht werden.»

«Pah!» Quintlin sprang auf. «Das weiß doch jeder hier, wie eng gerade Ihr mit den Christoffelsschwestern verbandelt seid. Habt Ihr denen nicht letztes Jahr sogar einen nagelneuen Webstuhl geschenkt?»

«Die Beginen sind Schmarotzerinnen! Die sollen sich einem Orden anschließen oder verschwinden», rief jemand, und ein anderer: «Aus Basel hat man sie längst verjagt!»

Mit einem Schlag schaukelte sich der Disput unter den Ratsherren zu einem lautstarken Tumult auf, keiner ließ den andern mehr ausreden, die Worte «Schmarotzerinnen», «Heuchlerinnen» und «Ketzerinnen» fielen unentwegt, und wer sich für die armen Schwestern jetzt noch einsetzte, wurde sofort boshaft angegriffen. Am lautesten giftete Schneehas gegen die Beginen: Es sei höchste Zeit, diesen unnützen Ballast loszuwerden und ihren Besitz zu konfiszieren, erst recht in Zeiten, wo das Stadtsäckel bedrückend leer sei. Achaz wusste, dass der Silberkrämer den Regelschwestern im Allgemeinen und Serafina im Besondern nicht gerade freundlich gesonnen war, aber so viel offene Feindseligkeit hätte er ihm nun doch nicht zugetraut.

«Ruhe!», brüllte der Bürgermeister schließlich und schwenkte heftig das Glöckchen. «Wir schreiten zur Abstimmung in Sachen Bruder Thomas. Da wir uns heute in stark verminderter Zahl befinden, sind keine Enthaltungen erlaubt. Und was die Angelegenheit mit den Freiburger Beginen betrifft: Mir scheint, dass auch hierüber bald eine Entscheidung getroffen werden muss. Dies allerdings ist Sache des Kleinen Rats.»

Achaz schnaubte. Dem Kleinen Rat, diesem hochkarätig besetzten Ausschuss von neun Ratsherren, der vor allem über gute Sitten, Zucht und Ordnung wachte, gehörten weder er selbst noch Wetzstein an, wohl aber der Silberkrämer Schneehas.

«Wer also gegen das Predigtverbot ist, hebe die Hand.»

Die meisten Arme schossen pfeilschnell in die Luft, einige wenige zögerten, am Ende knickte auch Metzgermeister Grieswirth ein und hob halbherzig seine fleischige Hand.

«Jetzt die Gegenprobe. Wer ist für ein Predigtverbot?»

Nur noch Achaz, Wetzstein, Pfefferkorn sowie Seilermeister Pongratz, der den Christoffelsschwestern als Nachbar ein verlässlicher Freund geworden war, stimmten dafür.

«Das Gesuch ist somit abgelehnt.»

Nach einem kurzen Blick auf die Sanduhr verlas Abrecht von Kippenheim nun tatsächlich noch den längst eingereichten Antrag, dem künftigen Eheweib des Stadtarztes Adalbert Achaz die Genehmigung für eine Armenapotheke zu erteilen.

Indessen lief auch diese Sache nicht besser. Sie war schnell vom Tisch, nachdem sich die Partei um den Apotheker Johans, den Silberkrämer Schneehas und dem Goldschmiedemeister Quintlin hierüber regelrecht lustig gemacht hatte: Nur weil die gute Frau sich das Salbenmischen beigebracht habe, dürfe man sie nicht auf die Freiburger Bürgerschaft loslassen. Achaz' Entgegnung, Serafina wolle mit ihren Arzneien lediglich die Bedürftigen und die befreundeten Schwesternsammlungen versorgen, lief ins Leere, und am Ende war sein Gesuch mit einer knappen Mehrheit abgelehnt worden – Serafina Stadlerin sei nun einmal keine Apothekerwitwe, und man habe sich auch bei der Frau eines Stadtarztes an die Rechtslage zu halten.

Bei den letzten Worten des Bürgermeisters hatte Silberkrämer Schneehas ihn durch seinen grau durchsetzten Vollbart schadenfroh angegrinst.

Grimmig starrte Achaz auf seinen halbvollen Teller mit den rötlichen Kuttelstreifen. Diese vermaledeite Ratssitzung! Nichts, rein gar nichts hatte er erreicht. Nicht einmal Serafinas sehnlichsten Hochzeitswunsch würde er ihr erfüllen können. Dabei hätte sie mit ihrem heilkundigen Wissen eine wunderbare Apothekerin abgegeben. Sie würde maßlos enttäuscht sein.

Er beschloss, die schlechte Nachricht vorerst für sich zu behalten.

«Schmecken Euch meine sauren Kaldaunen nicht, Doctor Adalbert?», hörte er Irmla fragen. Sie stand mit verschränkten Armen vor ihm am Küchentisch und runzelte die Stirn.

«Doch, doch. Alles wunderbar, wie immer.» Er wischte seinen Löffel am Mundtuch ab und steckte ihn zurück ins Löffelbrett. «Aber ich hab heut Abend keinen Appetit.»

«Jetzt seid doch nicht so griesgrämig», zog sie ihn auf. «Eure Braut wird schon früh genug bei Euch einziehen, und sie hat ganz recht, wenn sie kein Gerede will.»

Achaz winkte ab. «Das ist es gar nicht, was mich bekümmert. Ach, Irmla, die Menschen sind so voller Neid und Misstrauen.»

Er schob seinen Teller von sich und griff nach dem Weinkelch. Eines war ihm jedenfalls an diesem Nachmittag klargeworden: Nicht nur anderswo wehte den freien Schwesternsammlungen ein scharfer Wind entgegen – auch hier in Freiburg war das inzwischen so.

«Wisst Ihr was, Doctor?», ließ sich Irmla zwischen lautem Geschirrgeklapper vernehmen. «Ihr könnt froh sein, dass Eure Serafina bald keine Begine mehr ist.»

«Da habt Ihr wohl recht.»

Er stieß einen Seufzer aus. Zum Glück würde er Serafina bald für immer in seiner Nähe haben. Und plötzlich war sie wieder da, die Vorfreude auf ihre Hochzeit, auf den Beginn ihres Zusammenlebens. Er liebte diese Frau von ganzem Herzen, hatte sie schon geliebt von ihrer ersten seltsamen Begegnung an. Seitdem hatte er sich nichts sehnlicher gewünscht, als seine Feigheit zu überwinden und ihr seine Zuneigung zu gestehen. Bis er es endlich geschafft hatte, sie um ihre Hand zu bitten. Ihr «Ja» hatte ihn zum glücklichsten Menschen dieser Stadt gemacht.

Kapitel 5

Wieder und wieder musste Serafina während der Frühmesse in der Klosterkirche der Barfüßer an den schrecklichen Traum denken, der sie vergangene Nacht kurz vor dem Erwachen heimgesucht hatte: Mitten zur Marktzeit hatte der Freiburger Scharfrichter sie an den Pranger gezerrt, sie ins Halseisen gestellt und ihr einen Strohkranz auf das geschorene Haupt gedrückt. Die ersten Schaulustigen zeigten mit dem Finger auf sie. «Seht nur, die Hure des Medicus! Der Stadtarzt hat eine Hure geheiratet!» Bald schon war sie von einer riesigen Menschenmenge umringt. Die meisten glotzten mit offenen Mäulern, schmähten und lästerten lautstark, einige wenige weinten indessen, so ihre Mitschwestern, die Kräuterfrau Gisla und Achaz' Magd Irmla. Da tat sich eine Gasse auf, und Münsterpfarrer Swartz führte Adalbert Achaz zu ihr. «So nehmt denn das Recht wahr, werter Medicus, Euch von dieser unseligen Ehe mit einer Hure loszusagen.» Doch bevor Achaz etwas erwidern konnte, hatte Grethe sie geweckt.

Warum nur holte ihre Vergangenheit sie immer noch ein? Wurde sie die Sorge, dass jemand ihr Vorleben in Konstanz entdeckte, niemals los? Und warum jetzt auf einmal diese

Furcht, Achaz würde nicht mehr zu ihr stehen? Kurz nachdem sie damals seinen Heiratsantrag ohne nachzudenken angenommen hatte, hatte sie ihn ein ums andere Mal gefragt, ob er sie auch heiraten wolle, wenn alle Welt wüsste, dass sie einst im Frauenhaus gearbeitet hatte. Hatte so lange gebohrt, bis er schließlich fast ärgerlich geantwortet hatte: «Schätzt du meine Liebe zu dir als so gering ein? Ich weiß doch, wie du da hineingeraten bist, dich trifft keinerlei Schuld. Und außerdem: Du wärst nicht die erste ehemalige Hübschlerin, die beim Konstanzer Konzil von einem ehrenwerten Mann zur Frau genommen wurde.»

«Was ist los mit dir, Serafina?», fragte Grethe, als die Schwestern mit dem Segen des Vikars die Klosterkirche verließen. «Du siehst so bleich um die Nase aus.»

«Ach, hab nur schlecht geschlafen.»

«Das glaub ich dir gern. Dauernd hast du gerufen: ‹Lasst mich los! Lasst mich los!›, bevor ich dich geweckt habe.»

«Hab ich das? Na, da muss ich wohl einen gehörigen Mist geträumt haben.»

In diesem Augenblick bemerkte Serafina, wie Catharina mit besorgter Miene die Meisterin der Lämmlein-Schwestern zur Seite nahm. Wie die Christoffelsschwestern auch gehörten die Lämmlein-Schwestern zu den vier von acht Freiburger Regelhäusern, die sich in den Schutz der Franziskaner begeben hatten und daher deren Gottesdienste besuchten. Serafina mochte die dicke, hochnäsige Elisabeth Marschelkin nicht – deren Sammlung betrieb mit ihren Webstühlen eine regelrechte Manufaktur, anstatt sich der Seelsorge und Nächstenliebe zu widmen. Dank ihrer Geschäftstüchtigkeit hatten die Lämmlein-Schwestern es sogar geschafft, ihr Stammhaus nahe der Ratskanzlei um mehrere Nachbarhäuser zu erweitern. Doch sei's drum – angesichts der bedrohlichen Lage mussten sie alle zusammenhalten. Serafina war schon mehr als gespannt, was bei der heutigen Morgenbesprechung herauskommen würde.

Zurück im Christoffelshaus, tauschte sie rasch ihren Umhang gegen den Arbeitsschurz und beeilte sich, den Stall auszumisten und die Hühner und Ziegen zu versorgen. Wie immer erschien sie als Letzte in der Stube, wo die anderen mit dem Morgenimbiss auf sie warteten.

Zunächst einmal richtete die Meisterin nach dem Dankgebet einen ernsten Blick auf Hedwig, die Neue. «Eines vorweg: Du warst gestern bei Brunnenmeister Andres und seiner Frau?»

«Ja, das stimmt.» Hedwig sah ihr fast ein wenig trotzig in die Augen. «Die Brunnenmeisterin hatte mich zu sich gebeten, weil es ihr nachts immer so angst vor dem Tod wird.»

«Und woher kennst du sie? Zu unseren Bedürftigen gehören diese Leute nicht gerade.»

«Nun, ich … ich kenne sie aus früheren Zeiten. Sie stammt wie ich aus Kenzingen.»

«Es mag ja lobenswert sein, wenn du dieser Frau seelsorgerisch zur Seite stehst und gemeinsam mit ihr betest. Aber zum einen besagt unsere Hausregel, dass wir nur in größten Notfällen allein in die Bürgerhäuser gehen. Und zum anderen», Catharinas sonst so sanfte Stimme wurde hart, «was um Himmels willen bringt dich dazu, ihr wie ein Priester die Beichte abzunehmen?»

Serafina glaubte sich verhört zu haben. Alle starrten nun Hedwig an, die nicht mit der Wimper zuckte.

«Die arme Frau war so verzweifelt», gab sie zurück, «da wollte ich ihr Erleichterung verschaffen.»

«Bist du von allen guten Geistern verlassen? Hast du nicht begriffen, was hier in Freiburg vor sich geht?»

«Verzeih», murmelte sie. «Da bin ich wohl übers Ziel hinausgeschossen.»

«Ha!», meldete sich Heiltrud zu Wort und reckte ihre Adlernase in Hedwigs Richtung. «Der Endres, was mal mein Schwager war, hat mir gestern brühwarm zugesteckt, dass du auch bei seiner alten Schwiegermutter im Haus gepredigt hast. Ich wollt dem Saufkopf ja nicht glauben, aber wenn ich das so höre …»

«Vielleicht lügt der Kerl ja», wandte die alte Mette vorsichtig ein. «Gehässig, wie der ist.»

«Stimmt das also?» Catharina zog die Brauen hoch.

«Ich weiß nicht mal, wer dieser Endres ist, noch was er da für Geschichten in die Welt setzt. Aber das mit der Brunnenmeisterin tut mir leid – ich will's nicht wieder tun», erwiderte Hedwig.

«Das will ich dir auch geraten haben. Bis zum Ende deiner Prüfungszeit gehst du nur in Begleitung aus dem Haus. Wir sprechen uns später noch einmal unter vier Augen. Jetzt zu etwas anderem: Wie ihr ja wisst, waren Hedwig und ich gestern bei den Franziskanern, wobei nicht viel herausgekommen ist, da der Klostervorsteher nach Villingen gereist ist.»

«Weißt du, wann er zurück ist?», fragte Serafina.

Die Meisterin schüttelte den Kopf. «Er wird einige Zeit

fort sein. Oben in Villingen weilt derzeit nämlich der Bischof von Konstanz, um bei den dortigen Franziskanern einen Altar zu weihen und einige Klöster zu visitieren. Er will die Zeit wohl nutzen, wo die Papstwahl auf dem Konzil ins Stocken geraten ist.»

Das sind keine erfreulichen Nachrichten, dachte Serafina. Die Freiburger Barfüßer hatten nämlich viele Stifter unter den vornehmen Bürgern, bei denen der Gardian um Unterstützung für die Beginen hätte werben können. Sie mussten also seine Rückkehr abwarten, und ausgerechnet jetzt fing die Neue an, Öl ins Feuer zu gießen mit ihren dreisten Eigenmächtigkeiten. Serafina warf ihr einen bösen Blick zu.

«Bis zur Rückkehr des Gardians sollten wir uns auf jeden Fall mit den anderen Regelschwestern zusammentun», fuhr Catharina fort. «Und so habe ich nach der Frühmesse die Marschelkin angesprochen. Leider nehmen die Lämmlein-Schwestern die Sache nicht allzu ernst. Das mit der Wandschmiererei an unserer Mauer sei sicher nur ein Dummejungenstreich.»

«Hätt ich mir denken können», schnaubte Heiltrud. «Was die Marschelkin nicht selbst betrifft, geht ihr schnurstracks am Allerwertesten vorbei.»

«Trotzdem werde ich heute Mittag auch noch die Ederlin-Schwestern und die Schwestern Zum Grünen Wald aufsuchen. Und du begleitest mich, Hedwig.»

«Vielleicht hat ja Adalbert Achaz inzwischen was beim Magistrat erreicht», warf Serafina ein.

Grethe lachte. «Dann wär der doch längst hier aufgetaucht.»

Die Meisterin nickte. «Aber immerhin steht der Münsterpfarrer auf unserer Seite. Er soll gestern im Gottesdienst viel Gutes über den Einsatz von uns Beginen vorgebracht haben.»

Von draußen klopfte es dreimal gegen das Hoftor. Die Meisterin erhob sich.

«Das wird der Bannwart mit dem Winterholz sein.»

Während sich die Meisterin ihren Umhang überwarf und zur Tür ging, rannte Grethe in die Küche, um den Kopf zum Fenster hinauszustrecken. Das tat sie gern, sah man doch vom Küchenfenster aus auf die Gasse und das Hoftor.

Sie grinste, als sie zurückkehrte.

«Wer sagt's denn – dein Bräutigam ist im Anmarsch, Serafina. Der hält's wohl keinen Tag mehr ohne dich aus.»

Mit einem freundlichen Gruß betrat Achaz im Schlepptau der Meisterin die Stube. Sein Blick streifte Serafina, und er lächelte ihr zu.

«Möchtet Ihr noch ein wenig Brotsuppe, Meister Achaz?», fragte Grethe. «Sie ist noch warm.»

«Habt Dank, Schwester Grethe. Aber ich bin auf dem Weg zu einem Kranken in der Salzgasse und wollte Euch nur eben kurz den Stand der Dinge bekannt geben.»

Ohne sich zu setzen, berichtete er von der unerfreulichen Ratssitzung, die er und Zunftmeister Wetzstein in die Wege geleitet hatte.

«Heute nach der Mittagszeit», schloss er, «will sich nun der Kleine Rat versammeln, um weitere Schritte zu entscheiden. Wie Ihr sicher wisst, gehören diesem Ausschuss neben Schultheiß, Bürgermeister und Obristzunftmeister auch sechs auserwählte Ratsherren an, darunter leider auch der Silberkrämer Schneehas.»

«Und der», bemerkte die Meisterin bekümmert, «wäre uns Beginen lieber heut als morgen los. Dass er gegen uns arbeiten wird, kann ich mir schon denken.»

«Müssen wir jetzt Angst um unsere Sammlung haben?», fragte die junge Brida mit großen Augen.

Achaz schüttelte den Kopf. «So schnell mahlen die städtischen Mühlen nicht. Bei solcherlei Angelegenheiten haben immer noch die hiesigen Klostervorsteher ein Wörtchen mitzureden und nicht zuletzt Otto von Hachberg als unser Konstanzer Bischof. Möglicherweise verläuft auch die ganze Sache im Sande, wenn dieser Wanderprediger wieder von hier verschwindet. Ich werde Euch in jedem Fall auf dem Laufenden halten.»

«Hoffen wir, dass dem so ist», sagte die Meisterin leise. «Und hoffen wir, dass nicht noch Schlimmeres geschieht.»

Kapitel 6

Über Mittag hatten Serafina und Grethe für die alte Mette, die noch immer von Kreuzschmerzen geplagt war, erneut den Dienst in der Elendenherberge übernommen und waren dort länger geblieben als gedacht. Bekümmert traten sie beide den Heimweg aus der Neuburgvorstadt an, hatten sie doch einen armen Greis, der ganz ohne Angehörige war, in den Tod begleiten müssen. Auch dies gehörte zu ihren Aufgaben, aber es schmerzte jedes Mal aufs Neue, zumal wenn ein Mensch sich, wie dieser sieche Alte, gegen den Tod wehrte.

Die Dämmerung war bereits angebrochen, als sie sich dem Christoffelstor näherten, und vom Rheintal her wehte eine frische Brise, die zusehends kälter und feuchter wurde. Nur wer unbedingt musste, war jetzt noch auf den Gassen unterwegs. Zum Glück hatte der Herbergsvater ihnen eine Laterne mitgegeben, denn wer ohne Licht in den dunklen Gassen aufgegriffen wurde, musste mit einem Verweis rechnen.

«Ich hasse diese Jahreszeit», schimpfte Grethe und zog sich die Kapuze ihres Umhangs tiefer ins Gesicht. «Morgens wird's nicht hell und am Nachmittag schon wieder dunkel.»

Unterhalb der brennenden Pechpfanne des Stadttors

lehnte ein vierschrötiger Mann müßig am Gemäuer, trotz des widrigen Wetters, und plauderte mit der Torwache. Es war Endres, der einst mit Heiltruds Schwester verheiratet gewesen war, bevor er nach deren Tod im Kindbett erneut geheiratet hatte. Bis zum Frühjahr war er hier noch Turmwärter gewesen und hatte die Gefangenen hinter Schloss und Riegel gehalten. Dann aber war herausgekommen, dass er in einem heimlichen Glücksspielring nicht nur seinen Lohn, sondern auch das Erbe seines Weibes verspielt hatte, während seine Kinder verwahrlosten, das angeheiratete Häuschen verlotterte. Da hatte man ihm den Dienst aufgekündigt.

Als Serafina und Grethe mit gesenktem Kopf an ihm vorbeieilen wollten, hielt er sie auf.

«Sieh da – die Christoffelsschwestern. So spät noch unterwegs?»

Wenigstens ist der Kerl heut nicht besoffen, dachte Serafina und schob sich an ihm vorbei.

«Lass uns durch, wir haben es eilig.»

Endres verzog sein pockennarbiges Gesicht zu einem Grinsen. «Allzu lange werdet ihr ja nicht mehr durch die Freiburger Gassen ziehen dürfen.»

«So halt einfach den Mund», gab Serafina zurück, doch Grethe war schon stehen geblieben.

«Was soll das heißen?»

«Na ja, wo ihr Beginen doch jetzt als Ketzerinnen verschrien seid.»

Unwillig zog Serafina ihre Freundin weiter. Sich mit diesem Menschen zu unterhalten, war reine Zeitverschwendung.

Auf der Großen Gass herrschte immerhin noch Leben. Vor dem Heilig-Geist-Spital wurden Fässer abgeladen, Holzhändler und Wasserverkäufer machten ihre späte Runde, der Karrenbeck verkaufte seine letzten Fladenbrote. Mit einem Mal hatte Serafina den Eindruck, dass so mancher ihnen misstrauisch nachglotzte.

Als sie in die Barfüßergasse einbogen, sahen sie schon von weitem einen kleinen Menschenauflauf.

Serafina kniff die Augen zusammen. «Die stehen vor Achaz' Haus. Los, komm!»

Vor der angelehnten Haustür erkannte sie Gallus Sackpfeiffer, den obersten Büttel der Stadt, der mit seiner Fackel in der Faust ungeduldig von einem Bein aufs andere trat.

«Was gibt's?», fragte Serafina eine junge Magd.

«Die holen den Stadtarzt. Es hat wohl 'nen Toten gegeben irgendwo in der Stadt, mitten auf der Gass.»

Da trat auch schon die kräftige, aufrechte Gestalt des Medicus durch die Tür. Wie immer duckte er sich ein wenig, um sich nicht den Kopf zu stoßen.

«Schickt die Leute hier weg», befahl er dem Büttel in ungewohnt strengem Ton.

Sackpfeiffer hob drohend seinen Knüppel.

«Los, ab nach Hause! Wer nicht bis drei verschwunden ist, der landet im Turm.»

Serafina hatte längst das Licht ihrer Lampe gelöscht und Grethe mit sich in das Seitenportal der Barfüßerkirche gezogen. Sie wusste, dass dieser grobe Klotz von Büttel, gelinde gesagt, wenig Wert auf ihre Anwesenheit gelegt hätte.

Murrend zerstreute sich die Handvoll Neugieriger, dann

erst machten Achaz und Sackpfeiffer sich auf den Weg. Serafina erschrak bis ins Mark, als sie den Stadtarzt sagen hörte: «Es ist eine Frau, sagt Ihr?» – «Ja, eine von diesen Beginen. Sie ist wohl erschlagen worden.»

«Heilige Mutter Gottes!», stieß sie hervor und packte Grethe bei der Hand. «Wir müssen hinterher.»

Was, wenn es eine von ihnen war?, schoss es ihr durch den Kopf. Aber außer Catharina war es keiner erlaubt, bei Dunkelheit allein unterwegs zu sein. Serafina mochte den Gedanken nicht zu Ende denken.

Die Männer eilten an der Kanzlei vorbei, hinter deren Fenstern noch Licht schimmerte, hin zu dem schmalen, finsteren Gässchen, das zur Ratsstube führte.

An der Straßenecke versperrte ein weiterer Büttel den Weg. Ehrerbietig grüßte er den Stadtarzt.

«Der Nachtwächter hat sie gefunden», hörte Serafina ihn sagen. «Auf seinem ersten Rundgang. Dahinten, nicht weit von Kammmacher Bertschis Werkstatt.»

Er ließ Achaz passieren. Als kein Ave-Maria später die beiden Frauen vor ihm auftauchten, zog er seinen Stock und stellte sich breitbeinig vor ihnen auf.

«Keinen Schritt weiter!»

«Lasst uns durch», bat Serafina inständig. «Dort liegt eine von unseren Schwestern.»

«Nichts da! Geht nach Hause!»

Keine zehn Schritte weiter sah man in der dunklen Gasse die Lichter einiger Laternen tanzen, gedämpfte Stimmen waren zu hören.

Serafina nickte und ließ sich von dem Wächter wieder ihr

Licht anzünden. Dann nahm sie Grethe beiseite. Von hier bis zum Christoffelshaus war es nur ein kurzes Stück.

«Lauf heim und schau, ob die Meisterin da ist. Und hol sie her.»

Grethe nickte beklommen. «Ist gut.»

Kaum hatte sich die Freundin mit ihrer Laterne in Bewegung gesetzt, rannte Serafina los, geradewegs vorbei an dem verdutzten Wächter.

Ihre Beine waren wachsweich, als sie zu der kleinen Gruppe Männer stieß, die sich über die Tote beugten. Die zierliche Gestalt in der grauen Tracht der Beginen lag auf dem Rücken, das Gesicht mit den starren, aufgerissenen Augen zur Seite gedreht. Als Achaz ihr vorsichtig Kapuze und Schleier vom Kopf zog, wurde zwischen dem kurzgeschnittenen Haar oberhalb des Ohrs eine klaffende Wunde sichtbar. Feucht glänzte das Blut im Schein der Laterne, die Sackpfeiffer über den Leichnam hielt.

In einem ersten Anflug von Erleichterung, für den sie sich sofort schämte, holte Serafina tief Luft: Es war Schwester Mia von den Lämmlein-Schwestern, die nicht weit von hier, auf der anderen Seite der Ratsstube, ihr Anwesen hatten. Dann erst holte das Entsetzen sie ein, und sie schlug das Kreuzzeichen.

«Ja, Potztausendsackerment», schnauzte Sackpfeiffer los und leuchtete ihr ins Gesicht. «Verschwindet, Schwester!»

«Serafina?» Überrascht starrte Achaz sie an. «Was machst du denn hier?»

«Wir waren auf dem Heimweg, Grethe und ich. Da haben wir gesehen, wie der Büttel dich abgeholt hat.»

Angesichts ihres vertrauten Du wirkte Sackpfeiffers schwarzbärtiges Gesicht verunsichert.

«Soll die Begine hierbleiben, Medicus?»

«Und ob ich bleibe», erwiderte Serafina und wandte sich an Achaz. «Die Tote ist Schwester Mia aus der Lämmlein-Sammlung.»

«Bist du dir sicher?»

«Ganz sicher. Jemand muss die Marschelkin herholen.»

In diesem Augenblick näherte sich ein knappes Dutzend Männer von der Ratsstube her, deren erleuchtete Waldglasfenster in der Dunkelheit grünlich schimmerten. Der Kleine Rat hatte wohl bis jetzt getagt.

«Was um Himmels willen …?», rief einer der hohen Herren aus und blieb dann erschrocken vor dem Leichnam stehen. Serafina erkannte den Schultheißen, hinter ihm schlossen der Silberkrämer Schneehas und der Goldschmiedemeister Quintlin auf. Die beiden Letzteren wirkten ehrlich erschrocken.

«Der Nachtwächter hat sie gefunden», gab Achaz Auskunft. «Schwester Mia von den Lämmlein-Schwestern. Sie ist noch nicht lange tot.»

Er wandte sich an den Nachtwächter. «Holt bitte die Meisterin, Elisabeth Marschelkin, her.»

Schneehas, der den ersten Schrecken offenbar überwunden hatte, reckte den Hals in Serafinas Richtung.

«Und was macht die Begine da? Ach, ich vergaß.» Herablassend verzog er sein vollbärtiges Gesicht zu einem Lächeln. «Sie ist ja Eure Braut, Medicus.»

Der Schultheiß, der dem Freiburger Rittergeschlecht

der Riehen angehörte, schob Schneehas ungeduldig beiseite.

«Könnt Ihr schon sagen, woran sie starb, Meister Achaz?», fragte er.

«Es sieht nach einem heftigen Schlag gegen die Schläfe aus, mit einem stumpfen Gegenstand wie einem Stein oder Ähnlichem. Um mehr zu wissen, bräuchte ich besseres Licht.»

«Bringen wir sie also zur Untersuchung in die Wärmestube des Rathauses», beschied Paulus von Riehen in seiner Eigenschaft als Schultheiß. «Sackpfeiffer, hol die Handkarre aus dem Hof der Kanzlei, damit unser *Physicus ordinarius* sich unverzüglich an die Arbeit machen kann und …»

Er wurde unterbrochen vom Lärm am Eingang des Gässchens.

«Verschwindet! Das hier ist kein Jahrmarktsspektakel», hörte man von dort den Wächter brüllen. Er schien Mühe zu haben, die mit Fackeln bewehrte Meute der Schaulustigen zurückzuhalten.

«Meister Achaz! Serafina! Seid ihr da?» Das war die Stimme von Catharina.

«Die Meisterin der Christoffelsschwestern», erklärte Achaz dem Schultheißen. «Ich bitte Euch, lasst sie mich herholen.»

Paulus von Riehen nickte. Kurz darauf führte Achaz sie zu dem Leichnam, und ihr Blick ruhte für einen Moment verwundert auf Serafina. Doch für diesmal lag kein Vorwurf darin. Wahrscheinlich hatte Grethe ihr erzählt, dass sie gerade auf dem Heimweg gewesen waren, und der führte nun einmal – fast jedenfalls – beim Stadtarzt vorbei.

Die Männer verstummten, als sie und Serafina gemeinsam ein Totengebet sprachen. Ihr Amen ging unter in einem Aufschrei:

«Mia! Meine kleine Mia!»

Elisabeth Marschelkin, die der Nachtwächter vom Hinterhof der Ratskanzlei hergeführt hatte, sank auf die Knie.

«Sie ist tot, sie ist wahrhaftig tot», lamentierte sie und strich der leblosen Mitschwester über die wachsbleiche Stirn.

Plötzlich fuhr sie in die Höhe.

«Ihr müsst dem Spuk ein Ende machen, Schultheiß!», rief sie, und ihre Stimme überschlug sich. «Auch bei uns hat man jetzt die Mauern beschmiert – bald zündet man uns noch die Häuser an, oder es wird die nächste Tote geben!»

Ihre Worte gingen in ein angstvolles Schluchzen über. Nie zuvor hatte Serafina diese hochmütige Frau so aus der Fassung gesehen. Catharina legte ihr tröstend den Arm um die Schulter.

«Die Lämmlein-Meisterin hat recht», wandte sie sich an den Schultheißen. «Das ist eindeutig die Folge dieser Hetze. Der Wanderprediger muss weg!»

«Was getan werden muss, könnt Ihr getrost dem Kleinen Rat überlassen», gab ihr Schneehas kühl zu verstehen, und der Schultheiß nickte dazu.

«Glaubt mir, wir nehmen das sehr ernst. Gleich morgen wird der Kleine Rat die Sitzung fortführen. – Ich sehe, da kommt der Büttel mit der Karre. Ihr Schwestern geht jetzt nach Hause und betet für das Seelenheil eurer Gefährtin. Der Rest ist Sache des Rats und des Stadtarztes.»

Die Marschelkin hatte die Fassung wiedererlangt. «Das werden wir tun, Schultheiß. Worauf Ihr Euch verlassen könnt.»

Catharina nahm sie zur Seite. «Glaubst du mir jetzt, dass die Hatz uns alle betrifft? Wir Beginen müssen zusammenhalten und uns Schutz suchen.»

Unwillig machte die Marschelkin sich los. «Besprechen wir uns morgen früh mit den Franziskanerbrüdern. – Nachtwächter, bring mich zurück ins Regelhaus.»

Und damit verschwand sie im Dunklen.

Die Meisterin wandte sich an Serafina: «Lass uns noch bei den Wilhelmiten vorbeigehen. Wir müssen Bruder Matthäus um Hilfe bitten.»

Sie hob ihre Laterne in die Höhe und marschierte los. Serafina wollte ihr schon folgen, da rief Achaz nach ihr.

«Warte.» Er umfasste ihren Arm. «Pack deine Sachen und komm zu mir ins Haus! Noch heute Abend.»

«Das geht nicht. Noch sind wir nicht verheiratet.»

«Aber immerhin gelten wir als verlobt, da braucht sich keiner mehr das Maul zu zerreißen. Bitte! Es könnte gefährlich werden für euch alle.»

Serafina schüttelte den Kopf. «Damit würde ich meine Schwestern feige im Stich lassen. Sehen wir uns morgen nach der Frühmesse? Vielleicht hast du ja bis dahin etwas herausgefunden.»

Auf seinem bartlosen Gesicht zeigte sich ein unsicheres Lächeln. Sein Ausdruck hatte etwas von einem kleinen Jungen.

«Wie du meinst», sagte er.

«Ach, Adalbert.» Ihn mit seinem Vornamen anzusprechen, war ihr noch immer ungewohnt. «Mir wird schon nichts geschehen, glaub mir.»

Kapitel 7

Die Münsterglocke schlug die sechste Abendstunde. Zur siebten würden in dieser Jahreszeit die Stadttore schließen.

«Beeilen wir uns», drängte Catharina. «Nach Torschluss treibt sich in den Gassen reichlich Gesindel herum.»

Auf dem Weg in die Schneckenvorstadt, wo fast ausnahmslos Gerber, Färber und Fischer ihr Handwerk betrieben und wo an windstillen Sommertagen der Gestank kaum auszuhalten war, schwiegen sie bedrückt. Jetzt, da den aufwiegelnden Reden des Basler Mönches ein erstes Opfer geschuldet war, hatte sich Serafinas Vorfreude auf die Hochzeit und auf das Wiedersehen mit Vitus mehr als getrübt. Es war unwahrscheinlich, dass der Mörder der armen Mia je gefasst werden würde – jeder hätte die Tat verübt haben können. Und so gab es angesichts dieses hinterhältigen Meuchelmords für die Beginen nichts Dringlicheres, als Fürsprecher in großer Zahl zu gewinnen, um weitere Freveltaten zu verhindern.

Der Gedanke ihrer Meisterin, den Prior der Wilhelmiten aufzusuchen, war sicherlich klug. Die Brüder von Sankt Wilhelm, ihrer Ordenstracht wegen auch Weißkutten genannt, waren ihnen wohlgesonnen, auch wenn sie seelsorgerisch nichts mit den Beginen zu schaffen hatten. Die Brüder führten zwei Klöster: ein Stadtkloster hier in der Vorstadt sowie das ursprüngliche Eremitenkloster im abgeschiedenen Oberriet, droben in den Waldbergen. Dort hatte man eine ansehnliche Grundherrschaft mit reichlich Waldbesitz aufbauen können, hier in der Freiburger Niederlassung flossen ihnen seitens der Bürger großzügige Spenden und Jahrzeitstiftungen zu. Die Verbindung zur Stadt war also recht eng. Vor allem aber war Bruder Matthäus, der Prior der Wilhelmiten, ein guter Bekannter von Meisterin Catharina. Ein sehr guter Bekannter sogar – sie waren beide in derselben Gasse zu Straßburg aufgewachsen und wären ums Haar ein Paar geworden, hätten widrige Umstände es nicht verhindert. Daraufhin hatten sie sich etliche Jahre nicht mehr gesehen, waren sich erst wieder hier in Freiburg begegnet, und beide hatten sie sich in der Zwischenzeit für ein Leben im Glauben entschieden. Seitdem Serafina hiervon wusste, fragte sie sich manchmal, ob die beiden sich nicht immer noch liebten …

«Glaubst du, die Wilhelmiten können etwas tun für uns Beginen?», fragte sie, als sie das Kloster, das im hintersten Winkel der Vorstadt an die Stadtmauern gebaut war, erreichten.

«Nun, nach wie vor stammen ihre Novizen aus angesehenen Freiburger Familien, anders als bei den Barfüßern. Das könnte sehr wichtig für uns werden.»

Nachdem sie an der Pforte die Glocke geläutet hatten, mussten sie geraume Zeit warten. Immer wieder blickte sich Serafina unruhig um, ob ihnen nicht jemand in die unbeleuchtete Gasse gefolgt war. Sie hatte Achaz etwas vorgemacht: In Wirklichkeit war ihr in ihrem Beginengewand inzwischen mehr als mulmig zumute.

Endlich öffnete sich die Luke.

«Ach, Ihr seid es, die Schwestern von Sankt Christoffel», rief der Portarius erstaunt. «Ihr wollt sicherlich zu unserem Prior.»

«Ist er denn da?»

«Ja. Wartet, ich lass Euch herein.»

Gleich darauf führte der alte Mönch sie an den still in der Dunkelheit liegenden Stallungen und Werkstätten vorbei zum Gästehaus. Von außen war es mit Pechfackeln erleuchtet, innen gab es eine Stube für auswärtige Besucher.

«Wartet am besten drinnen auf den Prior, dort haben wir schön warm eingeheizt.»

Jetzt erst spürte Serafina, wie durchgefroren sie inzwischen war. Sie nahmen auf der Bank nahe des Ofens Platz, mussten indessen nicht lange warten. Der hagere Prior strahlte, als er eintrat und sie begrüßte. Dann zeigte sich eine sorgenvolle Falte auf seiner Stirn.

«Ich kann mir denken, warum Ihr gekommen seid.» Er zog sich einen Stuhl heran und setzte sich ihnen gegenüber. Dabei stutzte er. «Ihr seid noch immer in Beginentracht, Schwester Serafina? Wo Ihr doch demnächst den Stadtarzt ehelicht ...»

Serafina nickte. «So leicht kann ich mich wohl nicht trennen von meinen Gefährtinnen.»

«Ich habe mich jedenfalls sehr gefreut, als ich von der Hochzeit hörte. Mir scheint, Ihr beide seid füreinander bestimmt.»

Serafina entging nicht, wie er einen kurzen Blick mit der Meisterin austauschte. War es ein Lächeln? Bedauern? Dann wurde er wieder ernst.

«Es handelt sich um diesen Basler Wandermönch, nicht wahr? Ich weiß, dass er täglich mehr Zulauf hat und dass bereits jemand Schmähworte an Eure Mauer gesudelt hat.»

«Wenn's nur das wäre», sagte die Meisterin mit fester Stimme. «Aber heute ist die junge Mia von den Lämmlein-Schwestern erschlagen worden, in der Seitengasse zur Ratsstube.»

«Was?» Die sonst so sanften Augen des Priors blickten entsetzt.

«Ja, wir waren eben vor Ort. Die Untersuchung der Tat ist bereits in die Wege geleitet.»

«Das allerdings ist eine schreckliche Neuigkeit.» Er ließ sich neben ihnen nieder. «Womit kann ich Euch also helfen?»

«Zunächst einmal: Wie ist die Stimmung unter den Ordensgeistlichen hier in der Stadt? Was uns Beginen betrifft, meine ich.»

«Solcherlei Freveltaten heißt gewiss keiner der hiesigen Klosterleute gut. Aber ich denke, vor allem die Prediger und die Augustiner werden jetzt erst recht darauf drängen, dass Ihr Euch inkorporiert. Die Franziskaner sind Eurer Lebensweise gegenüber ja weitaus aufgeschlossener. Übrigens war ich, in einer anderen Angelegenheit, heute Mittag drüben bei den Predigern von Unterlinden und habe den Prior auch auf diese Sache angesprochen. Leider scheint mir, dass ihn die Hetze gegen Euch Schwestern nicht sonderlich berührt, im Gegenteil. Nur einer Nonne im Kloster könne er ein wahrhaft gottgeweihtes Leben zugestehen, alles andere werde schnell in einen Irrweg münden. Zwei Dinge aber habe ich immerhin erfahren: Zum einen hat dieser Wandermönch namens Bruder Thomas in Unterlinden Herberge gefunden, zum andern hat er in seinem Basler Heimatkloster so einige Schwierigkeiten gehabt in letzter Zeit.»

«Dann handelt er womöglich wirklich im Auftrag des Bischofs von Basel?»

«Mag sein. Ich habe diesen Menschen bereits angesprochen, habe ihm gesagt, er solle sich um das wahre Seelenheil der Menschen kümmern, anstatt in unserer Stadt Hass zu säen. Ich bin sogar fast in Streit geraten mit ihm – ein sehr unangenehmer Mensch.»

«Das alles klingt nicht gut», bemerkte die Meisterin fast mutlos.

«Nein, aber ich könnte mir vorstellen, dass Schultheiß und Magistrat jetzt entscheiden, diesen selbsternannten Heilsbringer aus der Stadt zu weisen. Um des Friedens willen.»

«Oder man verjagt stattdessen uns Beginen», entgegnete sie leise. «Es gibt da so einige hohe Herren, die uns liebend gerne loswerden wollen. Gerade so wie Jahre zuvor in Basel.»

«Bitte, Mutter Catharina, seht nicht allzu schwarz. Über unser Kloster haben wir gute Verbindungen zu den Edlen von Kippenheim und von Todtnau, zu einigen der Snewlin-Sippe ebenfalls. Ich will nichts unversucht lassen, dort Einfluss zu nehmen.»

«Danke, Bruder Matthäus.» Sie erhob sich. «Dann wollen wir nicht länger Eure Zeit stehlen.»

Sein Blick wurde weich. «Ich freue mich über jede Gelegenheit, Euch zu sehen. Wenn Ihr erlaubt, bringe ich Euch nach Hause. Sicher ist sicher.»

Im Haus Zum Christoffel warteten die anderen schon mit dem Essen auf sie. Im Gegensatz zum Morgenimbiss wurde das Nachtmahl in Schweigen eingenommen, was Serafina gerade recht war: Sie wollte ihre Gedanken ordnen.

Selbstredend stand die Abendandacht hernach ganz im Totengedenken an Schwester Mia. Anschließend bat die Meisterin sie wieder an den großen Tisch, anstatt sie zur Nachtruhe zu entlassen. Die Betroffenheit war den Frauen noch immer deutlich anzusehen, vor allem der jungen Brida von Stühlingen – ihre Unterlippe zitterte unablässig.

«Jeder von euch», eröffnete Catharina die Runde, «steht es natürlich frei, die Sammlung zu verlassen, um in den Schutz ihrer Familie zurückzukehren oder in ein Kloster einzutreten.»

Alle schüttelten sie den Kopf, selbst Brida.

«Gut. Spätestens mit dem Tod von Schwester Mia wissen auch die anderen Sammlungen um den Ernst der Lage. Leider ist nun ausgerechnet der Gardian als unser Betreuer nicht in der Stadt, aber immerhin haben wir den Münsterpfarrer auf unserer Seite, den Prior der Wilhelmiten, einige Ratsherren und den Stadtarzt ohnehin.»

«Darf ich einen Vorschlag machen?», fragte Grethe.

«Nur zu.»

«Wir sollten alle ansprechen, die wir kennen, bei denen wir ein- und ausgehen, die uns mit Spenden unterstützen. Ich meine, nicht nur die hohen Herren vom Magistrat sind wichtig, auch die anderen – und wir kennen doch so viele Leute. Ihnen allen müssen wir klarmachen, wie wichtig es uns ist, Beginen zu sein und welche Bedeutung wir für die Bewohner der Stadt haben. Nach dem Kirchgang, auf dem Markt, beim Bäcker, im Spital – jede von uns sollte die Menschen ansprechen, wenn ihr versteht, was ich meine.»

Vor Eifer hatte Grethe ganz rote Wangen bekommen, und Serafina musste lächeln. Sie hob die Hand.

«Begleitet mich jemand morgen früh zu Achaz? Ich möchte ihn bitten, den Bischof von Basel aufzusuchen, auf dass der seinen Prediger zurückpfeift. Achaz war ja zuvor der Leibarzt des Bischofs.»

Die Meisterin nickte zustimmend. «Brida soll dich begleiten. Auch für mich habe ich eine wichtige Entscheidung getroffen: Ich werde morgen gleich nach der Frühmesse nach Villingen aufbrechen. Wo, wenn nicht dort, fänden wir mächtigere Unterstützer? Den Fürstbischof von Konstanz persönlich will ich um Hilfe bitten, wo er doch die geistliche Oberhoheit über Freiburg hat, und unser Gardian wird an meiner Seite sein.»

Entgeistert starrten sie die anderen an.

«Das sind zwei Tagesreisen bei diesem nasskalten Wetter», stieß Serafina hervor, «und gefährlich ist's obendrein in den Waldbergen!»

Auch sie selbst hatte schon den Schwarzwald durchwandert, dieses dunkle Gebirge mit seinen tiefen Tälern, reißenden Bächen und abgelegenen Dörfern, von deren Bewohnern es hieß, sie würden fremde Götter anbeten und ihren Feinden die Köpfe abschlagen. Aber das war im Frühjahr gewesen, und außerdem hatte sie sich einer ganzen Gruppe von Reisenden angeschlossen.

«Vor allem muss man neuerdings wieder durch diese schreckliche Schlucht bei der Ruine Falkenstein», setzte Grethe nach. «Dort brächten mich keine zehn Pferde hin.»

Womit sie recht hatte. Da in diesem Herbst ein Erdrutsch den Karrenweg über die Wagensteige vorerst unpassierbar gemacht hatte, musste der Reisende den alten Falkensteiner Weg über Hinterzarten und Neuenstadt nehmen, der nicht mehr als ein Saumpfad war und durch die enge Schlucht führte, die die Leute hier «die Höll» nannten.

«Ihr übertreibt mit euren Sorgen. Schließlich geht's nicht nach Jerusalem, sondern nur bis Villingen. Der Herrgott und unser braver Hund werden mich beschützen, ich bin im Hellen unterwegs und werde rechtzeitig vor der Dämmerung im Pfarrhaus von Neuenstadt einkehren. Außerdem», sie lächelte, «scheint's mir da draußen nicht gefährlicher als derzeit in den Mauern von Freiburg.»

«Ich begleite dich», beschied ihr Serafina.

«Unsinn! Du musst dein Hochzeitsfest vorbereiten, da wird noch einiges zu tun sein.»

«Dann soll dich wenigstens die Lämmlein-Meisterin begleiten. Schließlich war's ja ihre Mitschwester, die gemeuchelt worden ist.»

«Die Elisabeth Marschelkin? Da kennst du sie aber schlecht. Nie und nimmer würde die einen so beschwerlich weiten Fußmarsch auf sich nehmen, noch dazu bei diesem Wetter.»

Da meldete sich Hedwig zu Wort. Sie hatte die ganze Zeit

mit geschlossenen Augen dabeigesessen, die Hände aneinandergelegt wie zum stillen Gebet.

«*Ich* möchte mitkommen», verkündete sie laut und vernehmlich.

Serafina glaubte ihren Ohren nicht zu trauen. Wie Brida war auch Hedwig von edlem Geblüt und schon aufgrund ihrer Herkunft keinerlei Entbehrungen gewohnt. Bevor sie zu ihnen gestoßen war, hatte sie in einem vornehmen Damenstift gelebt. Andrerseits war sie alt genug, um zu wissen, was sie mit einem solch anstrengenden, mehrtägigen Marsch auf sich nahm.

Als hätte sie Serafinas Gedanken gelesen, fuhr die Neue fort: «Mir macht das Marschieren nichts aus, glaubt mir. Und ich könnte euch in Villingen eine große Hilfe sein. Ich ... ich bin nämlich mit Otto von Hachberg, dem Fürstbischof von Konstanz, weitläufig versippt.»

«Ach!» Die Meisterin hob erstaunt die Brauen. «Das wusste ich gar nicht.»

«Nun, ich wollte nicht damit prahlen.»

«Alsdann: Ich nehme dein Angebot gern an. Zieh dir morgen für die Frühmesse gutes Schuhwerk an, wir machen uns gleich nach dem Kirchgang auf den Weg. Damit wünsche ich euch eine gesegnete Nachtruhe.»

Innerlich schüttelte Serafina den Kopf. Das passte so gar nicht zu Hedwig. Wollte sie sich bei der Meisterin lieb Kind machen, nachdem sie von ihr so streng gerügt worden war?

Als Serafina und Grethe kurz darauf ihre gemeinsame Schlafkammer aufsuchten, war die Freundin noch immer ganz außer sich.

«Du weißt ja gar nicht», begann Grethe, während sie im Stockfinstern ihr Gewand ablegten, «was die Leute für Geschichten über die Höll erzählen. In der Schlucht spukt's nämlich, auch wenn die Meisterin davon nichts hören will. Da hausen wilde Teufel, bocksfüßige, behaarte Teufel, die holen sich die Seelen der Reisenden.»

«Ach was. Das Gefährlichste an solch einer Schlucht sind Steinschlag und Wegelagerei», versuchte Serafina sie zu beruhigen.

«Und was ist mit den beiden Straßburger Wanderern, die man neulich dort halbtot gefunden hat? Nackt bis aufs Hemd waren sie, und auf ihren Rücken waren Zeichen eingeritzt. Es heißt, dass die sich hinterher an nichts erinnern konnten, außer an schreckliche Teufelsfratzen. Und oben auf der Burgruine geht noch immer der letzte Falkensteiner um. In manchen Nächten leuchten dort gespenstische Lichter, und bei Vollmond lauert das Gerippe des Burgherrn am Wegrand. Kommt ein Wanderer vorbei, springt der Geist ihm auf den Rücken und erschreckt ihn zu Tode …»

«Jetzt hör bloß auf», unterbrach Serafina sie. «Das ist doch alles finsterer Aberglaube.»

Dennoch fuhr ihr ein Schauer über den Rücken, und sie schlüpfte fröstelnd unter die Bettdecke.

«Die Meisterin ist am helllichten Tag unterwegs», sagte sie bestimmt, «noch dazu in Begleitung und mit unserem braven Hund Michel. Da wird ihr schon nichts zustoßen.»

Kapitel 8

Adalbert Achaz hatte die Nacht über mehr als unruhig geschlafen, sich unablässig von einer Seite auf die andere gewälzt und war doch schon beim ersten Hahnenschrei wieder hellwach. Die tote Mia ließ ihm keine Ruhe.

Nachdem er am Abend zuvor den Leichnam in der Wärmestube ausgiebig untersucht hatte, im Beisein des Kleinen Rats, war er zu der Überzeugung gekommen, dass die Lämmlein-Schwester tatsächlich durch einen heftigen Schlag gegen die Schläfe zu Tode gekommen sein musste – zart gebaut, wie das Mädchen war, hätte es hierfür nicht einmal viel Kraft gebraucht. Die Bemerkungen der Ratsherren hatte er noch gut im Ohr: «Jetzt müssen wir dringlichst handeln», waren die abschließenden Worte des Schultheißen gewesen, und Schneehas hatte hierzu eifrig genickt. Was er unter «dringlichst handeln» verstand, konnte Achaz sich lebhaft vorstellen.

Auf jeden Fall wollte er Serafina bitten, das Haus nur noch in der Gruppe zu verlassen und nach Einbruch der Dunkelheit gar nicht mehr. Auch wenn das wahrscheinlich nichts nutzen würde. Serafina hatte ihren eigenen Kopf, das hatte die Vergangenheit mehr als einmal gezeigt. Am liebsten würde er sie noch heute in sein Haus verfrachten, auf dass sie ihre Beginentracht ablegte und an seiner Seite bliebe.

Das erste Morgenlicht drang bereits durch die Ritzen des Fensterladens. Mit einem Seufzer schob sich Achaz aus dem Bett und kleidete sich an. Warum nur war Serafina so stur? Nur damit sie beide nicht ins Gerede kamen? Sie kümmerte sich doch sonst nicht um das Geschwätz der Leute.

Er betrat die Küche, die Irmla bereits kräftig eingeheizt hatte.

«Ich bin kurz außer Haus.»

«Aber der Milchbrei ist gleich fertig.»

«Nur auf ein Vaterunser, drüben in der Ledergasse.»

Die Magd riss die Augen auf. «Dort, wo man das arme Ding erschlagen hat?»

«Ja. Bis gleich also.»

Er streifte sich seinen langen, dunklen Gelehrtenmantel über, setzte sich die Kappe auf und verließ das Haus. Von der Ledergasse aus hatte man einen guten Blick auf das Kloster der Barfüßer – so würde er obendrein mitbekommen, wann die Frühmesse zu Ende ging, und mit hoher Wahrscheinlichkeit auf Serafina treffen.

Als er am Kirchenportal vorbeikam, hielt er kurz inne und lauschte den Gesängen der Mönche. Er fragte sich, ob Serafina wohl weiterhin dort täglich den Gottesdienst besuchen wollte. Fiel ihr der Abschied von den Mitschwestern vielleicht doch schwerer, als sie zugab? Zum ersten Mal kam ihm der Gedanke, dass Serafina womöglich bange war vor der Heirat. Sie hatte schließlich nie zuvor an der Seite eines Mannes gelebt.

Er gab sich einen Ruck und setzte seinen Weg fort. Erst allmählich erwachte die Stadt, und die schmale Gasse hinter der Kanzlei lag noch wie ausgestorben vor ihm. Sein Blick wanderte hinüber zur Ratsstube – zur neunten Stunde würde sich dort der Kleine Rat versammeln, um hernach seine Beschlüsse dem Magistrat vorzutragen.

Er kniff die Augen zusammen und begutachtete die Stelle, wo Schwester Mia aufgefunden worden war. Der löchrige Boden war mit dem üblichen Straßendreck bedeckt, den der Wind der letzten Tage weitgehend eingetrocknet hatte, in der Gassenmitte hatten schwerbeladene Handkarren ihre Furchen hinterlassen. Auf den ersten Blick gab es nichts Ungewöhnliches zu entdecken, außer dass dort, wo der Kopf der Toten gelegen hatte, ein dunkler Blutfleck zu erahnen war. Doch je länger Achaz zu Boden starrte, desto sicherer glaubte er Schleifspuren zu erkennen. Und zwar auf die Länge von zwei großen Schritten. Als ob jemand versucht hätte, den Leichnam zu entfernen, dann aber gestört worden war.

Gebückt folgte er der vermeintlichen Spur bis zu einem kniehohen Mauervorsprung neben der Toreinfahrt zur Werkstatt des Kammmachers Bertschi, von wo es übel nach versengtem Horn und Schildpatt roch. Die spitze Kante des hellen Sandsteins schimmerte dunkelrot. Achaz befeuchtete seine Fingerspitze und strich darüber. Eindeutig Blut! Und zu seinen Füßen, wo der Boden im Gegensatz zur Gassenmitte von einer dicken Schicht Morast bedeckt war, erkannte er mehrere tiefe, noch frische Abdrücke, die sowohl von großen Stiefeln wie von zierlichen Schuhen stammten.

Hatte an dieser Stelle ein Kampf stattgefunden? War Mia hier zusammengebrochen und hatte sich weitergeschleppt bis zu der Stelle, wo sie gestorben war? Oder hatte es möglicherweise gar keinen Mord gegeben?

Er unterbrach seine Überlegungen, da sich vom anderen Ende der Gasse zwei Mannsbilder näherten. Der, der vorausging, war jungenhaft schmal, trug einen langen Talar unter dem offenen Mantel, beides von dunkelbrauner Farbe, und ein flaches Barett auf dem krauslockigen Haar. Eine zerschlissene Tasche hing ihm zur Linken herab, seine Faust umschloss einen langen Wanderstab. Unwillkürlich musste Achaz lächeln: Gerade so war er einstmals auch durch die Lande gezogen, als er in Erfurt und Prag die Sieben Freien Künste studiert hatte, um sich hernach in Heidelberg der Medizin zuzuwenden.

Der junge Scholar blieb unvermittelt stehen und wandte sich seinem Begleiter zu, einem dicklichen, untersetzten Mann in der schwarz-weißen Ordenstracht der Dominikanermönche. Die beiden zögerten weiterzugehen. Da erst erkannte Achaz sie: Es waren Bruder Thomas und sein junger Begleiter. Ausgerechnet diese vermaledeiten Wanderprediger mussten ihm hier über den Weg laufen.

Er rief ihnen ein vernehmliches «Gott zum Gruße!» zu, und als sie an ihm mit großen Schritten vorbeigingen, bedachte der Mönch den Stadtarzt lediglich mit einem kühlen Kopfnicken.

«So wartet doch, Bruder!» Achaz eilte ihnen nach und berührte den Prediger am Arm. Der blieb unwillig stehen.

«Wer seid Ihr, dass Ihr uns aufhaltet?»

«Adalbert Achaz, meines Zeichens vereidigter Stadtphysikus von Freiburg.»

«Aha – ein studierter Medicus also. Und was wollt Ihr von uns?»

Beim Anblick der herablassenden Miene von Bruder Thomas stieg Wut in Achaz auf. Er atmete tief ein und zählte bis drei, um die Fassung zu bewahren.

«Seid Ihr auf dem Weg zu Eurer täglichen Litanei?»

«Ganz recht. Der Markt wird gleich eingeläutet, und die Menschen wollen mich reden hören.»

«Möglicherweise begehrt Ihr zu wissen, dass Eure Hetze erste Früchte getragen hat.»

Die stahlgrauen Augen des Kuttenträgers flackerten. «Was soll das heißen? Ich predige die Wahrheit, das ist alles.»

«Dann wollt Ihr gar nicht erfahren, was gestern Abend in dieser Gasse, die Ihr soeben durchquert habt, geschehen ist?»

«Wovon sprecht Ihr?»

«Nun – davon, dass es bereits eine Begine weniger gibt in dieser Stadt.»

Der junge Scholar starrte ihn an. «Ist sie tot?», brach es aus ihm heraus.

«Sieh da – Ihr seid bereits im Bilde.»

Der Dominikanermönch schob seinen jungen Begleiter ärgerlich zur Seite und baute sich vor Achaz auf, was einigermaßen lächerlich wirkte, da er um einen ganzen Kopf kleiner als der Stadtarzt war.

«Wir waren gestern Abend zufällig in der Nähe, als der Nachtwächter die junge Begine am Boden fand. Wir wollten helfen, wurden aber gar nicht erst herangelassen, sondern von einem ungehobelten Büttel des Weges verwiesen. – Dann ist sie also tot?»

«Mausetot.»

«Der Herr sei ihrer Seele gnädig.» Er bekreuzigte sich.

Achaz nahm den jungen Scholar ins Visier. «Was habt Ihr eigentlich zu so später Stunde in der Ledergasse gewollt? Für einen Ortsunkundigen wie Euch eine reichlich abgelegene Gasse.»

«Wir ... waren auf dem Heimweg vom Heilig-Geist-Spital, wo wir zu Abend gegessen haben und ...»

«Unser Weg führte nun mal durch die Ledergasse», vollendete der Dominikaner mürrisch. «Und jetzt genug der Fragen.»

Er wollte sich schon abwenden, als Achaz ihn am Ärmel packte. Noch lieber hätte er den Kerl am Kragen geschüttelt.

«Wer hat Euch wirklich beauftragt, in unserer Stadt Unfrieden zu stiften? Doch nie und nimmer der Basler Bischof Humbert von Neuenburg, den ich recht gut kenne – der ist ein müder, alter Mann geworden, den die Welt um ihn herum längst nicht mehr rührt.» Achaz' Blick schweifte ab in Richtung Barfüßerkirche, wo sich gerade die Flügel des Portals öffneten – die Frühmesse war zu Ende. «Wer also hat Euch geheißen, hier eine Schlacht zu führen gegen Frauen, die sich selbstlos der Caritas widmen?»

«Caritas? Ich nenne es Ketzertum. Lasst mich gefälligst los.»

«Wer steckt dahinter?»

«Loslassen! Sonst werde ich mich über Euch beschweren.»

Der Mönch schüttelte ihn ab wie eine lästige Schmeißfliege, und Achaz ließ ihn gehen. Mit diesem Mann stimmte etwas nicht, dass spürte er.

Mittlerweile hatten die ersten Besucher die Klosterkirche, die auch den Freiburger Bürgern offen stand, verlassen. Da entdeckte er die Christoffelsschwestern. Er beobachtete, wie Serafina sich mit einer innigen Umarmung von ihrer Meisterin verabschiedete, um dann mit der jungen Brida von Stühlingen in entgegengesetzter Richtung davonzumarschieren. Im nächsten Augenblick hatten die Frauen um Mutter Catharina auch schon die Ledergasse erreicht und kamen direkt auf ihn zu.

«Gott zum Gruße, Herr Stadtarzt!» Die Meisterin deutete hinter sich. «So stellt Euch vor: Die Schwestern Serafina und Brida sind auf dem Weg zu Euch.»

Achaz erschrak. «Ist was Schlimmes geschehen?»

«Aber nein – so hoffe ich jedenfalls. Serafina wollte Euch nur um einen Gefallen bitten, im Namen von uns allen.»

«Dann will ich sie nicht warten lassen», nickte Achaz und merkte, wie sein Herz schneller klopfte. Fast rannte er über den kleinen Platz bei den Barfüßern und wäre dabei ums Haar mit einem kräftigen Mann in rot-weißer Amtstracht zusammengestoßen. Es war Gottschalk, der Stadtbote.

«So eilig unterwegs, Herr Medicus?»

«Ja, Gottschalk – ein äußerst dringlicher Fall wartet auf mich.»

«Nur auf ein Wort – womit ich mir den Gang zu Euch nach Hause erspare.»

«Dann rasch heraus mit der Sprache», drängte Achaz, der um die Weitschweifigkeit des Stadtboten wusste.

«Von unserem gnädigen Herrn Paulus von Riehen, was unser lieber Schultheiß ist, soll ich Euch bestellen, dass Ihr die nächsten Tage zur Verfügung stehen sollt. Was nichts anderes bedeutet, dass Ihr die Stadt nicht ohne Erlaubnis verlassen dürft …»

«Warum das denn?», unterbrach Achaz ihn. Aus dem Augenwinkel heraus sah er, wie sich im Haus Zum Pilger die Haustür öffnete und Irmla die beiden Frauen in Schwesterntracht einließ.

Gottschalk blickte sich nach rechts und links um.

«Wegen der Sache mit dem Beginenmord, Herr Medicus», flüsterte er. «Es soll nämlich ein Gericht einberufen werden, und hierfür müsst Ihr als Gutachter zur Verfügung stehen. Ich kann Euch das Schriftstück gerne zeigen, es liegt in der Kanzlei …»

«Nicht nötig, ich hab's ja gehört.»

«Gut. Dann bitte ich Euch also, verehrter Herr Medicus, dass Ihr bis auf weiteres immer Eurer Magd Bescheid gebt, wo genau in der Stadt Ihr Euch aufhaltet.»

«Versprochen, Gottschalk. Aber jetzt muss ich wirklich weiter.»

Kapitel 9

Zwei Stufen auf einmal nehmend, stürmte Achaz bei sich zu Hause die Stiege hinauf. In der Küche saßen Serafina und Brida von Stühlingen am Tisch und löffelten dampfenden Milchbrei.

«Na endlich, Doctor Adalbert!», rief Irmla ihm vom Herd her zu. «Der Brei wird schon kalt, und außerdem habt Ihr Besuch bekommen.»

«Das sehe ich. Was für eine Überraschung!»

Achaz musste an sich halten, Serafina nicht zu berühren, als sie ihn jetzt ansah und lächelte. Wie schön sie noch immer war mit ihren ebenmäßig geschnittenen Gesichtszügen, der geraden, feinen Nase, den vollen Lippen und dem kräftigen, dunklen Haar, das sie seit Ostern wieder wachsen ließ. Und erst diese tiefblauen Augen unter den schmalen, schwarzen Brauen! Selbst in ihrem grau-weißen Beginenschleier war sie eine wunderschöne Frau.

«Was gibt es denn?», fragte er und setzte sich den beiden Frauen gegenüber. Er strahlte wie ein Kind, das ein Geschenk erhalten hatte.

Serafina legte den Löffel zur Seite.

«Du musst mit dem Basler Bischof reden, wo ihr euch

doch seit vielen Jahren kennt. Du allein kannst ihm deutlich machen, dass wir keinerlei ketzerische Neigungen pflegen, sondern dem Wohl der Stadt dienen! Er muss diesen Wanderprediger zurückholen, bevor das nächste Unglück geschieht. Bitte, Adalbert!»

Überrascht zog er die Stirn kraus. «Wie stellst du dir das vor?»

«Du könntest dir ein Pferd mieten. Dann wärst du in drei Tagen wieder zurück.»

«Damit ich runterfalle und mir den Hals breche? Du weißt doch, was für eine jämmerliche Figur ich auf einem Gaul abgebe. Noch dazu weiß ich gar nicht, ob Humbert von Neuenburg sich derzeit in Basel, Delsberg, Konstanz oder sonst wo aufhält.» Er lachte leise. «Womöglich müsstest du dann ohne mich heiraten.»

Sie dachte kurz nach. «Wenn alle Stricke reißen, verschieben wir eben die Hochzeit.»

«Ach, Serafina. Die Wahrheit ist: Ich darf die Stadt nicht verlassen. Der Tod von Schwester Mia wird jetzt vor Gericht untersucht, und da muss ich als Stadtarzt zur Verfügung stehen. Eine Order von ganz oben. Eben jetzt gerade tagt der Kleine Rat deswegen.»

«Ich verstehe.»

Er sah ihr enttäuschtes Gesicht und wusste: Serafina hätte sich niemals von irgendwelchen Anweisungen in ihren Vorhaben abhalten lassen. Plötzlich fühlte er sich wie ein Versager. Nicht einmal die Sache mit der Apotheke hatte er durchsetzen können …

Er räusperte sich. «Aber eines kann ich tun. Ich werde ein

Schreiben an den Bischof aufsetzen, jetzt gleich, und einen Boten beauftragen, heute noch loszureiten.»

«Das ist sehr großzügig von Euch, Herr Medicus.» Die junge Brida schenkte ihm ein übertrieben mädchenhaftes Lächeln. «Von meinem Vater weiß ich, wie kostspielig solch ein reitender Bote ist.»

«Das geht dann von Serafinas Brautgabe ab», versuchte er zu scherzen, doch Serafina blieb ernst.

«Ich frage mich», sagte sie leise, «wer so etwas Schändliches tun konnte. Eine wehrlose junge Frau einfach so in der dunklen Gasse niederschlagen.»

«Bitte nicht, Serafina! Misch dich nicht wieder ein.»

Jetzt griff er doch nach ihrer Hand, ungeachtet der Anwesenheit von Irmla und Brida. Eigentlich hatte er seine Beobachtungen vorhin in der Ledergasse für sich behalten wollen, aber nun schien es ihm dringlich, Serafinas Waghalsigkeit entgegenzutreten.

«Möglicherweise war es nämlich gar kein Meuchelmord, sondern bloß ein Unfall. An der Toreinfahrt zu Bertschis Werkstatt, also nicht weit von der Stelle, wo die Tote lag, hab ich frisches Blut entdeckt. Auf einem vorspringenden Stein in Kniehöhe. Vielleicht ist die Arme ja nur unglücklich gestolpert im Dunkeln oder über eine flüchtende Katze gefallen und dann mit der Schläfe gegen den Mauervorsprung geprallt.»

Es war Serafina anzusehen, wie es hinter ihrer glatten, hellen Stirn arbeitete. Schließlich schüttelte sie entschieden den Kopf. «Nein, Achaz – so was könnte vielleicht unserer alten Mette zustoßen, aber Schwester Mia war ein junger, gesunder Mensch. So jemand fängt sich, wenn er ins Straucheln gerät.»

Das ist wohl wahr, dachte Achaz und ließ Serafinas Hand los. Eine andere Möglichkeit wäre natürlich auch, dass gehörig nachgeholfen worden war bei dem Sturz. War es nicht merkwürdig genug, dass dieser Lotterpfaffe und sein Scholar rein zufällig zur Tatzeit in der Nähe der Ledergasse gewesen waren? Und heute in aller Früh erneut?

Er legte die Stirn in Falten, als ihm einfiel, was er vom Schultheißen erfahren hatte. Dieser Bruder Thomas und sein Adlatus waren im Kloster Unterlinden untergebracht, und ihr Weg vom Heilig-Geist-Spital nach Hause führte keineswegs durch diese schmale Gasse. Von wegen Heimweg! Plötzlich hatte er wieder die Worte des Mönchs im Ohr: *Wir waren gestern Abend zufällig in der Nähe, als der Nachtwächter die junge Begine am Boden fand.* Wie konnten sie wissen, dass Schwester Mia jung war, wo es doch stockfinster gewesen war und Büttel wie Nachtwächter niemanden herangelassen hatten?

Sein Blick traf sich mit dem Serafinas.

«Woran denkst du, Achaz?», fragte sie leise.

«An das Schreiben für den Basler Bischof», flunkerte er. Zum Glück hatte er Serafina gegenüber seine Begegnung mit dem Wanderprediger nicht erwähnt, und das sollte auch so bleiben. Sonst käme sie nur wieder auf den Gedanken, irgendwelche brandgefährlichen Nachforschungen anzustellen.

Als er ihren zweifelnden Blick bemerkte, setzte er nach: «Ich will mich jetzt gleich an den Brief machen. Das heißt, ich würde mich sehr freuen, wenn wir beide ihn gemeinsam aufsetzten.»

Kapitel 10

Im Nachhinein tat es Serafina leid, dass sie anfangs so schroff zu Achaz gewesen war. Aber zum einen sorgte sie sich inzwischen doch mehr, als sie gedacht hätte, um Catharina. Beim Abschied hatte die ihr noch gesagt: «Wirst sehen, Serafina: Rechtzeitig zu deiner Hochzeit bin ich wieder da. Und zurück können wir vielleicht mit den Barfüßern wandern», doch diese so leichthin gesagten Worte hatten ihr die Angst nicht nehmen können. Zum anderen hatte es sie enttäuscht, dass Achaz sich so einfach von der Obrigkeit festsetzen ließ. Doch zum Glück hatte er sich von ihrer Verstimmung nicht beirren lassen, im Gegenteil.

Als Serafina jetzt den kleinen Platz vor dem Kloster überquerte – Achaz hatte sie heimbegleiten wollten, doch das hatte sie entschieden abgelehnt –, musste sie lächeln. Da war sie heute doch tatsächlich noch eine halbe Stunde mit ihm allein gewesen. Nachdem sie ihm zum Abfassen des Briefes ins Behandlungszimmer gefolgt war, hatte sie Brida nämlich kurzerhand heimgeschickt.

«Sag Grethe, sie soll schon mal die Viecher füttern, das Ausmisten mach ich dann später.»

«Ich weiß nicht … Der Meisterin würde das missfallen.»

«So geh endlich. Die Ziegen haben Hunger.»

Nach Serafinas Dafürhalten waren sie mit dem Schreiben an den Fürstbischof von Basel viel zu rasch fertig geworden, obwohl sie sich beim gemeinsamen Abfassen in der Wortwahl nur selten einig gewesen waren: Wo Achaz, wie es seine Art war, allzu weitschweifig wurde, hatte sie ihn zur Kürze überredet, wo sie in ihren Forderungen zu forsch im Tonfall wurde, hatte er mehr Geduld und Demut durchgesetzt. Nachdem er den Brief noch einmal ins Reine geschrieben und am Ende versiegelt hatte, hatte er sie neugierig gefragt, wohin sich ihre Meisterin zu so früher Stunde verabschiedet habe, und sie hatte ihm von ihrer großen Sorge erzählt.

«Stell dir nur vor, was den beiden Frauen auf ihrer Wanderung alles zustoßen kann!»

«Jetzt mal den Teufel nicht an die Wand – es wird schon gutgehen.»

«Sieh an! Wäre *ich* unterwegs, allein mit Hedwig, dann würdest du dich also auch nicht sorgen.»

«Von wegen! Und wie ich mich sorgen würde!», war seine Antwort gewesen. Dann hatte er sie kurzerhand an sich gezogen und zärtlich auf den Mund geküsst. Nur leider waren sie dabei von Irmla überrascht worden, und Serafina hatte sich mit einem hastigen Gruß verabschiedet.

Sie meinte, noch immer die Wärme seiner Lippen auf ihrem Mund zu spüren, als sie feststellte, dass sie unwillkürlich in die schmale Ledergasse eingebogen war. Vor der Einfahrt zu Bertschis Kammmacherwerkstatt blieb sie stehen.

Adalbert hatte recht: Ganz deutlich waren da noch die Blutspuren auf dem Mauervorsprung zu erkennen. Und spitz genug war der Stein auch, um eine klaffende Wunde zu verursachen.

Das Hoftor stand offen, der Laden zur Werkstatt ebenfalls. Kurz entschlossen ging sie hinein. Drinnen fand sie die Meistersfrau vor einem Haufen Kämme sitzen, die sie glättete und glänzend rieb, um sie dann in einer kleinen Holzkiste zu verstauen. Über dem Herdfeuer köchelte eine übel riechende Flüssigkeit.

«Gott zum Gruße, Meisterin. Ich bin Schwester Serafina von den Christoffelsschwestern.»

Die Meisterin schaute nur kurz auf, ohne ihren Gruß zu erwidern. Serafina hätte sich am liebsten ihren Schleier vor Mund und Nase gehalten. Was manche Menschen doch für einen Gestank ertragen mussten bei ihrer täglichen Arbeit.

«Wisst Ihr», setzte sie an, «was gestern Abend vor Eurer Einfahrt geschehen ist?»

«Das weiß ich wohl – und jetzt verlasst unseren Grund. Wir wollen mit solchen wie Euch nicht gesehen werden.»

Entgeistert starrte Serafina sie an. «Was redet Ihr da?»

«Der Basler Mönch hat ganz recht – Ketzerinnen seid Ihr! Warum sonst fügt Ihr Euch nicht ein in Gottes gewollter Ordnung? Und Schmarotzerinnen, die von unseren Almosen leben, seid Ihr obendrein. Verschwindet also!»

Widerstrebend folgte Serafina ihrer Aufforderung. So feindselig war sie schon lange nicht mehr als Begine behandelt worden. In der Tür mit dem geöffneten Laden drehte sie sich noch einmal um.

«Dann heißt Ihr es also gut, dass eine junge Frau, die Eure Tochter sein könnte, auf der Gasse erschlagen wird?»

«Nein, ganz und gar nicht. Aber Ihr solltet einfach alle verschwinden aus der Stadt. Dann wäre auch Ruh!»

«Nun, so hoffe ich nur, dass Ihr nie in eine bedürftige Lage geratet und die Hilfe von uns Beginen benötigt. Aber eine einzige Frage hätte ich dennoch, und ich bitte Euch, sie um der armen Toten willen zu beantworten: Habt Ihr oder Euer Mann gestern zur sechsten Abendstunde etwas gehört, draußen vor der Einfahrt?»

«Nein. Mein Mann liegt oben krank darnieder, und ich selbst hab die Werkstatt ausgefegt.»

Serafina zwang sich zu einem Lächeln.

«Ich kann gut verstehen, dass Ihr nicht als Frau allein im Dunkeln auf die Gasse wollt. Aber da muss doch ein Schrei zu hören gewesen sein, gleich vor Eurem Haus.»

Die Kammmacherin wurde unsicher.

«Nun ja, da war ein Schrei. Und zuvor … zuvor war da ein Heulen. Ganz unheimlich. Wie von einem Wolf oder einem … einem Untoten. Einem Wiedergänger.»

«Da hätt ich allerdings auch nicht nachsehen mögen», nickte Serafina und fügte begütigend hinzu: «Vielleicht denkt Ihr noch einmal nach. Über uns Schwestern, meine ich.»

Augenblicklich wurde die Miene der Frau wieder eisig.

«Hinaus jetzt!»

Zurück auf der Gasse, holte Serafina tief Luft, nicht nur des Gestanks wegen. Die Hetze des Dominikaners trug also mehr und mehr Früchte, dachte sie und spürte, wie sich ihr Herz vor Kummer zusammenzog.

Auf dem Weg nach Hause ging ihr indes die Bemerkung

der Kammmacherin über das dämonische Geheul nicht aus dem Sinn. Im Gegensatz zu ihren Zeitgenossen war sie kein allzu abergläubischer Mensch, doch wenn sie sich vorstellte, welch grauenhaftem Wesen die arme Mia da in der Dunkelheit begegnet sein mochte, schauderte ihr.

Sie schob das Hoftor zu ihrem kleinen Anwesen auf und wunderte sich, dass da kein Hund war, der sie vor Freude anwinselte. Dann fiel ihr ein, dass die Meisterin Michel ja mitgenommen hatte. Nun, das wenigstens war eine Beruhigung. Der kleine, hellbraune Hund war Serafina einstmals zugelaufen und lebte seither als einziges männliches Wesen im Haus Zum Christoffel. Schon mehrfach hatte er sie aus brenzligen Situationen gerettet. So klein und zierlich er auch war, so kämpferisch stellte er sich jedem entgegen, der sich ihr oder ihren Mitschwestern auf mehr als zwei Schritte näherte.

«Ich bin wieder da», rief sie in Richtung des halb geöffneten Küchenfensters. Ohne Eile ging sie zum Hinterhaus, einem einfachen Holzbau mit spitzgiebeliger Bühne, in dem Hühnerstall, Ziegenverschlag und die Werkstatt zum Kerzenziehen untergebracht waren. Dort steckte sie den Kopf zur Tür hinein und sog gierig den herrlichen Duft des Bienenwachses ein.

«Hast du es schön warm hier», sagte sie zu Mette, die krumm und bucklig auf einer niedrigen Bank vor dem Holzkohleöfchen hockte und Dochtfäden durch das zähflüssige Wachs zog.

Die grinste gutmütig. «Dir wird auch gleich warm werden, beim Ausmisten. Übrigens sollst du mich über Mittag zur alten Witwe vom Seifensieder begleiten und von deiner selbstgemachten Wundersalbe gegen Gliederschwamm mitnehmen.»

Das mit der Salbe freute Serafina. Wenn sie erst bei Achaz wohnte, hätte sie viel mehr Platz für ihr Laboratorium.

«Geht's denn wieder mit deinem Rücken?», fragte sie.

«Muss ja. Sonst wär ich schließlich zu gar nichts mehr nütze.»

Im Stall wechselte Serafina ihren Umhang gegen den fleckigen Arbeitsschurz und machte sich an die Arbeit. Plötzlich musste sie wieder an die Kammmacherin denken. Fast wütend stieß sie die Mistgabel in das durchnässte Stroh, und die Ziegen hüpften erschrocken zur Seite. Mehr noch als das Wort Ketzerin hatte sie der Vorwurf des Schmarotzens getroffen. Wie oft schlugen sie sich die Nächte bei Kranken und Sterbenden um die Ohren! Und obendrein sorgten sie sehr wohl mit ihrer Hände Arbeit für den Unterhalt ihres kleinen Konvents: Die alte Mette mit dem Verkauf ihrer Kerzen, Heiltrud, indem sie sich als Wäscherin für Freiburger Bürgerhaushalte verdingte und hierfür fast täglich ins öffentliche Waschhaus ging. Die anderen arbeiteten im Wechsel am Webstuhl, den der Freiburger Kaufherr Pfefferkorn ihnen einst gestiftet hatte, und sie selbst versorgte sowohl die Tiere wie auch den Garten in der Lehener Vorstadt oder mischte ihre mittlerweile sehr begehrten Salben und Tinkturen. Und alles, was sie an Almosen erhielten, verwendeten sie ausschließlich für die Armen der Stadt.

«Was ist dir denn für eine Laus über die Leber gelaufen, dass du schier die Mistgabel entzweihaust?»

Serafina fuhr herum und sah Grethe in der Stalltür stehen.

«Nichts Besonderes. Außer dass Bertschis Weib uns als Ketzerinnen und Schmarotzerinnen beschimpft hat. Danke übrigens fürs Füttern.»

«Gern geschehen, wenn ich dir damit ein Stelldichein mit deinem Stadtarzt ermöglichen konnte. Brida war übrigens reichlich empört darüber.»

Ihre Freundin lachte kurz auf, dann wurde ihr Gesicht ungewohnt ernst.

«Aber du hast recht – das kann einen schon ganz schön wütend machen. Als wir vorhin von der Frühmesse heimgegangen sind, haben uns zwei Gassenbuben Ketzerinnen nachgerufen.» Grethe stockte. «Na ja, und als dann die Meisterin mit Hedwig nach Villingen aufgebrochen ist, da hab ich mal in der Kammer der Neuen nachgeschaut, ob sich da nicht verdächtige Schriften finden oder so was.»

«Du hast heimlich in Hedwigs Sachen gekramt? Bist du noch bei Trost?», fragte Serafina empört.

«Ach, Serafina. Du weißt doch, wie das mit Adelheid damals war – mit ihren verräterischen Büchern und all dem Kram. Und jetzt, wo unsre Hedwig sogar schon in den Bürgerhäusern predigt und die Beichte abnimmt, da hab ich mir gedacht, ich seh mal nach. Nicht dass uns allen dann ein Strick draus gedreht wird. Außerdem trau ich der Hedwig nicht. Allein schon, dass dieses vornehme Weib plötzlich unbedingt mit zum Konstanzer Bischof wollte.»

«Und? Hast du was gefunden?»

Grethe schüttelte den Kopf. «Nur das hier.»

Sie zog ein zusammengerolltes Stück Pergament aus ihrer Schürzentasche.

«Das lag unter ihrer Matratze versteckt, aber ich kann's leider nicht lesen.»

Serafinas Empörung war verflogen, dafür ihre Neugier geweckt. Nach kurzem Zögern nahm sie die Rolle entgegen, löste den Bindfaden und hielt das Schreiben mit den klaren, wohl gesetzten Buchstaben in das einfallende Licht der offenen Tür.

«Herzliebe Freundin», las sie mit verhaltener Stimme vor. «Mit Eurer Hilfe und der Unterstützung von Bruder Thomas werden wir die Beginen bald endlich aus der Stadt verjagt haben. Die Belohnung von dreißig rheinischen Gulden wird Euch sicher sein. Dies soll auch ein kleiner Dank sein an unsere gemeinsame wunderbare Zeit im letzten Sommer zu Basel. Euer Euch stets zutiefst ergebener Lepus Lepidus.»

Verdutzt ließ Serafina das Blatt sinken.

«Was für ein seltsamer Name», murmelte Grethe. «Und für dreißig Gulden kriegst ja bald ein einfaches Holzhaus.»

Serafina starrte sie an. «Verstehst du nicht? Hedwig ist dazu angestiftet worden, sich bei uns einzuschleichen, um Unheil zu stiften. Ich fasse es nicht! Deshalb auch dieses Possenspiel beim Brunnenmeister Andres und seiner Frau! Und ihr übertrieben frömmlerisches Getue.»

Grethe blieb der Mund offen stehen. «Und deshalb wollte die auch unbedingt mit zum Bischof. Weil sie nämlich verhindern will, dass der ein gutes Wort für uns einlegt. – Was für ein hinterhältiges Weib!»

Bestürzt nickte Serafina. «Ich frag mich bloß, wer dahintersteckt.»

«Ganz klar – dieser Lepisledi oder wie der heißt. Die beiden scheinen sich ja ziemlich gut zu kennen.»

«Und wahrscheinlich ist dieser Lotterprediger ebenfalls gekauft.» Serafina packte Grethe beim Arm. «Komm! Wir müssen diesen Brief dem Schultheißen zeigen. Und Achaz nehmen wir mit. Da sind ganz hinterlistige Machenschaften im Gange.»

Kapitel 11

Das ruhige Wetter der beiden letzten Tage ging zu Ende. Wieder wehte ein scharfer Wind, diesmal kalt und feucht. Serafina bildete sich ein, dass es nach Schnee roch, als sie mit Grethe das kurze Stück zum Haus des Stadtarztes eilte, das schändliche Beweisstück in der Rocktasche. Unwillkürlich musste sie an ihre Meisterin denken, die auf dem Weg nach Villingen womöglich in ein Unwetter geraten könnte. Und an diese unselige Hedwig von Üsenberg, mit der man sich den Bock zum Gärtner gemacht hatte.

Ungeduldig betätigte sie den Türklopfer am Haus Zum Pilger.

«Immer langsam mit den jungen Pferden!», hörten sie es von innen rufen, dann öffnete sich die Tür einen Spaltbreit.

«Nanu, Schwester Serafina – habt Ihr heut früh etwas vergessen?»

«Nein, nein. Aber wir müssen den Stadtarzt sprechen, es ist dringlich.»

«Da habt Ihr leider Pech. Vor einer guten Stunde hat ihn der Gerichtsdiener abgeholt. Und von der Ratsstube aus wollte er gleich weiter zum Stadtschreiber, der krank darniederliegt.»

«Hat er gesagt, wann er zurück ist?»

«Wohl nicht vor dem Nachmittag. Ich bräuchte heut nichts zu kochen, hat er mir gesagt, weil er im Haus des Stadtschreibers zum Mittagessen eingeladen wär.»

Serafina und Grethe sahen sich an.

«Mist!», entfuhr es Grethe.

«Wisst Ihr, warum der Gerichtsbote hier war?», wandte Serafina sich wieder an Irmla.

Sie zögerte ein wenig mit der Antwort. «Es geht wohl um die tote Lämmlein-Schwester, wegen der jetzt ein Gericht einberufen worden ist.»

Eilends verabschiedeten sie sich von der Magd und gingen hinüber zur Ratskanzlei. Im Flur hockte der Kanzleidiener auf seinem Holzschemel, die Beine weit von sich gestreckt.

«Was wollt Ihr, Beginen?», fragte er, ohne sie zu grüßen, geschweige denn sich zu erheben.

«Ist der Stadtarzt noch hier?», fragte Serafina ebenso kurz angebunden zurück.

«Nein.»

«Ist er dann drüben in der Ratsstube?»

Der Mann im grünen Rock zuckte nur die Schultern.

«Himmel, muss man Euch alles aus der Nase ziehen? Als künftige Frau des Stadtarztes muss ich augenblicklich wissen, wo er ist.»

Diese Worte zeigten Wirkung.

«Nun», träge erhob sich der Kanzleidiener von seinem Sitz, «ich hab ihn in die Ratsstube gebracht, weil dort heut die erste Gerichtssitzung war.»

«Dann führt uns bitte dorthin. Wir haben eine wichtige Meldung zu machen zum Tod von Schwester Mia.»

Der Mann schüttelte den Kopf.

«Jetzt tagt gerade der Kleine Rat, und da darf niemand ungeladen rein.»

Serafina nickte. «Trotzdem danke.»

Als sie wieder draußen auf dem Platz bei den Barfüßern standen, fragte Grethe: «Und nun?»

«Wir suchen den Schultheißen auf und zeigen ihm den Brief. Vielleicht ist Achaz ja auch noch drüben beim Kleinen Rat.»

Die Ratsstube grenzte an den Hinterhof der Kanzlei, und so mussten sie das Gebäude umrunden und den Weg über die Ledergasse nehmen. Als sie an Bertschis Toreinfahrt vorbeikamen, sahen sie, dass jemand das Blut abgewaschen hatte. Sie näherten sich der Ratsstube, da kam ihnen auch schon der Wächter mit seiner Hellebarde entgegen. Serafina erinnerte sich noch genau, wie sie mal vor gut einem Jahr mit ebendiesem Mann aneinandergeraten war.

«Gott zum Gruße, Wachmann», sagte sie, so freundlich es ihr möglich war. «Wisst Ihr, ob der Stadtarzt hier ist?»

Der Mann musterte sie misstrauisch.

«Ihr seid doch diese Christoffelsschwester?»

«Ganz recht. Und bald schon die Gemahlin des Stadtarztes.»

«Trotzdem kann ich Euch darüber keine Auskunft geben.»

«Dann warten wir hier, bis die Sitzung vorbei ist.»

«Das kann dauern. Aber meinetwegen macht, was Ihr wollt, wenn Ihr bloß von der Tür wegbleibt.»

Serafina nickte und zog ihre Freundin zu einem der Fenster, während der Wächter wieder seinen Posten beim Eingang bezog.

«Musst du nicht mit Mette zur Seifensiederwitwe?», fragte Grethe. «Die fragt sich bestimmt schon, wo du bleibst.»

«Keine Sorge. Ich hab nicht vor, hier Wurzeln zu schlagen.»

Der Sitzungssaal lag zu ebener Erde, und wenn Serafina sich streckte, konnte sie hinter den grünlichen Butzenscheiben die Gestalt des Schultheißen sehen, der gleich hinter dem Fenster auf und ab schritt. Die Männer um den langen Tisch herum waren indessen nur als dunkle Schatten zu erahnen. Was dadrinnen gesprochen wurde, war nicht zu verstehen.

Sie machte eine Faust und klopfte gegen die dicken Scheiben.

«Herr Schultheiß», rief sie laut, als dessen Gesicht sich ihr zuwandte. «Ich habe eine Meldung zu machen. Es eilt, bitte!»

Sie trommelte erneut gegen die Scheibe.

«Dass Euch der Hagel erschlag», fluchte der herbeistürmende Wächter. Serafina vermochte noch ein weiteres Mal gegen das Fester zu schlagen und zu rufen: «Es geht um die tote Schwester Mia», dann zerrte der aufgebrachte Wächter sie auch schon vom Fenster weg.

«Lasst mich los!» Sie schüttelte seinen Arm ab.

In diesem Augenblick betrat der Schultheiß den Hof, hinter ihm drängten sich neugierig ein halbes Dutzend Ratsherren in der offenen Tür.

«Was ist das für ein Tumult?», fragte Paulus von Riehen mit strengem Blick, nachdem er raschen Schrittes herangekommen war. «Sieh da – seid Ihr nicht die Braut des Stadtphysikus?»

Serafina blickte hinüber zu den Ratsherren, die noch immer in der Tür verharrten. Von Achaz keine Spur.

«Ja, die bin ich. Ist er nicht mehr hier?»

«Nein, er ist auf Krankenvisite. Sagt mir bitte rasch, was Ihr zu sagen habt – Ihr habt unsere Sitzung unterbrochen.»

«Das hier», Serafina zog das Schriftstück aus der Rocktasche, «das hier ist der Beweis, dass gegen uns Beginen üble Ränke geschmiedet werden. Und dass die arme Schwester Mia wohl genau deshalb zu Tode gekommen ist.»

Sie trat einen Schritt zurück und entrollte das Pergament.

«Wenn Ihr erlaubt, Herr Schultheiß, lese ich es Euch vor.»

Mit kräftiger Stimme verlas sie, ohne zu stocken, den Wortlaut des verräterischen Briefes. Als sie zum Ende kam, war der Schultheiß totenbleich geworden.

«Sollte das keine Fälschung sein, wäre es in der Tat ein ganz abgefeimter Winkelzug von diesem Unbekannten. So übergebt mir das Schreiben, damit wir es prüfen können.»

Er streckte die Hand aus.

«Verzeiht, wenn ich das ablehne.» Hastig verstaute sie das Blatt wieder in ihrer Rocktasche. «Aber ich möchte es erst dem Stadtarzt zeigen.»

Paulus von Riehen zog ärgerlich die dichten Brauen in die Höhe.

«Das ist reichlich dreist von Euch. Ihr wisst, dass ich das Papier beschlagnahmen lassen könnte. Aber nun gut, dann richtet dem Medicus aus, dass er sich damit umgehend in der

Kanzlei zeigen soll. Heute noch, damit die nötigen Schritte eingeleitet werden können.»

«Sehr gern, Herr Schultheiß. Und jetzt wollen wir Euch nicht länger aufhalten.»

Ohne sich noch einmal umzudrehen, machten sie sich auf den Heimweg.

«Warum wolltest du ihm den Brief nicht geben?», fragte Grethe verwundert. «Der Schultheiß ist immerhin der wichtigste Mann in der Stadt.»

«Wer sagt uns, dass nicht einer dieser Ratsherren mit drinsteckt in der Sache? Da wäre unser Beweisstück dann ganz schnell verschwunden. Denk nur mal an den Ratsherrn Nidank damals.»

«Den hat man ja Gott sei Dank aus der Stadt gejagt. Aber du hast recht. Warten wir lieber, bis Achaz zurück ist. Ich frag mich bloß, warum du so laut gelesen hast. Jetzt wissen diese hohen Herren allesamt Bescheid.»

«Eben das wollte ich ja. Falls nämlich nur einer von denen in die Geschichte verwickelt ist, war das jetzt ein gehöriger Warnschuss gegen ihn. Und vielleicht hört die Hatz gegen uns Beginen damit auch schon auf.»

Kapitel 12

Zum Zwei-Uhr-Läuten der Münsterglocke kehrten Mette und Serafina von der Witwe des Seifensieders zurück. Ganz steif vor Gelenkschmerzen war die Arme auf dem Bett gelegen, und ihre Dankbarkeit über die Salbe hatte Serafina tief gerührt. Zwei Stunden waren sie bei ihr gewesen, hatten mit ihr gebetet und gesungen, obendrein für sie ein Mittagessen gekocht und ihr den Haushalt gemacht.

Die alte Witwe wohnte unmittelbar neben dem städtischen Hurenhaus in der Neuburgvorstadt, und noch immer berührte es Serafina seltsam, wenn sie dort vorbeigehen musste. Dann fragte sie sich jedes Mal, was aus ihr wohl geworden wäre, wäre sie damals nicht Hals über Kopf aus Konstanz geflohen.

Heute indessen ging ihr anderes durch den Kopf. Mehr und mehr wurde ihr deutlich, was für eine Ungeheuerlichkeit dieser Brief an Hedwig enthielt. Wer immer der Verfasser war – er nahm offenbar sogar Tote in Kauf, nur um die freien Schwesternsammlungen loszuwerden.

Als sie die Große Gass erreichten, waren die Marktlauben bereits mit Brettern verriegelt. Vom Wanderprediger und seinem Gehilfen war weit und breit nichts zu sehen. Zum Glück, dachte Serafina. Womöglich hätte sie den beiden in ihrer Empörung das Kruzifix aus der Hand geschlagen.

Sie machten den kleinen Umweg über das Haus Zum Pilger, aber wie Serafina es sich schon gedacht hatte, war Achaz noch nicht zurück.

«Bitte, Irmla: Sagt ihm, er soll gleich bei uns vorbeikommen. Es ist mehr als dringlich.»

Die Magd runzelte die Stirn.

«Aber ja, Frau Serafina», gab sie ein wenig unwillig zurück. «Bei Euch ist immer alles dringlich, ich weiß.»

Wenig später betraten sie den Hof ihrer Schwesternsammlung, als ihnen auch schon schreckensbleich Grethe entgegenrannte – mit dem Hund an ihrer Seite! Winselnd warf Michel sich vor Serafina auf den Rücken.

Sie erstarrte. «Was macht der Hund hier?»

Da brach Grethe in Tränen aus. «Plötzlich stand er vor dem Tor und hat wie toll gewinselt und gejault.»

«Allmächtiger! Wenn der Meisterin nur nichts zugestoßen ist», sagte Serafina tonlos und streichelte dem Tier geistesabwesend den Nacken. Dann zuckte ihre Hand zurück. «Warum ist er so nass am Rücken?»

Grethe verfiel in Schluchzen. «Da war was aufgemalt … ich glaube, mit Blut!»

«Was sagst du da?»

«Ja, ich hab's ihm abgewaschen. Aber vorher hab ich's mit Ruß nachgemalt, dort am Türpfosten.»

Sie zog Serafina zur Stalltür. Ein langer waagerechter Strich war dort zu erkennen, über dessen Mitte sich ein sichelförmiger Bogen nach rechts schwang. Schräg oberhalb der Sichel saß noch ein Punkt.

Serafina konnte kaum einen klaren Gedanken fassen. Was mochte das sein? Mit zusammengekniffenen Augen starrte sie das seltsame Gebilde an. Ganz sicher stellte es einen Hinweis dar, aber sie wurde nicht schlau daraus.

Sie zwang sich, ruhig durchzuatmen. Was würde sie selbst tun, wenn sie in aller Eile und großer Not eine Botschaft würde verfassen wollen? Sie würde den Ort verraten, wo sie steckte. Plötzlich schlug sie sich gegen die Stirn: Wenn man das Gebilde um eine Vierteldrehung nach rechts schwenkte, in Richtung des Punktes, wurde ein Buchstabe daraus. Genauer gesagt: der Buchstabe h, mit einem Punkt dahinter als Zeichen für Abkürzung. H wie Hölle!

«Sie sind in der Höllenschlucht. Wir müssen sie suchen!»

Mette packte sie beim Arm. «Kindchen, bist du von Sinnen? Da müssen der Büttel und eine Schar bewaffneter Männer hin.»

«Glaubst du im Ernst, die Stadt rührt auch nur einen Finger für zwei Beginen?» Sie sah, wie der Hund zum Tor rannte und auffordernd bellte. «Nein, ich nehme Michel mit und gehe sie suchen.»

Bei den letzten Worten war sie bereits losgerannt in Richtung Küche.

«Was hast du vor?» Grethe lief ihr nach. «So warte wenigstens, bis Achaz zurück ist.»

«Dazu reicht die Zeit nicht. In gut drei Stunden wird es dunkel.»

In der Küche zog Serafina das spitze, scharfe Messer aus

dem Block, das zum Zerlegen des Geflügels benutzt wurde.

«Jetzt hast du völlig den Verstand verloren», flüsterte Grethe und schlug das Kreuzzeichen. Doch Serafina stürmte schon wieder zurück in den Hof, wo sie dem Hund den Strick am Halsband befestigte.

«Ich geh beim Prior der Wilhelmiten vorbei, damit er mich begleitet. Das liegt auf dem Weg», sagte sie entschieden. Mit einem Mal arbeitete ihr Verstand wieder vollauf. «Grethe, du bringst Hedwigs Brief zu Irmla und gibst Bescheid, was geschehen ist.»

Sie schob das Hoftor auf und schlüpfte mit Michel hinaus. «Bleib hier, Serafina! Die Teufel ... aus der Höll ...», hörte sie Grethe noch rufen, dann begann sie zu rennen.

«Ihr habt recht, Schwester Serafina: Wir müssen sofort los.»

Serafina wäre dem Prior vor Erleichterung am liebsten um den Hals gefallen. Im Laufschritt hatte sie die Schneckenvorstadt durchquert und zu Gott und allen Heiligen gebetet, dass Bruder Matthäus überhaupt im Kloster war. Vor allem aber, dass er nicht lange zögern und sie begleiten würde.

«Bruder Portarius», wandte er sich an den Pförtner, während er in seinen Wollmantel schlüpfte, «schließ uns die hintere Pforte auf, und dann schick jemanden in die Kanzlei. Wahrscheinlich werden wir in der Reiseherberge in Himmelreich übernachten, aber wenn wir morgen früh bis zur Terz nicht zurück sind, soll man eine Scharwache zur Falkensteiner Steige schicken.»

«Gott schütze Euch ... Gott schütze Euch ...», stieß der

Pförtner ein ums andere Mal hervor, während er sie mit seinem großen Schlüsselbund in der Hand zum hintersten Winkel des Klosters führte. Dort neben dem Pulverturm gab es einen Durchlass in der Stadtbefestigung, den die Mönche für ihr Vieh nutzten und der unmittelbar zum Dreisamufer führte. Damit umgingen sie das Gedränge am Obertor, was sie heute wertvolle Zeit gekostet hätte.

Sie ließen die Häuser der Oberen Au hinter sich, der Brückenwächter an der Dreisam winkte ihnen freundlich zu. Hatte Serafina dem Prior zunächst nur in aufgeregten Stichworten geschildert, was geschehen war, so berichtete sie ihm nun, auf seine Bitte hin, alles noch einmal in Ruhe. Auch Hedwigs Brief ließ sie nicht unerwähnt, woraufhin Bruder Matthäus ein entsetztes «Heiliger Wilhelm von Malavalle!» ausstieß. Dann legte er ihr nahe, ein wenig langsamer zu gehen, um bis zur Schlucht durchzuhalten.

«Ach was, ich bin gut zu Fuß», entgegnete sie.

Dabei hatte sie alle Mühe, mit dem hochgewachsenen, hageren Mann Schritt zu halten. Aber sie wollte keine Zeit verlieren. Ging man gemächlich, waren es drei Stunden bis zum Eingang der Schlucht – sie aber mussten schneller sein.

Nachdem sie die Grafenmühle passiert hatten, wurde es einsamer um sie herum. Zu ihrer Linken, gleich hinter dem Mühlbach, erhoben sich steil die Vorberge des Schwarzwaldes, zu ihrer Rechten, jenseits der Dreisam, breitete sich ein Sumpfgebiet aus, über dem in dieser Jahreszeit bei windstillem Wetter meist dichter Nebel lag. Es hieß, dass sich dort in den Rauhnächten Geister und Dämonen ein Stelldichein gaben und die Tiere zu sprechen anfingen. Jetzt indessen pfiff ein scharfer Wind durch das Dreisamtal, und Serafina schlang sich ihren Umhang enger um den Leib.

«Habt keine Angst, Schwester Serafina. Mit Hilfe des Herrgotts werden wir die beiden Frauen schon finden. Und mit Hilfe dieses blitzgescheiten Hundes natürlich.»

Er deutete auf Michel, der dicht an Serafinas Seite marschierte.

«Wenn ich's recht verstanden habe, dann hat Catharina den Hund nach Hause geschickt, nicht ohne ihm vorher dieses Zeichen aufs Fell zu malen. Also ist sie am Leben.»

«Aber es war Blut! Versteht Ihr nicht, Bruder Matthäus – es muss etwas Schlimmes geschehen sein.»

«Vielleicht sind die beiden auch nur in eine hilflose Lage geraten, durch einen Steinschlag oder einen herabgestürzten Ast. Der Wind wird ja immer kräftiger. Bald wissen wir mehr, ganz bestimmt.»

Seine Stimme klang ruhig und gefasst, und Serafina atmete tief durch. Um sich selbst war ihr nicht bang. Zumal der Prior an ihrer Seite war, den im Dreisamtal jeder zu kennen schien, lag doch nicht weit von hier das Waldkloster der Wilhelmiten. Ehrerbietig wurden sie von den wenigen Menschen, die ihnen begegneten – einfache Bauern, Knechte und Mägde –, gegrüßt.

Noch führte das schmale Sträßchen kaum spürbar bergauf. Die zahlreichen Schlaglöcher verrieten, dass sich um den einst den Falkensteinern gehörenden Handelsweg nach Schwaben niemand mehr kümmerte, und mehr als einmal tappte Serafina in eins der schlammigen Löcher hinein.

Schließlich, keine Stunde nach ihrem Aufbruch, erreichten sie das Dörfchen Ebnot, das dem Freiburger Geschlecht der Snewlins gehörte. Hier erkundigten sie sich erstmals nach Catharina und Hedwig. Ein Schäfer bestätigte, dass die beiden an seinem Weidegrund vorbeigekommen seien, auch an Michel konnte er sich erinnern, der jetzt von seinen beiden Hütehunden wie ein alter Bekannter begrüßt wurde.

«War den Schwestern vielleicht jemand gefolgt?», fragte Bruder Matthäus.

«Nicht dass ich wüsste. Aber fast glaub ich, die beiden haben sich gestritten.»

Serafina sah den Prior erschrocken an, dann beeilten sie sich weiterzukommen.

«O Gott», brachte sie hervor. «Diese Hedwig wird ihr doch nichts angetan haben?»

«Ganz ruhig, Schwester Serafina – noch wissen wir gar nichts.»

Breit und licht wurde nun das Tal, bevor es sich hinter Kirchzarten in mehrere enge Gebirgstäler aufspalten würde wie die Finger einer Hand. Bedrückt schritt Serafina neben dem Prior einher, und auch der war in Schweigen verfallen. Der vom Wind zerrissene Himmel zog sich dunkel zusammen, das letzte Tageslicht wich dem schlechten Wetter. Schließlich begann es kurz vor dem kleinen Weiler, der den wunderschönen Namen Himmelreich trug, auch noch zu regnen.

Bruder Matthäus war stehen geblieben.

«Da drüben ist eine Reiseherberge, in der ich schon einige Male eingekehrt bin. Wartet dort auf mich – ich gehe allein mit dem Hund weiter.»

«Niemals.»

Durch die Regenböen starrte sie in Richtung der Falkensteiner Steige, die wie ein dunkler Schlund mitten hinein ins Gebirge führte. Michel, den sie schon seit Ebnot vom Strick gelassen hatte, sträubte das Fell und knurrte leise.

«Niemals», wiederholte sie und ging entschlossen voran. Dabei fühlte sie in diesem Augenblick erstmals blanke Angst.

Kapitel 13

Wieder so ein Fall von maßloser Völlerei, dachte sich Achaz mürrisch, als er vom Krankenbesuch bei Johans von Gloter, dem Stadt- und Kanzleischreiber, zurückkehrte. Immer feister wurde dieser ansonsten höchst gebildete Mensch und beklagte sich dann auch noch über Luftnot und Verstopfung. Um zu wissen, was Gloter fehlte, brauchte es weder Urinschau noch Pulsmessung, aber ganz brav hatte er, Achaz, ihm den Gefallen getan und hernach noch Schröpfköpfe gesetzt auf den oberen Rücken, da abnehmender Mond war. Hierbei hatte er es sich nicht nehmen lassen, ihm zu erklären, dass die wichtigste Therapie in seinem Falle das Maßhalten sei, und sogleich dem Hausdiener einen Speiseplan für die nächsten Wochen in die Feder diktiert. Beim anschließenden Mittagsmahl hatte sich der Stadtschreiber zwar mühsam im Zaum gehalten, aber Achaz machte jede Wette, dass der gute Mann nach ihrer Verabschiedung all die übrig gebliebenen Köstlichkeiten mit Heißhunger verschlungen hatte. Manchmal beneidete Achaz die Beginen darum, dass sie den wirklich Kranken helfen durften.

Aber wenigstens *eine* gute Nachricht hatte es heute Morgen gegeben. Noch vor seinem Gang zum Stadtschreiber, der in einem vornehmen Haus in der Salzgasse wohnte, war er in die obere Ratsstube gebeten worden, um vor dem einberufenen Schultheißengericht alle Einzelheiten zu Schwester Mias Todesumständen zu Protokoll zu geben. Und hatte dabei erfahren, dass diesem unseligen Bruder Thomas bis auf weiteres das Predigen untersagt sei. Immerhin! Anschließend war man gemeinsam in den Sitzungssaal hinuntergegangen, wo der Kleine Rat bereits darauf wartete, in Kenntnis gesetzt zu werden, und Achaz musste ein weiteres Mal seine Einschätzung vortragen, wobei er auch hier nicht verschwieg, dass Mias Tod natürlich ebenso gut die Folge eines Sturzes hätte sein können, was er persönlich indessen eher verwerfe. Sein Widersacher Ratsherr Schneehas war übrigens zu seinem Erstaunen nicht anwesend gewesen – er sei wegen Unpässlichkeit zu Hause geblieben, hatte dessen Erzfreund Quintlin ihm auf Nachfrage mitgeteilt.

Jetzt bog Achaz in die Barfüßergasse ein und zog mit klammen Fingern den Schlüsselbund hervor. Ganz durchgefroren war er von dem kurzen Stück von der Salzgasse hierher und freute sich auf eine kurze Erholungszeit in seinem Lehnstuhl, mit einem Gläschen Burgunderwein und den warmen Fellhausschuhen an den Füßen. Er war eben dabei, die Haustür aufzusperren, als er den Auflauf vor der nahen Ratskanzlei gewahr wurde. Von Neugierigen umringt, standen dort drei grellbunt bemalte Fuhrwerke, auf dem vorderen prangte in großen Lettern «Straßburger Compania».

So war also Vitus mit seiner Gauklertruppe endlich eingetroffen! Wie sehr sich Serafina darüber freuen wird, dachte er, und augenblicklich wurde ihm warm ums Herz. Dann stutzte er: Zwar musste das fahrende Volk für seine Darbietungen zuvor bei der Obrigkeit eine Genehmigung einholen, aber hierfür machte sich gemeinhin nur der Prinzipal und nicht der ganze Trupp mit Pferd und Wagen auf den Weg.

In diesem Augenblick kam der Kanzleidiener auf ihn zugeeilt.

«Gut, dass ihr endlich da seid», rief er in fast vorwurfsvollem Tonfall. «Wir hatten bereits bei Eurer Magd angeklopft.»

«Was ist vorgefallen?», fragte Achaz, und die Kehle zog sich ihm zusammen. «Gibt es etwa einen Toten unter den Gauklern?»

Der Kanzleidiener schüttelte den Kopf. «Nein, aber eine von diesen Beginen ist schwer verletzt, die Gaukler haben sie unterwegs gefunden. Jetzt kommt bitte, der Bürgermeister wartet.»

Erschrocken folgte Achaz ihm zur Kanzlei, wo zwei Männer ein in Decken gewickeltes Menschenbündel in den windgeschützten Flur der Kanzlei schleppten. Er erkannte in ihnen Meister Henslin, den geschworenen Wundarzt der Stadt, sowie Don Giacomo, den Prinzipal der Straßburger Truppe.

«Heilige Cosmas und Damian», flehte Henslin, während sie die Verletzte auf eine Bank legten. «Die stirbt mir noch unter den Händen weg!»

Mit angespannten Muskeln trat Achaz näher, während der Wundarzt sich zu ihr hinunterbeugte, seine Unterarme auf ihren Brustkorb legte und gleichmäßig zu pressen begann. Die Lippen der Frau waren unnatürlich rot, die Pupillen riesig, die Atmung ging ganz flach. Ihr Hals wies rote Flecken auf. Erst auf den zweiten Blick erkannte Achaz, wer da vor ihm lag: Hedwig von Üsenberg.

«Allmächtiger! Das ist ja eine von den Christoffelsschwestern!»

Er fühlte den Puls.

«Schwach, ganz schwach», murmelte er. Dann klopfte er der Begine die Wangen. «Schwester Hedwig, hört Ihr mich?»

Ihr Blick blieb seltsam starr, als sie mit einem Mal die Lippen bewegte. Rasch legte Achaz sein Ohr dicht an ihren Mund, um ihre mühsam hervorgestoßenen Worte zu verstehen.

«... schwarze Teufel ... die Augen ... rot ...», glaubte er zu hören.

Dann brach ihr Blick. Ihr Herz hatte aufgehört zu schlagen.

Achaz atmete tief ein: Von ihren Lippen entwich ein Geruch nach modrigem Moos.

Mit dem Wort «Exitus!» wandte er sich an Meister Henslin.

«Wie bitte?»

«Das ist Lateinisch und bedeutet tot.»

Der Wundarzt richtete sich wieder auf.

«Glaubt mir, Medicus – ich hab alles versucht.»

«Euch trifft keine Schuld. Ich fürchte ...»

Achaz fuhr mit dem kleinen Finger in den geöffneten Mund der Toten und zog eine stark eingespeichelte grüne Baumnadel hervor.

«Ich fürchte, sie ist vergiftet worden. Mit Eibennadeln. Daher auch der auffallende Geruch aus dem Mund.»

«Herr im Himmel! Wer tut so etwas?», rief Abrecht von Kippenheim aus. Jetzt erst wurde Achaz gewahr, dass der Bürgermeister in der offenen Tür zur Schreibstube stand.

«Möglicherweise derselbe», erwiderte Achaz, «der Schwester Mia zu Tode gebracht hat.»

«Und Ihr seid ganz sicher, dass sie tot ist?»

«Ja.»

Achaz kramte in seiner Arzttasche, die er noch immer bei sich trug, und zog aus einem Etui ein Stück blankgeschliffenes Glas hervor.

«Seht her.» Er hielt der Toten das Glas vor Mund und Nase. «Kein Hauch mehr. Jemand muss ihr gewaltsam Eibennadeln in den Schlund gestopft haben, was binnen weniger Stunden zur Intoxikation geführt hat. Und zuvor wurde sie gewürgt, wie die Male am Hals zeigen.»

Er starrte die Tote an. Was war das bloß für eine Zeit, in der wehrlose Frauen, nur weil sie einen Beginenschleier trugen, eiskalt gemeuchelt wurden?

«Alsdann, Medicus, bitte ich Euch herein, um den Exitus zu beurkunden.»

«Sofort, Herr Bürgermeister. – Wo habt Ihr sie gefunden?», wandte er sich an den Prinzipal, einen baumstarken Mann mit schulterlangem, pechschwarzem Haar und einem ebenso schwarzen Schnauzbart.

«In dieser verdammten Höllenschlucht», erwiderte Don Giacomo. «Von hier aus gesehen am Eingang der Schlucht. Wir selbst sind von Konstanz hergekommen, und da der Hauptweg wegen Erdrutsch gesperrt ist, mussten wir diese verlotterte Falkensteiner Steige nehmen.»

Da traf Achaz die Erkenntnis wie ein Blitzschlag: Hatte Serafina nicht berichtet, dass die Meisterin zusammen mit dieser Hedwig auf dem Weg nach Villingen war?

«Es müssen aber zwei Frauen gewesen sein», brachte er hervor und zwang sich, ruhig zu bleiben.

«Nein, da war niemand sonst.»

Der Bürgermeister schob den Prinzipal in Richtung Tür. «Danke für deine Hilfe. Und jetzt sag deinen Leuten draußen, dass sie die Gasse frei machen sollen. Sucht euren Lagerplatz am Schießrain auf, vor allem aber: kein Wort zu niemandem. Fürs Erste habt ihr einen unbekannten weiblichen Leichnam gefunden. Hast du das verstanden?»

«Sehr wohl, hoher Herr. Aber was ist mit der Licentia für den Martinimarkt?»

«Hol sie dir morgen früh ab. Du siehst doch, dass wir hier Wichtigeres zu tun haben.»

Achaz nickte Don Giacomo begütigend zu. «Würdet Ihr Vitus bitten, draußen auf mich zu warten? Es wird nicht lang dauern.»

«Aber ja. Ihr seid doch Adalbert Achaz, der Stadtarzt, nicht wahr? Wir hatten uns im Frühjahr nach einer Vorstellung kennengelernt. Ja, ich sag's dem Vitus.»

Nachdem Achaz dem Schreiber eiligst seine Diagnose in die Feder gesprochen hatte, drängte er den Bürgermeister, die Scharwache zusammenzutrommeln.

«Irgendwo da draußen auf der Falkensteiner Steige ist noch Meisterin Catharina von den Christoffelsschwestern – sie und die Tote sind heute zusammen nach Villingen aufgebrochen, und ganz offensichtlich sind sie überfallen worden!»

«Das muss es ganz und gar nicht heißen.» Der Bürgermeister kratzte sich den sorgfältig gestutzten Backenbart. «Möglicherweise nur eine Koinzidenz mehrerer unglücklicher Umstände.»

«Was redet Ihr da? Es wird bald dunkel, und Meisterin Catharina liegt womöglich schwer verletzt irgendwo in der Kälte!»

«Jetzt malt den Teufel nicht an die Wand, werter Stadtarzt. Außerdem kann nur der Schultheiß die Scharwache ausschicken, das solltet Ihr wissen.»

«Dann gehen wir beide jetzt den Schultheißen aufsuchen.»

«Da muss ich Euch enttäuschen – der weilt auswärts über Nacht. Wir werden uns wohl bis morgen früh gedulden müssen.»

«Bis morgen früh?», rief Achaz aufgebracht und spürte, wie er rot anlief. «Kann es sein, dass Ihr rein gar nichts unternehmen *wollt*? Dann werde ich eben selbst ein paar aufrechte Männer zusammenrufen.»

Er stürzte zurück in die Diele, wo er von der Gasse her eine wohlvertraute Frauenstimme fluchen hörte.

«Potzhundertgift und Sackerment! Du lässt mich jetzt sofort zum Stadtarzt, Kerl!»

Es war seine Magd, die wütend vor dem Kanzleitor stand. Und hinter ihr ein kreidebleicher Vitus. Die Wagen seiner Truppe waren bereits verschwunden.

Er zog den schmalen, wenngleich muskulösen jungen Mann zur Begrüßung in die Arme. Dann wandte er sich Irmla zu.

«Was macht Ihr denn hier?», fragte er sie verblüfft.

«Ich … ich hab durchs Fenster den Auflauf draußen gesehen», Irmla war völlig außer Atem, «und dann, wie Ihr in die Kanzlei gelaufen seid.»

Sie fasste sich ans Herz, und für einen Moment glaubte Achaz, sie würde ohnmächtig.

«Ganz ruhig, Irmla.» Er zog sie ein paar Schritte weg von der Kanzlei. «Was ist geschehen?»

«Eure Serafina … sie ist mit dem Hund losgezogen, um ihre Meisterin zu suchen.»

«Allein?», fragte er entsetzt.

«Ich weiß es nicht. Die Grethe war bei mir, so vor einer guten Stunde, und hat's mir erzählt. Eure Braut wollte wohl noch bei den Wilhelmiten vorbei, damit der Prior sie begleitet, weil Ihr doch auf Krankenbesuch wart … Ach herrje, wenn ihr nun auch noch was zustößt? Der Hund war doch allein zurückgekommen und hatte dieses blutige Zeichen auf dem Rücken …»

Sie brach in Schluchzen aus. So wirr das alles klang, so wurde Achaz indessen sofort klar, dass er keine Zeit verlieren durfte.

«Kommst du mit?», wandte er sich an Vitus, der die ganze Zeit stumm und mit aufgerissenen Augen danebengestanden hatte.

«Ja, Meister Achaz.»

«Wirst sehen – wir finden sie. Und Meisterin Catharina auch.»

Vitus nickte ernst und deutete auf Achaz' Tasche.

«Ist das eine Arzttasche?»

«Richtig. Die nehmen wir mit.»

«Und das hier ebenfalls, Doctor Adalbert.» Irmla schien sich wieder gefasst zu haben. Sie reichte ihm seine Pelzmütze und die warmen Fellhandschuhe. «Mit Eurer Gelehrtenkappe friert Ihr Euch noch die Ohren ab bei dem eisigen Wind. Ich dachte mir nämlich schon, dass Ihr Eure Braut werdet suchen wollen.»

«Wenn ich Euch nicht hätte, Irmla.»

Mit zittrigen Fingern überreichte sie ihm ein zusammengefaltetes Blatt. «Das hier hätte ich beinah vergessen. Hat Grethe mir gegeben, ein Brief an eine gewisse Hedwig. Und jetzt beeilt Euch, Ihr beiden. Gott schütze Euch!»

Kapitel 14

In großen Schritten durchquerten sie das festungsartig ausgebaute Obertor, von gaffenden Blicken verfolgt, die zu sagen schienen: Ist das nicht der ehrenwerte Stadtarzt, Seite an Seite mit einem jungen, langhaarigen Kerl, der seinem schreiend bunten Gewand nach zu den Gauklern gehören musste?

Achaz tat, als bemerke er es nicht.

«Wenn ich's recht verstanden habe», sagte er, «dann ist heute Mittag der kleine Hund der Christoffelsschwestern allein zurückgekehrt, mit einem Zeichen auf dem Rücken, das besagen sollte, dass sich die beiden Frauen in der Höllenschlucht befinden. Und genau dort hat einer von euch Schwester Hedwig gefunden, nicht wahr?»

«Ja, Herr Medicus. Aber von einer zweiten Frau war nichts zu sehen. Da lag nur die Verletzte, halb verborgen unter einem Haselstrauch. Sie war schon nicht mehr ganz bei sich, sprach dauernd von bösen Dämonen und irgendeiner Burg.»

«Sie meinte wohl die Ruine der Falkensteiner.»

«Falkensteiner?»

Achaz nickte. «Das waren einstmals große Herren hier im Tal, mit beträchtlichen Zolleinnahmen. Aber als dann die benachbarte Wagensteige gebaut wurde, haben sich diese Herrschaften mehr und mehr als üble Strauchritter hervorgetan. Bis die Freiburger vor etwa dreißig Jahren aus Rache ihre Burg geschleift haben.»

«Davon hab ich gehört.» Vitus blinzelte unruhig. «Es heißt, die toten Ritter würden in der Schlucht ihr Unwesen treiben.»

«Ach was. Deren Nachkommen leben jetzt ganz friedlich als Freiburger Bürgersleute.»

«Und was ist dann mit diesen Spukgestalten, von denen die Tote geredet hat? Als wir uns dem Ausgang der Schlucht genähert hatten, war von dort auch ein grausiges Heulen und Jaulen zu hören. Nicht nur ich hab das gehört!»

«Aber gesehen hat keiner von euch was, oder?»

Vitus schüttelte den Kopf.

«Na also.»

Dabei ging auch Achaz Hedwigs Gestammel von roten Augen und schwarzen Teufeln nicht aus dem Kopf. Aber er wollte den Jungen nicht noch mehr beunruhigen.

«Für all das gibt es sicherlich eine handfeste Erklärung, mein Junge. Vielleicht habt ihr Wölfe gehört, aus einem nahen Seitental. Und bei Vergiftungen haben die Opfer schon mal ganz närrische Vorstellungen.»

«Aber wenn jetzt meiner … meiner Muhme auch was zugestoßen ist?», brach es aus Vitus hervor, und er beschleunigte seinen Schritt. Achaz konnte sehen, wie seine Unterlippe zitterte.

«Wir werden sie bald einholen», beruhigte er ihn und vor allem sich selbst. «Sie hat höchstens eine Stunde Vorsprung, ihr müsst euch gerade so verpasst haben. Und sie ist nicht allein, hat den Hund und wohl diesen Prior an ihrer Seite.»

Er versuchte zu lächeln, obwohl ihm die Angst um Serafina schier den Verstand raubte. Denn eines war sicher: Am Eingang dieser Schlucht war irgendetwas Ungeheuerliches in Gange.

«Außerdem», fügte er hinzu, «hat deine Mutter erfahrungsgemäß gleich ein halbes Dutzend Schutzengel bei sich!»

«Meine Mutter?» Vitus starrte ihn an. «Dann wisst Ihr also Bescheid, Herr Medicus?»

«Ja, mein Junge. Ich weiß schon seit langem, dass du nicht ihr Patenkind bist. Und jetzt lass das *Herr Medicus* und sag *Du* zu mir, wo ich sozusagen bald dein Stiefvater bin.»

Ein Leuchten ging kurz über das schmale Gesicht, und Achaz betrachtete voller Wärme den Jungen, der die feinen Züge seiner Mutter geerbt hatte. Zum Glück nichts von diesem Scheusal, dachte er, das ihn einstmals unter Gewalt gezeugt hatte. Was hatte Serafina damals nicht alles durchmachen müssen, als gerade einmal vierzehnjährige Dienstmagd!

Plötzlich schlug er sich gegen die Stirn.

«Ich hab völlig vergessen, ein Licht mitzunehmen, wenn's denn nachher dunkel wird.»

Vitus lächelte und deutete auf seine zerschlissene Umhängetasche.

«Hab alles bei mir – Kienspäne und einen Beutel mit Feuerstein und Zunderschwamm.»

«Gut so, Junge.»

Da fiel ihm das Schreiben ein, das er vor der Ratskanzlei achtlos und ungelesen in die Tasche gesteckt hatte. Er kramte es heraus.

«Warte kurz.»

Hastig überflog er die wenigen Zeilen an Hedwig von Üsenberg und runzelte bass erstaunt die Stirn.

«Sieh an, sieh an.»

«Was ist, Herr Medicus – Adalbert?»

«Nun ja, ich fürchte, da ist eine ausgemachte Schweinerei gegen die Beginen in Gange. Und die Tote, die du gefunden hast, steckt mittendrin. Rasch, gehen wir weiter.»

Der holprige Weg belebte sich allmählich mit heimkehrenden Wanderarbeitern und Handwerkern auf der Stör, die rechtzeitig vor Einbruch der Dunkelheit ihre Dörfer oder die Stadt erreichen wollten. Die meisten eilten achtlos an ihnen vorbei, einige wenige grüßten höflich.

Kurz vor Ebnot tauchte plötzlich Endres, der einstige Freiburger Turmwärter, vor ihnen auf. Er wirkte ein wenig außer Atem, das pockennarbige Gesicht war gerötet, das Haar unter der Kappe verschwitzt, trotz des eisigen Windes, der hier draußen noch an Stärke zunahm.

«Nanu, Endres», sprach Achaz ihn an, «habt Ihr jetzt Arbeit außerhalb der Stadt gefunden?»

«Man schlägt sich halt durch, mehr recht als schlecht. Mit Holzmachen draußen auf den Dörfern. Aber was habt *Ihr* hier draußen zu schaffen, Herr Medicus, zu so später Stunde und bei dem schlechten Wetter? Seid Ihr etwa zu einem Kranken unterwegs?»

Achaz mochte den vierschrötigen, reichlich vorlauten

Mann nicht besonders, und noch während er den Kopf schüttelte, stieß Vitus hervor: «Wir müssen dringend zu dieser Schlucht, zur Höll.»

«Das solltet Ihr besser bleibenlassen. Zur Dämmerstunde spukt's dort, das weiß doch jeder!»

Fast ärgerte sich Achaz über Vitus' vorschnelle Antwort, doch dann kam ihm ein Gedanke. Dieser Endres war zwar ein grober Klotz, aber stark wie ein Bär. Und er würde sich gewiss liebend gerne ein Handgeld verdienen, wo er doch jetzt als Taglöhner unterwegs war. Die Frage war nur, ob er auch Manns genug war, im Dunkeln zur Schlucht zu gehen.

«Habt Ihr es eigentlich eilig?», fragte er ihn.

«Seh ich so aus?» Misstrauisch blickte Endres ihn an. «Nein, auf mich wartet ja keiner.»

«Das ist gut. Habt Ihr Angst vor Geistern und Dämonen?»

«Pah!» Endres warf sich in die Brust. «Man muss nur gewappnet sein. Ich kenne da so einiges an Abwehrzauber.»

«Würdet Ihr uns also begleiten? Es soll Euer Schaden nicht sein – zwanzig Pfennige könnte ich springenlassen. Das ist der Taglohn eines Gesellen.»

«Fünfundzwanzig.» Endres' Augen wurden zu schmalen Schlitzen. «Und sagt mir zuvor, was Ihr bei der Höll sucht.»

Achaz zögerte, doch dann beschloss er, dem Mann halbwegs reinen Wein einzuschenken, wo sie doch auf seinen Schutz zählen wollten.

«Einverstanden, aber das Geld bekommt Ihr erst hernach.»

Gemeinsam setzten sie ihren Weg fort, und Achaz spürte,

wie ihm an der Seite dieses bulligen Kerls schon um einiges wohler war.

«Alsdann», setzte er zur Erklärung an, «am Eingang der Schlucht ist möglicherweise ein Verbrechen geschehen, und jetzt suchen wir nach zwei Frauen, die in Gefahr sind. Die eine ist verschwunden, die andere auf dem Weg in die Schlucht. Ihr kennt sie: Meisterin Catharina und Schwester Serafina von der Christoffelssammlung.»

«Oha! Und ob ich die kenn. Die Serafina ist Eure Braut, nicht wahr?»

Ohne auf die letzte Bemerkung einzugehen, fragte Achaz: «Seid Ihr vielleicht unterwegs Serafina begegnet? In Begleitung eines Hundes?»

«Ein kleiner, hellbrauner Hund?»

«Ja, genau!», platzte Vitus heraus. «Das ist Michel, ihr Hund! Dann habt Ihr sie also gesehen?»

«Ähm, nein, ich kenn bloß den Hund. Fast jeder in Freiburg kennt diesen Köter. Aber jetzt will *ich* Euch mal was fragen, Herr Stadtarzt: Wenn Ihr doch glaubt, dass in der Schlucht ein Verbrechen geschehen ist, warum sind dann keine berittenen Stadtwächter unterwegs? Bewaffnet und in halbem Harnisch? Sondern nur – verzeiht, ehrenwerter Medicus – Ihr selbst und dieses halbe Hemd hier?»

«He, he – sieh dich vor!» Vitus drohte ihm mit der Faust.

«Tja, Endres – das fragt Ihr mal besser den Bürgermeister der Stadt.»

«Ich will's Euch sagen», schwatzte der ehemalige Torwächter weiter drauflos, und fast bereute es Achaz schon, den als Klatschmaul bekannten Burschen zum Beschützer gewählt zu haben. «Wahrscheinlich ist der Magistrat froh um jede Begine, die's weniger gibt in der Stadt. Warum also einen Finger rühren, Medicus? Ja, ja, das ist schon eine üble Hatz gegen die lieben Schwestern! Ich selber hab ja nix gegen sie. Aber wisst Ihr, was ich glaub? Da steckt nicht nur dieser hergelaufene Basler Mönch dahinter.»

Er senkte die Stimme, obwohl sie inzwischen völlig allein unterwegs waren.

«Den hab ich nämlich neulich in trauter Zweisamkeit mit unserm Ratsherrn Schneehas gesehen, im Brücklewirtshaus in der Würi. Endres, hab ich mich gefragt, was macht so ein vornehmer Herr in solch einer Spelunke? Ich mein, das wär ja nicht das erste Mal, dass einer von denen mehr Dreck am Stecken hätte als unsereins, nicht wahr?»

Achaz ließ ihn weiterplappern. Ihm war, als würde plötzlich ein Lichtstrahl in eine dunkle Kammer fallen: Schneehas! Nicht nur, dass der Ratsherr auf gutem Fuße stand mit dem Basler Fürstbischof – zu seiner Zeit als Leibarzt hatte Achaz ihn zwei- oder dreimal auf Burg Delsberg beim Bankett des Bischofs getroffen. Nein, mit einem Mal war ihm auch klar, was dieser alberne Name in dem Schreiben an Schwester Hedwig zu bedeuten hatte: Lepus Lepidus war Lateinisch und hieß nichts anderes als «niedlicher, allerliebster Hase»! Ein Kosename, der, wie anzunehmen war, aus einer Tändelei zwischen Schneehas und dieser Hedwig entstanden sein musste.

Schneehas war also der Brandstifter, und über die Gründe, einen Krieg gegen die Freiburger Beginen anzufachen, musste Achaz jetzt nicht mehr lange nachdenken: Seitdem dieser

Mann das Amt des Bau- und Hofstättenmeisters innehatte, drängte er darauf, endlich ein neues Rathaus zu errichten, einen großen, eindrucksvollen Bau, der Kanzlei, Gericht und Sitzungssäle umfasste wie die Straßburger Pfalz oder das Rathaus von Augsburg. Nur leider war das Stadtsäckel derzeit nicht gerade gut gefüllt, und obendrein gehörte der Grund neben der Kanzlei zum Anwesen der Lämmlein-Schwestern. Bis jetzt jedenfalls …

Achaz pfiff durch die Zähne. Mit einem neuen Rathausbau würde Schneehas in die Annalen der Stadtgeschichte eingehen. Dass dieser Mann, dem die Beginen in der Stadt schon immer zuwider gewesen waren, ein krankhaft ehrgeiziger Mensch war, hatte Achaz längst erkannt, aber dass er für sein Vorhaben sogar über Leichen gehen würde? War er jetzt womöglich mit irgendwelchen Helfershelfern Meisterin Catharina auf den Fersen, bevor die sich den Konstanzer Bischof zum Fürsprecher machen konnte? In dieser Höllenschlucht war es ein Leichtes, einen Menschen unbemerkt aus dem Weg zu räumen, selbst am helllichten Tage! Und hatte sich der Silberkrämer nicht heute Morgen als unpässlich entschuldigen lassen? Fragte sich bloß, warum dann die Falsche tot war, nämlich Schneehas' ehemalige Geliebte und Verbündete. Eine Verwechslung?

«Lieber Herr Medicus, Ihr hört mir ja gar nicht zu!»

«Wie? Was habt Ihr gesagt?»

«Ich hab Euch gefragt, wer die tote Begine war, die die Gaukler an der Schlucht gefunden haben.»

«Woher wisst Ihr …?»

«Euer junger Begleiter hat mir eben davon erzählt.»

«Nun, das tut nichts zur Sache», gab Achaz ausweichend zur Antwort. «Tatsache ist, dass man den Freiburger Beginen offensichtlich nach dem Leben trachtet.»

«Demnach ist Eure Braut ebenfalls in Gefahr, schätze ich.»

Achaz zuckte zusammen und schwieg.

Derweil hatten sie sich der weithin sichtbaren Sankt-Gallus-Kirche von Kirchzarten genähert. Als sie am alten Wasserschloss der Falkensteiner vorbeikamen, stach ihnen mit einem Mal eisiger Regen ins Gesicht, die schweren, dunklen Wolken ringsum drückten von den Bergen herab in die Täler.

Vitus zog sich mit einem Schnauben die Kapuze seines buntscheckigen Mantels über das lange, blonde Haar, und Achaz war mittlerweile heilfroh um seine warme Pelzmütze.

«Was meint Ihr, Endres», fragte er, «wie weit ist's noch bis zur Schlucht?»

«Wenn wir uns beeilen, keine Stunde mehr. Aber eins kann ich Euch gleich sagen: Da kommt ein Scheißwetter auf uns zu.»

Kapitel 15

Ein schneidender Wind schleuderte ihnen erste nasse Schneeflocken entgegen, als sie den alten Wartturm der Falkensteiner hinter sich gelassen hatten.

Serafina blieb stehen und kniff die Augen zusammen. Vor ihnen verengte sich das Tal zu einer felsigen Schlucht, deren zerklüftete, teils überhängende Wände mehr als kirchturmhoch in den Himmel ragten und die in der Breite kaum Platz für ein Fuhrwerk bot. Dafür rauschte ein Wildbach zu ihrer Rechten, tobte zwischen glatten Granitblöcken schäumend talwärts. Was für ein unwirtlicher Flecken Erde! Starrte man lange genug hin, hatte man den Eindruck, das felsige Gebirge wolle sich an dieser Stelle wieder schließen, wo es sich einstmals aufgetan hatte, und würde jeden, der des Weges kam, zermalmen. Ihr schauderte, erst recht, als sie ihren Blick hinauf zur Burgruine richtete, die den Eingang der Klamm bewachte: Durch die Wolkenfetzen hindurch waren dort ganz deutlich funkelnde Irrlichter zu erkennen, die wie winzige Geisterwesen über den alten Gemäuern tanzten.

Unwillkürlich griff sie nach dem Arm des Priors, der ebenfalls stehen geblieben war. Sie wusste um all diese Geschichten von verlassenen Burgen, denen sie als Kind am heimischen Herd in einer Mischung aus Verzauberung und Angst gelauscht hatte: Geschichten von Feuerdrachen, die in Sturmnächten aus den Turmfenstern schwebten, von flammenden Schwertern, die das steile Mauerwerk emporzüngelten …

«Da oben … seht Ihr das? Auf der Burg …»

Doch da waren die unheimlichen Lichter bereits wieder erloschen. Beschämt zog sie ihre Hand zurück – hatte sie sich alles nur eingebildet?

«Wenn das nicht ein ausgemachter Schneesturm wird», hörte sie Bruder Matthäus sagen. «Wir sollten umkehren.»

Beherzt schüttelte sie den Kopf. «Nicht jetzt. Nicht so kurz vor dem Ziel.»

Sie rannte ein paar Schritte voraus, legte ihre Hände wie einen Trichter vor den Mund und begann zu rufen: «Catharina! Wo bist du? Catharina!»

Auch Bruder Matthäus fiel in ihr Rufen ein, lief dabei hin und her. Dann brach der Sturmwind los, brauste mit ungeheurer Kraft durch das enge Tal, heulte die nackten Felswände entlang. Die Tannenwipfel rauschten bedrohlich, das Holz der Stämme ächzte, Zweige wirbelten durch die Luft. Ein Krachen ganz in ihrer Nähe ließ sie zusammenfahren.

«Was war das?», rief sie und blickte sich suchend nach dem Prior um. «Bruder Matthäus?»

Mit einem Mal fand sie sich in einem dichten Gespinst aus stiebenden Schneeflocken wieder, kein Baum, kein Fels war mehr auszumachen, es gab kein Oben und kein Unten mehr. Sie spürte, wie ihr schwindlig wurde und sie kaum noch Luft bekam.

«Bruder Matthäus! Michel!», presste sie hervor, bis sich ihr ein lautstarker Schrei entrang: «Zu Hilfe!»

«Bleibt, wo Ihr seid!», hörte sie ihn von irgendwoher rufen. «Ich komme.»

Da endlich tauchte aus der hellen Schneewand seine schlanke, hochgewachsene Gestalt auf.

«Wir müssen zurück, Schwester Serafina. Es hat keinen Sinn mehr.» Er musste schreien, um sich verständlich zu machen. «Außerdem ist's zu gefährlich – vorhin schon hat es ganz in meiner Nähe einen dicken Ast heruntergeschlagen.»

«Aber die beiden Frauen … wenn sie nun hilflos hier irgendwo …»

Sie beendete den Satz nicht.

«Seid vernünftig. Bei diesem Wetter können wir nichts ausrichten. Vielleicht sind sie längst in Sicherheit, haben sich in eine Waldhütte oder in einen Schafstall geflüchtet oder sitzen irgendwo an einem warmen Ofen. Kommt! Bleibt dicht bei mir.»

«Wartet – wo ist der Hund?»

«Ich dachte, er wär bei Euch?»

Kurz zuvor war Michel noch, mit gesträubtem Fell und die Nase dicht am Boden, im Zickzack vor ihr hergerannt.

«Michel!», schrie sie. «Komm zurück.»

«Jetzt lasst den Hund. Der vermag besser zu sehen als jeder Mensch und hat außerdem eine gute Nase. Er kann unserer Spur folgen.»

Mit Nachdruck nahm er sie beim Arm, und sie marschierten los, den Sturm im Rücken. Zu ihren Füßen wie auch um sie herum hatte sich die Welt weiß eingefärbt.

«Nicht weit von hier hab ich ein Häuschen gesehen», rief er ihr ins Ohr. «Ein wenig zurückgesetzt hinter Bäumen, gleich unterhalb der Warte. Das müssen wir finden.»

Man sah die Hand nicht mehr vor Augen, und so hielten sie sich streng rechts, um den gefährlichen Wildbach zu meiden, wobei sie mehr als einmal gegen steinige Böschungen oder vorstehende Äste liefen. Da endlich ließ das Schneetreiben nach, dafür hatte Dunkelheit eingesetzt.

Angestrengt starrten sie in den Wald zu ihrer Rechten, der sich wie eine schwarze Wand den Berg hinaufzog. Serafina wusste nicht, was sie mehr fürchten sollte: gnadenlose Wegelagerer oder all diese Geisterwesen, die womöglich doch den nächtlichen Wald bevölkerten. Als sich ihr einmal ein Dornenzweig wie ein stachliger Arm um die Schulter gelegt hatte, hatte sie vor Angst laut aufgeschrien.

«Hier irgendwo muss es sein», hörte sie den Prior durch das Tosen der Natur, und dann, ganz schwach, ein Hundebellen.

«Michel! Hier sind wir!»

Da schoss der kleine Hund auch schon auf sie zu, jaulte vor Freude, warf sich auf den Rücken.

Erleichtert strich ihm Serafina über das nasse Fell.

«Was ist das?» Auch Bruder Matthäus hatte sich gebückt. «Seht nur, das hat er uns mitgebracht.»

Er reichte Serafina ein Stück Leder. Erkennen konnte sie in der Finsternis nichts, aber es fühlte sich an wie ein schmaler Riemen. Sie streifte ihren Handschuh ab und ertastete mit den Fingerkuppen kleine, eingestanzte Sterne.

«Der Ranzen von Mutter Catharina», sagte sie tonlos. «Die Riemen haben solche Sterne.»

Sie unterdrückte ein Schluchzen.

«Also hat man sie doch überfallen. Vielleicht hier ganz in der Nähe.»

«Das muss es nicht heißen. Warum sollte man schließlich zwei arme Beginen überfallen?», versuchte er sie zu beruhigen. Seine Stimme indessen klang ebenfalls mutlos.

Plötzlich hob er den Kopf. «Dort hinten ... da ist ein Lichtschein. Wie hinter den Ritzen eines Fensterladens.»

Serafina sah nichts. Doch hatten sich ihre Augen an die Dunkelheit inzwischen so weit gewöhnt, dass sie einen schmalen Pfad erkannte, der hier vom Weg abbog.

«Das muss das Häuschen sein, das ich gesehen habe. Los, Schwester Serafina, bitten wir um Obdach.»

Sie tasteten sich den steilen Weg hinauf bis zu einer armseligen, mit Schindeln gedeckten Hütte aus rohen Baumstämmen, an deren Schmalseite ein Verschlag angebaut war. Noch ein Stück weiter bergwärts schwelte zwischen einem Haufen Unrat ein halb eingesackter Kohlenmeiler und verriet das Handwerk der Bewohner.

Tatsächlich schien die Hütte bewohnt: Aus dem gemauerten Kamin quoll Rauch, den der Sturmwind in alle Richtungen niederdrückte, durch den geschlossenen Fensterladen, der schief in den Angeln hing, drang Licht.

Serafina zögerte. Das hier sah alles andere als anheimelnd aus. Ihr fiel ein, was man in der Stadt über die einfachen Leute im Schwarzwald sagte: dass sie Heiden seien, die bei Vollmond Götzen anbeteten und entführte Kinder opferten.

Doch der Prior klopfte bereits kräftig mit der Faust gegen die Tür.

«Ist da wer?», rief er und schlug weiter gegen die heulenden Windböen an. «Ein Mönch und eine Nonne suchen Obdach.»

Es dauerte geraume Zeit, bis sich die Tür ächzend einen Spaltbreit öffnete. Im Schein eines Windlichts erschien das faltige und reichlich schmutzige Gesicht eines alten Weibs.

«Wer seid Ihr?», rief die Alte argwöhnisch und leuchtete sie an.

«Bruder Matthäus, Prior der Freiburger Wilhelmiten. Das hier ist Schwester Serafina von den Christoffelsschwestern. Wir sind vom Sturm überrascht worden.»

«Ich lass keine Fremden rein.»

«So seid doch barmherzig, liebe Frau. Ein paar Pfennige haben wir auch dabei, um Euch die Mühe zu entlohnen.»

Michel, der sich an Serafinas Beine drückte, begann vernehmlich zu knurren.

«Dann kommt halt rein in Gottes Namen», knurrte die Alte unwillig. «Aber der Köter bleibt draußen.»

Am liebsten hätte Serafina auf dem Absatz kehrtgemacht. Nur: Wo sollten sie hin bei Sturm und Dunkelheit?

Immerhin ließ sich die Frau erweichen, den Hund in den Verschlag zu sperren, in dem auch ihre Kuh stand. Widerstrebend folgte Serafina ihr in die enge Stube, in die man, ohne Windfang oder Diele, von der Haustür weg gelangte.

So viel Dreck und Dürftigkeit wie in dieser Köhlerhütte hatte sie schon lange nicht mehr vor Augen gehabt. Zwei grob gezimmerte Bänke, eine auf Böcke gelegte Holzplatte, dazu ein dreibeiniger Schemel und eine schäbige, abgegriffene Kleidertruhe bildeten die karge Einrichtung auf dem gestampften Lehmboden. Dazwischen war alles vollgestellt mit vor Schmutz starrenden Körben, Säcken und allerlei Hausrat. Auch Pfanne, Hackmesser und Bratspieß, die neben dem Kamin hingen, sowie das abgeschlagene Tongeschirr auf dem Tisch hätten längst einmal ordentlich geschrubbt gehört.

Die Decke war so niedrig, dass der Prior sich nur gebückt bewegen konnte, und das Herdfeuer in der Ecke machte die Luft beißend. Schon tränten beiden die Augen, aber immerhin war es wohlig warm.

Sie schlüpften aus ihren durchnässten Mänteln und hängten sie auf Geheiß der Frau an einen Wandhaken in der Nähe des Feuers. Nachdem Bruder Matthäus drei Freiburger Rappenpfennige auf die speckige Tischplatte gelegt hatte, schaute ihre Gastgeberin ein klein wenig freundlicher drein. Warum die Alte den Hund nicht im Haus haben wollte, wurde Serafina klar, als zwischen fleckigen, von der Decke herabhängenden Tüchern eine kleine Schar magerer Hühner hereinspaziert kam. Mäuse und Ungeziefer gibt's hier sicher obendrein, dachte sie, während ihr das Federvieh um die Beine tippelte.

«Ja, ja – guckt Euch nur um», brummelte die Alte. «So sieht's aus bei armen Leuten.»

In ihren klobigen Holzpantinen schlurfte sie zu der offenen, mit Lehm ummantelten Feuerstelle. Dort hing ein rußgeschwärzter Kessel, aus dem es dampfte. Es roch nach Kohl und Rüben, und das nicht einmal schlecht.

«Lebt Ihr ganz allein hier?», fragte Serafina. Durch die Holzwand hindurch hörte sie Michel vom Kuhstall her leise winseln.

«Ha! Dann hätt ich Euch ganz bestimmt nicht reingelassen.» Sie begann, in dem Kessel zu rühren. «Mein Mann und mein Sohn sind noch draußen, Zuglöcher schließen bei einem Meiler am Burgpfad.»

«Bei diesem Sturm?»

«Was muss, das muss. Jetzt hockt Euch endlich hin, Ihr steht mir im Weg rum.»

Diese Leute waren wohl doch keine Heiden, denn es hing ein Kruzifix an der Wand. Bruder Matthäus beugte davor das Knie und begann zu beten, Serafina fiel mit ein in Vaterunser und Ave-Maria und flehte innerlich voller Inbrunst, dass ihre Meisterin und auch Schwester Hedwig wohlauf waren. Dann erst setzten sie sich einander gegenüber an den Tisch.

«Wir möchten Euch nochmals danken für Eure Gastfreundschaft», sagte der Prior und schob die schmutzigen Becher vor ihm zur Seite.

Die Köhlerfrau knurrte etwas Unverständliches, rührte ein letztes Mal im Kessel und wischte sich die Hände an ihrem erdfarbenen, mehrfach geflickten Rock ab. Sie trug weder Kopftuch noch Haube, das ergraute, lange Haar fiel ihr strähnig bis über die Schulter, bis auf ein paar braune Stummel hatte sie keine Zähne mehr im Mund.

Eine Welle von Mitleid mit dieser armen Alten überkam Serafina, das in Rührung überging, als die Frau einen Krug Most zum Tisch brachte. Mit ihrem Schultertuch wischte sie kurz durch jeden der drei Becher, dann schenkte sie ein.

«Apfelmost. Vom eigenen Baum.»

Auf der Oberfläche schwamm trüber Schaum, und Serafina musste sich überwinden, davon zu trinken. Es schmeckte stark vergoren.

«Ihr wollt sicherlich wissen, was wir hier draußen zu so später Stunde zu schaffen haben», begann der Prior, nachdem er den Becher beherzt halb leer getrunken hatte.

Die Frau schüttelte den Kopf. «Das ist mir gleich.»

«Nun, trotzdem – wir sind auf der Suche nach zwei Beginen, denen möglicherweise auf dem Weg durch die Schlucht etwas zugestoßen ist. Habt Ihr sie vielleicht gesehen, als es noch hell war?»

«War den ganzen Nachmittag im Haus.»

«Das muss aber bereits zur frühen Mittagsstunde gewesen sein.»

«Hier kommen viele Wanderer vorbei, da geb ich nich Acht drauf.»

Sie leerte ihren Becher im Stehen, dann machte sie sich daran, die Hühner zu füttern.

Gesprächig war dieses Weib nicht gerade, dachte Serafina. Aber möglicherweise hatten ja der Köhler oder sein Sohn etwas gesehen.

«Dürfen wir denn bei Euch nächtigen?», fragte sie, obgleich ihr der Gedanke, hier irgendwo zu schlafen, zuwider war.

«Das soll'n die Männer entscheiden. Aber ich sag's Euch gleich: Behaglich wie im Gasthaus ist's hier nicht.»

Kapitel 16

Achaz hätte niemals geglaubt, dass es in diesem einsamen, nur spärlich mit Einödhöfen und winzigen Weilern bestückten Tal tatsächlich eine Herberge gab. Aber dann fiel ihm ein, dass zu Blütezeiten der Herren von Falkenstein hier ein reges Kommen und Gehen geherrscht haben musste. Wirtshäuser zur Einkehr sowie für Um- und Vorspanndienste waren damals in ausreichender Zahl notwendig gewesen. Die angebauten Stallungen für Pferd und Wagen zeugten noch davon. Heutigentags indessen schien sich kaum noch ein Fremder hierher zu verirren – die Gespräche waren sofort verstummt und sämtliche Gesichter zu ihnen herumgefahren, als sie hinter Endres die Schenke betreten hatten.

Der hatte in seiner Prophezeiung recht behalten: Kaum dass sie einen Fuß in das enge Falkensteiner Tal gesetzt hatten, war der Sturm mit voller Wucht ausgebrochen. Eisige Graupelschauer hatte er ihnen ins Gesicht geschleudert, war den mächtigen, dunklen Tannen rundum mit solch unbändiger Kraft ins Geäst gefahren, dass es Achaz schon angst und bange geworden war. Obendrein hatte binnen kurzem stockdunkle Nacht eingesetzt. So war ihnen gar nichts anderes übrig geblieben, als auf Endres' Drängen hin hier einzukehren, wollten sie nicht von einem Ast erschlagen werden.

Mittlerweile hatte der Wirt, ein dicker, kahlköpfiger Mensch, der das linke Bein nachzog, ihnen drei Krüge Bier gebracht. Er schien Endres gut zu kennen, hatte er ihm doch zur Begrüßung freundschaftlich auf die Schulter geklopft und ihnen sogleich die nassen Umhänge abgenommen. Die hingen jetzt zum Trocknen über einer Stange am offenen Kaminfeuer.

Zwar war Achaz heilfroh, der Nässe entkommen und in Sicherheit zu sein, und allmählich spürte er auch wieder die Wärme in seine Knochen zurückkehren. Doch wenn er nur an Serafina dachte, hätte er sich am liebsten seinen Mantel geschnappt und wäre wieder hinausgerannt. Dass er hier zur Untätigkeit verdammt war, machte ihn fast wütend.

Er blickte sich um. Die kleine Gaststube war bis auf den letzten Platz besetzt, mit einfachen Leuten vom Land, Männern zumeist, die wettergegerbte Gesichter hatten und von gedrungener, kräftiger Gestalt waren. Etliche wirkten angetrunken, und dementsprechend derb und laut ging es zu.

«He, Endres, altes Schlitzohr!», brüllte einer quer durch die Stube. «Was hast denn da für zwei seltsame Vögel mitgebracht? 'nen Studierten und 'nen Possenreißer!»

Endres grinste breit und hob seinen Krug. «Halt's Maul, Hannes, sonst polier ich dir dein hübsches Näschen.»

«Ihr seid ja wohlbekannt in dieser Schenke», bemerkte Achaz.

Endres zuckte die Schultern. «Ich kehr halt oft hier ein, nach der Arbeit im Holz.»

«Aber Ihr wohnt schon noch in der Neuburgvorstadt, nicht wahr?»

«Ja doch. Warum fragt Ihr?»

«Nun – das ist ein weiter Weg, täglich hier heraus. Wenn Ihr wollt, setze ich mich beim Magistrat für Euch ein. Soweit ich weiß, sucht die Stadt derzeit sowohl einen Spitalknecht als auch einen verlässlichen Feldhüter.»

«Nein, das braucht's nicht. Mir geht's gut, und ich fühl mich wohl bei dem, was ich mache.»

Seine schroffe Ablehnung verwunderte Achaz. Doch wenn er sich den ehemaligen Turm- und Gefängniswärter so betrachtete, dann musste er feststellen, dass er für einen Mann, der nur vom Taglohn lebte, auffallend anständig gekleidet war. Allein die Rindslederschuhe mochten ein kleines Vermögen gekostet haben, und auch sein Mantel, der jetzt zum Trocknen hing, war von guter Qualität. Frönte er womöglich wieder dem heimlichen Glücksspiel?

Wie dem auch sei – das sollte seine Sorge nicht sein. Ungeduldig lauschte er nach draußen, ob der Wind nicht endlich nachließ. Aber nach wie vor rüttelten kräftige Böen an den geschlossenen Fensterläden, und selbst die Tranlampen, die von der Balkendecke hingen, flackerten unruhig.

Sein Blick fiel auf Vitus.

«Ist dir nicht gut? Du siehst so blass aus.»

Der Junge, der bislang kein einziges Wort gesprochen hatte, strich sich die nassen Locken aus der Stirn.

«Ich muss die ganze Zeit an … an Serafina denken. Ich will hier nicht länger herumhocken.»

«Ich auch nicht, mein Junge. Aber wir müssen Geduld haben. Im Übrigen bläst der Sturm von Osten her, und Sturm von Osten ist eisig, währt aber nur kurz.»

Endres zog die Brauen hoch. «Steht so ein Zeug in Euren klugen Büchern?»

«Nein. Eine alte Bauernregel. Also Kopf hoch, Vitus!» Achaz gab sich alle Mühe, munter zu klingen. «Demnächst brechen wir auf.»

«Wenn Ihr Euch da mal nicht täuscht», knurrte Endres. «Ohne Licht bringt Ihr mich jedenfalls nicht in die Höllenschlucht, und das bläst es schnurstracks aus bei diesem Wetter.»

«Aber Ihr seid schon noch dabei, Endres? Denkt an die fünfundzwanzig Silberpfennige ...»

«Die werd ich mir wohl kaum entgehen lassen.» In Endres' Augen blitzte es auf. «Ich mach Euch einen Vorschlag, Medicus. Ich hab ein paar Freunde hier auf den Nachbarhöfen, die kennen jeden Strauch und jeden Fels bei der Schlucht. Sobald es einen nicht mehr umbläst da draußen, sammle ich sie ein und hol sie her. Bis dahin bestellt Ihr uns schon mal ein Abendessen, ich hab nämlich ordentlich Kohldampf.»

Tatsächlich wagten sich schon bald die ersten Gäste wieder hinaus, und Endres mit ihnen. Achaz vermochte nicht zu sagen, warum – aber mit einem Mal wurde ihm zusehends unbehaglicher zumute.

Kapitel 17

Eine gute halbe Stunde warteten sie, saßen sich stumm gegenüber, während die Köhlerfrau am Herdfeuer hantierte. Serafina konnte an nichts anderes denken als an die Meisterin, die irgendwo da draußen in Not war, während sie hier zur Untätigkeit verdammt waren. Schließlich hörte sie hinter der Hauswand den Hund bellen, die Haustür sprang auf, und zwei Männer polterten in die Stube.

«Dreckswetter!», fluchte der Ältere und zog sich den nassen Mantel vom Leib. Im ersten Augenblick erschrak Serafina nicht wenig: Beide hatte sie rußgeschwärzte Gesichter, aus denen im spärlichen Schein des Herdfeuers und der einzigen Kerze die Augen weiß herausleuchteten.

Der Köhler stutzte, als er zum Tisch blickte.

«He, Weib, was soll das? Was sind das für Leute in unserm Haus?», fragte er barsch und kratzte sich den verfilzten, langen Bart.

«Siehst das nicht? Zwei Kuttenträger auf Wanderschaft. Und jetzt sag schon – habt ihr alles zuwege gebracht?»

«Und ob. Was glaubst du denn?»

Der Jüngere, der kaum älter als Vitus sein mochte, wischte sich das Gesicht am Ärmel ab. «Und was woll'n die hier?»

«Übernachten. Die hat der Sturm überrascht.»

Misstrauisch traten die beiden näher. An Körpergröße nahmen sie es mit dem Prior auf, waren aber ungleich kräftiger gebaut.

Ruhig und höflich nannte Bruder Matthäus ihre Namen.

«Wir wären froh, wenn wir hierbleiben dürften bis morgen früh», fügte er hinzu.

«Hier is kein Platz», beschied der Köhler und schenkte sich den Becher des Priors mit Most voll.

«Dann schau, was auf dem Tisch liegt», wandte seine Frau ein.

Da erst entdeckte er das Geld auf der Tischkante.

«Noch drei Silberpfennige drauf, und Ihr könnt hierbleiben.»

Der Prior runzelte unwillig die Stirn, zog dann aber weitere Münzen aus seiner Rocktasche.

«Einverstanden», nickte der Köhler. «Der Mönch soll im Kuhstall im Stroh schlafen, die Schwester oben auf der Bühne. Klewi, du bringst nachher deinen Strohsack hoch.»

«Hä? Wo soll ich dann schlafen?»

«Geht ja wohl mal für eine Nacht auf der Holzbank, oder etwa nicht?»

Serafina wusste, dass sie aus Sorge um Catharina ohnehin kein Auge zutun würde. Schon gar nicht allein auf einem zugigen Dachboden, bei Sturm und eisiger Kälte. Wenigstens war der Köhler um einiges gesprächiger als sein Weib, auch wenn das sicher nur dem unerwarteten Geldsegen geschuldet war. Kaum dass er sich neben den Prior auf die Bank gequetscht hatte, fragte er sie in allen Einzelheiten aus, woher sie kämen, wohin sie unterwegs seien und warum zu so später Stunde.

«Dann gehört der kläffende Köter im Verschlag also zu Euch?»

«Ganz recht. Wie schon gesagt, wir suchen zwei Frauen im grauen Beginengewand. Seid Ihr ihnen heute irgendwann begegnet, als Ihr draußen wart? Sie müssen hier durchgekommen sein.»

«Tut mir leid. Betschwestern war'n heut keine unterwegs. Oder, Klewi?»

«Nein, Vater.» Der Junge, der sich unverschämt dicht neben Serafina auf die Bank gesetzt hatte, grinste. «Wär mir ganz bestimmt aufgefallen.»

Sie spürte sein Bein an ihrem und rückte von ihm ab, so gut es ging. «Habt Ihr auch niemanden rufen gehört? Oder vielleicht sogar ... Schreie in der Not?»

Der Köhler schüttelte den Kopf. Nachdem er sich am Eimer bei der Feuerstelle gewaschen hatte, sah er schon weitaus weniger furchteinflößend aus, mit seinem breiten, rosigen Gesicht, das ein wenig einfältig wirkte.

«Glaubt Ihr etwa, wir helfen nich, wenn jemand in der Patsche steckt? Nein, da war niemand.»

So schnell wollte Serafina nicht aufgeben.

«Gibt es denn bei der Schlucht oder bei der Burgruine irgendwo einen Unterschlupf? Einen Schafstall oder Schuppen oder so etwas?»

«Nur das alte Zollhaus der Falkensteiner. Aber das ist schon vor Jahren eingestürzt. Jetzt ist es nichts als ein Schutthaufen.»

«Könnt Ihr uns trotzdem hinführen?»

«Jetzt? Bei dem Sturm kriegen mich keine zehn Pferde mehr raus. Mir ist vorher schon ums Haar ein Prügel ins Genick gekracht.»

«Der Sturm hat sich gelegt», wandte Bruder Matthäus ein. Tatsächlich pfiff zwar noch immer ein kräftiger Wind ums Haus, aber das Rütteln an Tür und Fensterladen hatte aufgehört.

«Jetzt wird erstmal gegessen», beschied die Alte und stellte den Topf auf den Tisch. «Hoffentlich reicht's für alle.»

Nach einem kurzen Tischgebet begannen sie, die sämige Suppe aus dem Topf zu löffeln. Zu Serafinas Überraschung war sie mit Gartenkräutern herzhaft gewürzt, enthielt sogar etliche Stücke fetten Specks – und das an einem gewöhnlichen Werktag. Auf ihr Essen schienen diese ärmlichen Leute jedenfalls mehr Wert zu legen als auf alles andere.

«Das war wirklich gut, habt vielen Dank», sagte sie, leckte ihren Löffel ab und tat ihn zurück in ihr Besteck am Gürtel. Ein Tuch zum Abwischen gab es hier nicht.

Die Hausherrin zuckte nur wortlos die Schultern über das Lob. Nachdem ihr Mann die letzten Reste aus dem Topf gekratzt hatte, holte er eine lange Holzstange aus der Ecke, stieß damit die Luke zum Dach auf, legte eine wacklige Leiter an und kletterte hinauf. Derweil hatte sein Sohn hinter dem Vorhang, wo sich offensichtlich die Schlafecke befand, einen zerschlissenen Strohsack hervorgeholt und reichte ihn an seinen Vater weiter.

«Die Schwester wird frieren ohne Decke», bemerkte die Köhlerin.

«Ja und?», erwiderte der Köhler vom offenen Dachboden herab.

«Sie soll deine kriegen. Wir beide können auch mal unter *einer* Decke schlafen.»

«Oben am Kamin ist's nich kalt. Aber wenn's denn sein muss – Klewi, gib die Decke rauf.»

Dankbar blickte Serafina die Frau an. «Das ist sehr lieb von Euch.»

«Soll ja nicht heißen, dass einfache Leut nicht gastfreundlich wären.»

Mit einem Anflug von einem Lächeln im Gesicht klaubte sie das Geld vom Tisch und öffnete die Truhe, während der Köhler schwerfällig wieder die Leiter herabstieg. Neugierig reckte Serafina den Hals in Richtung Truhe: Zwischen unordentlich zusammengefalteten Kleidungsstücken und einem Vorrat an Talgkerzen entdeckte sie ein Holzkästchen, das wohl die Ersparnisse dieser Leute enthielt. Wenngleich Serafina sehr gute Augen hatte, vermochte sie von ihrer Warte aus nicht zu erkennen, was sich darin befand. Dafür aber sah sie vor der Truhe etwas Helles im Staub glänzen und erhob sich.

«Ihr habt etwas verloren», sagte sie und bückte sich, um es aufzuklauben.

Sie erstarrte: Was sie zwischen den Fingern hielt, war ein kleines, silbernes Kreuz – genau wie jenes, das Catharina immer um den Hals getragen hatte!

Langsam richtete sie sich auf.

«Sie waren hier, die beiden Frauen», brachte sie tonlos hervor. «Hier im Haus!»

«Was sagt Ihr da?» Auch der Prior war aufgestanden.

«Dieses Kruzifix – es gehört der Meisterin.»

Die Alte glotzte sie erst erschrocken, dann reichlich verärgert an.

«Was für ein Unsinn. Wollt Ihr uns etwa als Diebe hinstellen? Hier war niemand. Das muss meinem Mann aus der Tasche gefallen sein.»

«Ganz recht», bekräftigte der. «Ich hab's unterwegs gefunden. Lag einfach auf der Erde, und da hab ich das schöne Stück mitgenommen.»

«Stimmt», mischte sich Klewi ein. «Mein Vater hat's oben im Wald gefunden, ich war selbst dabei.»

Misstrauisch musterte Bruder Matthäus den Köhler.

«Wann war das?»

«Was weiß ich – heute irgendwann. Bevor's dunkel geworden ist.» Er tauschte einen unruhigen Blick mit seinem Weib aus. «Ihr könnt nie und nimmer beweisen, dass es dieser Begine gehört hat. Also ist es unser.»

Wie um den letzten Satz zu unterstreichen, nahm die Köhlerin Serafina das Kreuz aus der Hand, legte es wortlos in die Schatulle und verschwand mitsamt dem Kästchen hinter dem Vorhang, wo ihre Schlafecke war.

«Es ist unser», wiederholte der Köhler zornig, und sein Gesicht war dunkelrot angelaufen. «Weil ich's nämlich draußen gefunden hab.»

Beschwichtigend legte der Prior ihm die Hand auf die Schulter. «So beruhigt Euch, niemand will Euch was Böses nachsagen. Aber jetzt verratet uns, wo genau Ihr es gefunden habt.»

«Bei unserm Meiler am Burgfels.»

«Dann führt uns dorthin. Bitte!»

«Da war aber niemand, ich schwör's.»

Serafina schwankte zwischen Unglaube und neuer Hoffnung. Wenn es tatsächlich Catharinas Silberkreuz war, dann hieß das auf jeden Fall, dass sie hier in der Nähe war!

«Könnte es sein, dass sich die beiden Frauen auf die Burgruine geflüchtet haben?», fragte sie den Köhler.

«Ein Fremder findet da gar nicht erst rauf. Ist doch alles zugewachsen inzwischen.»

«Aber ich hab Lichter gesehen, vorhin, als der Schneesturm losbrach.»

Sein Weib, das inzwischen in die Stube zurückgekehrt war, starrte sie an. «Lichter?»

«Ja. Wie von den Funken eines Lagerfeuers. Und ganz kurz ein heller Schein an einer der Mauern.»

«Jetzt sag ich Euch mal was.» Die Alte verschränkte die Arme. «Was Ihr gesehn habt, das war die Burgfrau von diesem unseligen Strauchritter Werner von Falkenstein. Die bewacht nämlich die geraubten Schätze, das weiß doch jedes Kind hier. Und wenn dann mal wieder der kopflose Ritter in der Schlucht umgeht und sich einen der Freiburger holt, aus Rache, weil die seine Burg zerstört haben, dann schwebt oben die Herrin als weißer Schleier durchs Gemäuer und wirft glühende Steinchen ins Tal. So ist das!»

«Mein Weib hat recht.» Der Köhler nickte eifrig. «Selbst Leute wie wir meiden die Burg! Verlangt also nicht, dass wir Euch hinaufbringen.»

«Dann gehen wir eben allein.» Serafina sah ihn herausfordernd an. «Gleich morgen früh, wenn's hell wird. Und Ihr erklärt uns den Weg.»

«Wie Ihr wollt. Aber ich sag's Euch: Ihr lauft in Euer Verderben!» Er kniff lauernd die Augen zusammen. «Wenn Ihr Lichter gesehen habt, dann geht wieder der Kopflose um. Und ebender hat sich Eure Beginenweiber geholt!»

«Schwester Serafina?» Der Prior berührte sie beim Arm. «Vielleicht sollten wir doch besser warten, bis gegen Mittag Verstärkung eintrifft. Wenn nicht die Stadtwache, dann werden welche von meinen eigenen Leuten kommen, verlasst Euch drauf.»

Kapitel 18

Serafina schützte Müdigkeit vor, obgleich sie hellwach war. Aber sie wollte in Ruhe nachdenken. Nachdem sie allen eine gesegnete Nachtruhe gewünscht hatte, nahm sie ihren Mantel vom Haken, klemmte ihn sich unter den Arm und kletterte die Leiter nach oben. Im spärlichen Licht, das von der offenen Luke nach oben drang, rückte sie Strohsack und Bettdecke zurecht. Das Fußende legte sie an den lauwarmen Kamin, das Kopfende nahe der Luke. Viel Platz gab es hier ohnehin nicht, bei all dem Gerümpel, das herumstand.

Von unten hörte sie, wie sich nun auch der Prior verabschiedete, kurz darauf knarrte die Stalltür, und der Hund begann freudig zu winseln über das Wiedersehen mit Bruder Matthäus.

Was gäbe sie drum, wenn wenigstens Michel bei ihr wäre, hier oben auf diesem schrecklichen Dachboden. Der war so niedrig, dass sie nicht einmal in der Mitte aufrecht stehen konnte. Überall hingen Spinnweben herunter, die einem wie klebrige Schleier über Arme und Gesicht strichen. Durch die Ritzen der Schindeln pfiff der Wind, irgendwo tropfte Wasser herab. Es roch modrig nach feuchtem Moos und altem Holz und nicht zuletzt nach dem Männerschweiß von der Decke des Köhlers.

In einem letzten Anflug von Argwohn zog sie die Leiter nach oben, bevor sie die Luke zuklappte. Somit war sie wenigstens sicher vor irgendwelchen Nachstellungen, wobei sie in dieser Hinsicht dem Sohn mehr misstraute als dem Vater. Dann streifte sie sich im Stockdunkeln die Schuhe ab, rollte den Umhang zu einem Kopfkissen und legte sich angezogen unter die speckige Decke, das Geflügelmesser aus ihrer Küche griffbereit neben sich. Anfangs mochte sie kaum atmen, des üblen Geruchs wegen, doch allmählich gewöhnte sie sich daran.

Sie musste an Adalbert Achaz denken, der immer so wunderbar nach seiner Kräuter- und Veilchenseife duftete. Wenn er erfahren würde, was sie gerade trieb und wo sie die Nacht verbrachte – er würde außer sich geraten. Am besten erzählte sie ihm gar nicht davon, wenn sie erst wieder zurück in Freiburg war. Plötzlich krampfte sich ihr Herz zusammen: Wenn sie nun ohne Catharina und Hedwig zurückkehren mussten? Wenn die beiden längst tot waren? Selbst wenn sie nach der Frühmesse noch kurz zu Hause gewesen waren und Hedwig nicht allzu flott im Marschieren war, hätten sie die Schlucht gegen Mittag erreichen müssen. Wer aber würde es wagen, zwei arme freundliche Schwestern am helllichten Tage zu überfallen? Sie hätte die Köhlerfamilie fragen sollen, ob zu dieser Zeit Nebel geherrscht hatte oder bereits Schneetreiben. Vielleicht war aber auch schlichtweg kein Mensch weit und breit in der Nähe gewesen, als die Wegelagerer ihnen auflauerten.

Oder steckte womöglich doch dieser unheilvolle Beginenjäger dahinter, der verhindern wollte, dass man den Konstanzer Bischof zum Fürsprecher und Schirmherrn gewann? Aber in diesem Falle hätte er von Catharinas Plan wissen müssen. Woher?

Serafina schlug sich gegen die Stirn. Natürlich! Diese Hedwig hatte ihn davon unterrichtet, die beiden steckten ja unter einer Decke. Bloß: Warum jagte er seine Beute so weit vor den Toren der Stadt? Um sicherzugehen, nicht ertappt zu werden?

Sie schrak zusammen, als etwas über das Dachgebälk huschte. Eine Maus? Eine Ratte? Nach all den Schauergeschichten heute mochte sie lieber an ein Wesen aus Fleisch und Blut glauben …

So lag sie angespannt und mit offenen Augen auf ihrem kratzigen Strohsack und lauschte in die Dunkelheit. Die Köhlerfamilie hatte sich offenbar einen neuen Krug Apfelmost geholt, denn man hörte, wie sie sich zuprosteten.

«Zum Wohlsein!» – «Zum Wohlsein!» – «Auf dass uns nicht der Knochenreiter holen kommt.»

Sie sprachen mit lauter Stimme. Davon, dass man sich vom Ersparten und dem Erlös aus dem silbernen Anhänger nun endlich anständige Sonntagskleider kaufen könnte. Oder noch besser, einen neuen Stall für Kuh und Hühner bauen. Dann redeten sie von all den Geisterwesen, die bei Dunkelheit im Wald und oben auf der Burgruine ihr Unwesen trieben. Serafina hatte den Eindruck, dass sie es darauf anlegten, gehört zu werden.

Die Alte ging zuerst zu Bett, wie Serafina an deren schlurfenden Schritten erkannte, dann hörte sie ein lautes Scharren und Rücken. Klewi stellte sich wohl die beiden Bänke als Schlafstatt nebeneinander, er fluchte dabei, dass die Kuttenbrunzerin, wie er sie abfällig nannte, jetzt seinen Strohsack habe.

Gerade als es von unten ruhiger wurde, klopfte es gegen die Tür: dreimal kurz, zweimal lang. Das klang nach einem geheimen Zeichen. Jemand trat ein, mit einem Mal wurde nur noch geflüstert. Das ließ Serafina erst recht aufhorchen. Vorsichtig schob sie sich von ihrem Strohsack und legte das Ohr auf die Luke.

«Was machen wir jetzt mit denen?», hörte sie den Köhler aufgeregt raunen. «Das Weib hat das Amulett erkannt.»

«Ruhig Blut, Rupert. Ein schwaches Weib und ein Klosterbruder – was können die uns schon.»

«Aber wenn ich's recht verstanden hab, kriegen die morgen Verstärkung. Männer von der Stadtwache oder vom Kloster, was weiß ich.»

Das Tuscheln wurde leiser. Sosehr sich Serafina mühte, etwas zu verstehen – es waren nur noch einzelne, zusammenhanglose Worte, die zu ihr heraufdrangen, versetzt mit unterdrückten Flüchen. Ihr Herz schlug schneller. Diese Leute hatten eindeutig mit dem Verschwinden von Catharina und Hedwig zu tun. Und hieß das nicht, dass sie selbst ebenfalls in Gefahr waren?

Die Stimme des Fremden wirkte nun mehr als gereizt.

«Du hast's vermasselt, jetzt bring's gefälligst in Ordnung», zischte er.

«Aber wie?»

«Bring sie morgen früh zur Burg rauf. Leider werden die beiden dort von einem Fels herabstürzen. Und dieses andre Kuttenweib mit ihnen.»

«Nein, so war das niemals ausgemacht zwischen uns! Keine Toten, war ausgemacht!»

«Begreifst du's nicht, du Kürbiskopf? Die müssen weg! Alle Spuren müssen verwischt werden. Und jetzt pack deinen Mantel und komm mit. Wir haben noch was zu erledigen. Der Klewi soll derweil auf eure Gäste aufpassen.»

Die Haustür klappte, dann wurde es still. Serafinas Herz raste. Sie sollten umgebracht werden! Und ihre beiden Mitschwestern hatten der Köhler und dieser Fremde auch auf dem Gewissen. Plötzlich hallte es ihr in den Ohren: «Dieses andre Kuttenweib ebenfalls.» Das konnte nichts anderes bedeuten, als dass nur noch Hedwig *oder* Catharina in ihrer Gewalt war. Was mit der anderen geschehen war, mochte sie sich nicht ausdenken …

Sie zwang sich, ruhig durchzuatmen. Sie musste den Prior wecken. Und dann schleunigst von hier verschwinden.

Kapitel 19

Eine gute Weile blieb Endres fort, und Achaz und Vitus waren immer unruhiger geworden. Längst hatte sich die Schankstube geleert, nur noch an einem Tisch würfelten und zechten eine Handvoll Männer.

In der Zwischenzeit hatten sie den Wirt ausgefragt, ob bei ihm heute Fremde eingekehrt seien – ein Ratsherr namens Schneehas beispielsweise, möglicherweise in Begleitung eines Wanderpredigers in der schwarz-weißen Tracht der Dominikaner. Oder zwei Beginenschwestern, ein kleiner, hellbrauner Hund vielleicht, eine einzelne Begine in Begleitung eines Wilhelmitenbruders …

Aber auf all ihre Fragen hatte der glatzköpfige Dicke nur den Kopf geschüttelt, und so hatten sie sich schließlich noch einen kleinen Krug Bier bestellt und auf das Abendessen gewartet.

Da endlich schwang die Tür auf, und mit einem Schwall kalter Luft trat Endres ein. Er kam nicht allein: Gebeugt, wie es bei großen Menschen oft der Fall war, folgte ihm ein Baumstamm von einem Kerl mit wildem, grauem Bart. Er war nicht mehr der Jüngste, doch das breite Gesicht schimmerte rosig wie bei einem Kind.

«Habt Ihr was zu essen bestellt?» Endres setzte sich mit seinem Begleiter zu ihnen an den Tisch.

Achaz nickte. «Es müsste gleich kommen. Aber jetzt sagt schon: Was habt Ihr erreicht?»

«Gar nichts. Hab alles abgeklappert. Keiner will zur Schlucht, wo's da seit diesem Herbst wieder spukt, wenn's dunkel wird.»

«Und er hier?» Achaz deutete auf den Bärtigen.

«Der Rupert? Der erst recht nicht. Der hat den Knochenreiter schon mit eignen Augen gesehen. Weil er seine Hütte gleich bei der Schlucht hat. Hab ihn nur zum Essen eingeladen, aus alter Freundschaft.»

Innerlich schüttelte Achaz den Kopf. «Dann glauben also alle hier an diesen kindischen Unsinn?»

«Von wegen Unsinn», entgegnete Endres. «Sagt bloß, Ihr habt nichts von all den Wanderern gehört, die man schon halbtot in der Schlucht gefunden hat. Es heißt, dass denen ganz scheußliche Teufelsfratzen erschienen wären.»

Achaz erhob sich und wandte sich zu dem Tisch um, an dem die Männer würfelten.

«Was ist mit euch?», rief er hinüber. «Kommt *ihr* nachher mit in die Höllenschlucht?»

«Bist noch bei Trost, Mann?» – «Dass der Teufel unsre Seele holt?», schallte es zurück.

«Da habt Ihr's», sagte Endres. «Ich rate Euch dringlichst, heimzukehren. Eure Braut wird schon irgendwann wieder auftauchen.»

«Nein! Wir gehen zur Schlucht. Der Sturm hat nachgelassen und der Schneeregen auch, wenn ich mir Euren Mantel so anschaue. Ihr könnt meinetwegen auch hierbleiben, dann entgeht Euch eben ein guter Batzen Geld.»

In diesem Augenblick brachte der Wirt eine dampfende Platte mit Kraut und Bratwürsten und stellte sie auf dem Tisch ab.

«Was wollt ihr trinken?», fragte er seine Kumpane.

Endres und sein Begleiter tauschten einen Blick aus.

«Bringst uns halt wieder mal von deinem Würzwein», beschied Endres. «Die Runde geht auf mich. Du weißt schon, Henni, von deinem guten.»

«Ja, ja, hab verstanden.» Der Wirt mit Namen Henni grinste. «Hauptsache, du bleibst mir die Zeche nicht wieder schuldig. Dann lasst es euch schmecken.»

«Ich hab keinen Hunger», murmelte Vitus.

«Iss, Junge.» Achaz klopfte ihm auf die Schulter. «Das könnte eine lange Nacht werden heute.»

Schmatzend machte sich Endres über die Platte her, während dieser Rupert nicht allzu hungrig zu sein schien. Genau wie Vitus stocherte er mit seinem Messer gedankenverloren im Kraut herum. Dabei war Achaz eigentlich auch nicht nach Essen – viel zu groß war die Sorge um Serafina. Andererseits hielt er sie für klug genug, dass auch sie sich rechtzeitig einen sicheren Unterschlupf gesucht hatte. Und zugleich betete er darum, dass dieser Wilhelmitenprior, den er für einen äußerst vernünftigen Mann hielt, sie tatsächlich begleitet hatte.

«Also gut, ich mach Euch einen Vorschlag, Medicus.» Endres pulte sich ein Stück Wursthaut aus den Zähnen. «Im Hinterzimmer gibt's einen Schlafraum. Ihr übernachtet hier, und morgen früh begleiten Rupert und ich Euch zur Höllenschlucht. Einverstanden?»

Achaz sah zu Vitus. Der nickte.

«Einverstanden.»

Der Wirt brachte vier Becher mit warmem Würzwein. Die beiden größeren stellte er vor Achaz und Vitus ab.

«Zum Wohlsein!», rief Endres, und sie stießen miteinander an.

Aus reiner Höflichkeit nahm Achaz einen Schluck – er zog einen reinen, roten Burgunder solch einem mit Honig, Eiklar und allerlei Kräutern gepantschten Trank bei weitem vor. Dieser Würzwein schmeckte besonders süß, dabei stark und im Nachgeschmack seltsam bitter.

Die anderen indessen kippten ihren Wein durstig herunter. Vorsichtig nahm Achaz einen zweiten Schluck: Der bittere Nachgeschmack, der ihm im Nachhall den Mund zusammenzog, gehörte eindeutig nicht zu einem guten Würzwein.

«Mundet Euch mein Wein etwa nicht?», fragte der Wirt ihn lauernd.

«Nun ja, ein wenig ungewöhnlich», gab Achaz ausweichend zur Antwort. Ihm entging nicht, wie Henni den beiden Männern zuzwinkerte, bevor er sich wieder an den Ausschank zurückzog.

Achaz warf Vitus einen warnenden Blick zu, doch der Junge hatte seinen Becher bereits geleert, genau wie die beiden Tischgenossen.

«Alsdann», Endres erhob sich, «will ich mal einen Würfelbecher holen, damit wir uns ein wenig die Zeit vertreiben.

Und der Henni soll uns gleich noch eine zweite Runde bringen.»

Nachdem Endres ihren Tisch verlassen hatte, setzte Achaz den Becher an die Lippen, dann schüttete er, von Rupert unbemerkt, den Inhalt kurzerhand neben sich unter den Tisch.

«Rühr das Zeug nicht mehr an», flüsterte er Vitus zu, indem er ihm den Arm um die Schulter legte und ihn an sich zog.

Doch es war zu spät.

Der Junge starrte ihn nur aus riesigen Augen an.

Kapitel 20

Serafina war noch immer hellwach, obgleich sie geraume Zeit hatte warten müssen, bis sie den jungen Klewi endlich schnarchen hörte. Vorsichtig öffnete sie die Luke und spähte hinunter. Das Talglicht war erloschen, das Herdfeuer weitgehend heruntergebrannt. Auf den zusammengeschobenen Bänken lag Klewi eingewickelt in seinen Umhang und schlief. Wie es schien, tief und fest.

Trotzdem wagte sie es nicht, die Leiter hinunterzulassen. Das würde zu viel Lärm machen. Zum Glück war die Stubendecke nicht allzu hoch, sie würde sich, ohne Schaden zu nehmen, die Luke hinabgleiten lassen können.

Mit zitternden Fingern zog sie sich die Schuhe an, steckte sich das Messer an den Gürtel, nahm ihren Mantel und ließ ihn am ausgestreckten Arm nach unten gleiten. Klewi rührte sich nicht. Dann kniete sie am Rand der Öffnung nieder, krallte sich am Rahmen fest und rutschte mit dem Körper hindurch, bis sie einen Moment lang in der Luft hing, die Füße eine Handbreit über dem Boden. Sie ließ los, kam mit einem leisen, dumpfen Geräusch auf.

Regungslos blieb sie stehen und nahm ihr Messer in die Hand. Klewi unterbrach sein Schnarchen, dann drehte er sich auf die andere Seite. Ganz kurz dachte sie daran, an ihm vorbei zur Feuerstelle zu schleichen, um dort den Schürhaken an sich zu nehmen und den Jungen damit eins überzubraten. Doch sie verwarf den Gedanken: Erstens würde sie niemals auf einen wehrlosen, schlafenden Menschen einschlagen, geschweige denn einstechen können, zum Zweiten könnte Klewi vorher aufwachen, und dann wäre erst recht alles aus und vorbei.

So geräuschlos als möglich streifte sie sich ihren Umhang über und tastete sich nun Schritt für Schritt, das Messer abwehrbereit in der Faust, zur Haustür. Die knarrte leise, als Serafina sie langsam aufzog, hinausschlüpfte und wieder hinter sich zuzog. Der Wind hatte sich Gott sei Dank gelegt, die aufgerissenen Wolken gaben einen halben Mond frei.

Sie rannte um die Ecke zu dem windschiefen Verschlag, der an die Hauswand angebaut war. Das Türchen war nicht verriegelt.

«Psst, Michel!», zischte sie, als der Hund sie jaulend begrüßte, und hielt ihm die Schnauze zu. Etwas Großes, Dunkles bewegte sich vor ihr und schmatzte leise vor sich hin.

«Wer ist da?», hörte sie es von oben flüstern.

«Ich bin's, Serafina. Kommt rasch herunter.»

Oberhalb der Kuh war ein kleiner Heuboden eingezogen, wie ihre Augen nun schemenhaft erkannten, und von dort kletterte der Prior jetzt herunter.

«Was ist geschehen?», fragte er mit gedämpfter Stimme und klopfte sich das Heu von seiner Kutte.

Serafina ließ den Hund los.

«Die Köhler haben Catharina und Hedwig überfallen

und halten sie irgendwo versteckt. Vielleicht ja auf der Burgruine.»

«Was sagt Ihr da?»

Er machte den Eindruck, als sei er gerade erst aus dem Schlaf erwacht.

«Schnell, wir müssen verschwinden! Ich hab die Männer belauscht. Sie wollen uns morgen zur Burg bringen und dort vom Fels stürzen lassen.»

«Allmächtiger!» Er packte sie beim Arm. «Wir müssen ins Waldkloster von Oberried, Hilfe holen. Das ist nur halb so weit wie bis nach Freiburg. Kommt!»

Dann riss er erschrocken die Augen auf.

In diesem Moment hörte Serafina eilige Schritte hinter sich. Noch bevor sie sich umdrehen konnte, krachte etwas schmerzvoll gegen ihren Hinterkopf, und sie verlor das Bewusstsein.

Kapitel 21

Zum Würfelspielen kamen die Männer erst gar nicht mehr. Vitus rutschte auf seinem Schemel hin und her, begann plötzlich albern zu lachen, dann kippte er zu Boden.

In böser Vorahnung half Achaz ihm auf.

«Wie seltsam das alles hier aussieht», lallte der Junge. «Mir scheint, die Wände zieh'n sich zusammen und bläh'n sich wieder auf. Und Ihr … Ihr seht wahrhaftig zum Lachen aus, mit Eurer abgeschnittenen Nase und der blutroten Warze mitten auf der Stirn!»

«Ruhig, Vitus, ganz ruhig.»

Achaz zog ihn neben sich auf die Bank. Vitus' Pupillen waren linsengroß, seine Gesichtshaut gerötet.

«Der Junge verträgt ja rein gar nichts», kicherte Endres, und Rupert nickte eifrig dazu.

Diese Schurkenbande will uns vergiften, schoss es Achaz durch den Kopf. Hilfesuchend wandte er sich zum Nachbartisch um. Doch die Zecher waren mit einem Mal spurlos verschwunden, sie waren allein mit Endres, dem Wirt und diesem grobschlächtigen Rupert. Wann, fragte er sich verwundert, waren die anderen Gäste gegangen? Wo steckte das freundliche Schankmädchen, das ihn und Vitus eben noch so nett angelächelt hatte? Und hingen diese schwarzen Balken schon immer so schief von der niedrigen Decke?

Er fasste sich an die Stirn. Ihm schwindelte. Auch er hatte von dem verfluchten Zeug getrunken, im Gegensatz zu Vitus aber nur sehr wenig. Er musste einen klaren Kopf behalten, wollten sie einigermaßen unbeschadet aus dieser Sache herauskommen. Vor allem aber musste er mitspielen.

«Hast recht», sagte er mit schwerer Zunge, wobei ihm das Sprechen tatsächlich Mühe machte. «Die Stube wird kleiner und größer, immerzu. Was für ein Spaß.»

Vitus glotzte ihn an. «Kennen wir uns, werter Herr? Ich mein fast gar, ich hätt Euch schon mal bei unserm Possenspiel gesehn.»

«Ein Spaßmacher!» Rupert klatschte begeistert in die Hände. «Der Kerl ist ein Spaßmacher! Los, spiel uns was vor.»

Er zog Vitus in die Höhe. Der verzog sein hübsches, fast mädchenhaftes Gesicht zu einem breiten Lächeln und stellte sich in Positur.

«Ich bin der Junker von Habmichgern», anmutig strich er sich das lange Blondhaar zurück, «für jedes Weib ein Augenstern.»

Er wankte auf Endres zu.

«Hab Acht, mein Herr: Bevor du furzt, hab ich dein Eh'weib dir abgeluchst.»

Achaz konnte ihn gerade noch auffangen, bevor er abermals umzufallen drohte.

«Mir scheint, ich bin auf einem Schiff», deklamierte Vitus weiter und hielt sich an der Tischkante fest, «hab meine Füß nicht mehr im Griff.»

Die Männer schlugen sich auf die Schenkel vor Lachen, und Achaz nutzte die Gelegenheit, sich nach seiner Arzttasche zu bücken, die unter der Bank verstaut war. Er griff hinein und fand blindlings das kleine Fläschchen, das einen Sud aus den Rhizomen der Haselwurz enthielt und das er bei seinen Krankenbesuchen stets mit sich führte. Vorsichtshalber steckte er es in seine Rocktasche und richtete sich wieder auf.

«Der Mund ist mir so trocken, als hätt ich in eine Quittenfrucht gebissen.» Er verdrehte die Augen und stöhnte übertrieben. «Mir ist so gar nicht wohl, meine treuen Freunde. Und diesem jungen Edelmann hier auch nicht. Zeigt uns das Schlafgemach, ich bitt Euch drum.»

«Oho!» Endres schlug ihm auf die Schulter. «Wie ausgesucht höflich Ihr auf einmal seid! Was meinst, Henni – wollen wir den feinen Herrschaften ein wenig Schlaf gönnen?»

Der Wirt grunzte etwas Unverständliches.

«Wenn Ihr erlaubt, werden wir unsere Mäntel mitnehmen.» Achaz zog seine Tasche unter der Bank hervor und wankte in Richtung Kamin. «Die Nacht ist sehr kalt.»

Endres lachte auf. «Ihr werdet Euch wundern, Doctor. Aber wenn Ihr meint …»

Es wurde ein mühevolles Unterfangen, Vitus den Mantel überzustreifen. Er stellte sich an wie eine mit Stroh gefüllte Stoffpuppe. Die Muskulatur erschlaffte also bereits, das war kein gutes Zeichen. Achaz überlegte noch, ob der Wirt Bilsenkrautsamen oder gepulverte Alraunwurzel in dem ihnen zugedachten Wein aufgekocht hatte, aber das war jetzt auch gleichgültig: Das Gift musste heraus, und dazu musste er dem Jungen schnellstmöglich die Brechwurz verabreichen. Hatte sich nämlich die toll machende Substanz erst einmal vollständig mit den Körpersäften vermischt, war es zu spät.

«Wenn mir nur nicht so seltsam wäre», stöhnte Achaz weiter. «Mir dreht sich alles fürchterlich.»

Tatsächlich schmerzte ihm der Kopf, und er hatte jegliches Zeitempfinden verloren. Innerlich sagte er sich: Du hast nur zwei Schluck getrunken, Adalbert Achaz – das wird einen Kerl wie dich nicht umhauen.

Er zwang sich, ruhig und tief durchzuatmen. Nachdem er es geschafft hatte, Vitus anzuziehen, bückte er sich nach dessen Schultertasche, hängte sie ihm um den Hals und nahm ihn beim Arm.

«Will aber nicht zu Bett», widersetzte sich Vitus. «Hab gleich einen Auftritt, Don Giacomo wartet schon.»

«Nichts da, jetzt wird geschlafen. Ich bin hundemüde.»

Aus dem Augenwinkel sah er, wie die drei Männer sie aufmerksam beobachteten. Betont schwankend schleppte er sich, seine Arzttasche in der freien Hand, mit Vitus zu der schmalen Tür, die der Wirt ihm geöffnet hatte.

«Gesegnete Nachtruhe.» Der Kahlköpfige schob sie mit einem breiten Grinsen ins Hinterzimmer. «Wir sehen uns später.»

Bei den letzten Worten riss er Achaz die Arzttasche aus der Hand.

«Eure wertvolle Tasche überlasst lieber *meiner* Obhut, sonst wird sie noch geklaut, Herr Medicus.»

Gegenwehr wäre zwecklos gewesen, das wusste Achaz. Ohnehin war er nicht der große Held, und so gab er seine

Arzneien und wertvollen Instrumente – Schröpfbesteck, Öllämpchen, Harnglas für die Urinschau – fürs Erste verloren.

Im Lichtschein der geöffneten Tür betraten sie das Hinterzimmer. Der Raum war nicht sonderlich groß, rechts und links lagen Strohsäcke entlang den Wänden nebst zugehörigen Decken. Gegenüber der Tür befand sich ein Fenster, das mit zwei Läden verschlossen war.

«Wir brauchen noch eine Tranlampe», brachte Achaz undeutlich und wie betrunken hervor. Dabei spürte er zu seiner großen Erleichterung, dass Schwindel und Übelkeit allmählich nachließen. Wenn er nur wüsste, was genau die Männer im Schilde führten …

«Zum Schlafen braucht's kein Licht», beschied ihm der Wirt barsch.

Die Tür fiel ins Schloss, ein Riegel wurde vorgeschoben: Sie saßen in der Falle.

«Ich bin blind! Zu Hilfe, ich bin blind», hob Vitus zu schreien an, während Achaz ihn mühsam durch die Dunkelheit neben sich her schleifte.

«Unsinn, wir haben bloß kein Licht. Langsam … immer geradeaus … gleich sind wir am Fenster.»

Den Jungen noch immer im Arm, tastete er nach dem Fensterriegel und stieß die Läden nach außen auf. Der Sturm hatte sich gelegt, die frische, kalte Luft tat gut.

Hastig zog er das Fläschchen hervor, das er zuvor unbemerkt in die Rocktasche gesteckt hatte, entkorkte es und bog dem Jungen den Kopf in den Nacken. Stirn und Haare waren schweißnass.

«Trink das, schnell.»

Vitus begann, wild mit den Armen und Beinen zu zappeln.

«Lass mich los, du Vogelscheuche!», brüllte er zornig.

Ohne nachzudenken, verpasste Achaz ihm eine Maulschelle. Den Augenblick der Verblüffung nutzte er, indem er ihm mit geübtem Griff den Kiefer öffnete und das Fläschchen tief im Rachen entleerte. Vitus begann zu prusten, doch Achaz hielt ihm den Mund fest verschlossen.

«Schluck's runter, los. Schluck alles runter!»

Er zählte bis fünf, da begann der Junge auch schon zu würgen. Gerade noch rechtzeitig drückte er dessen Kopf durch das offene Fenster, als sich Vitus auch schon in heftigen Krämpfen nach draußen erbrach.

«So ist's recht. Immer raus mit dem Gift.»

Nachdem der Junge nur noch Galle gespuckt hatte, japste er nach Luft.

«Wasser! Ich hab solchen Durst!»

Achaz strich ihm beruhigend übers Haar. Dabei überlegte er fieberhaft, wie er diesen Kraftlosen jetzt dazu bringen konnte, aus dem Fenster zu klettern. Der Sprung nach unten in den Garten war nicht tief, aber der Sims reichte Vitus, der um einiges kleiner und schmächtiger war als er selbst, bis zur Brust.

«Stemm dich hoch und spring aus dem Fenster, Junge. Wir müssen von hier verschwinden.»

Vitus schien ihn nicht zu verstehen. Er starrte nur hinaus in den dunklen Wald, dann sackte er in sich zusammen und hockte sich auf den Boden.

«Ich bin so müde.»

Kopfschüttelnd stand Achaz vor ihm und sah alle Hoffnung schwinden. Dieser Junge, ein waschechter Gaukler, der sonst fünf Bälle gleichzeitig in der Luft halten und auf den Händen spazieren konnte, vermochte in seinem Zustand nicht einmal mehr aus einem läppischen Fenster zu klettern.

Achaz schrak zusammen, als jemand von außen die Läden zuschlug. Keinen Atemzug später sprang unter tiefem, durchdringendem Geheul die Tür auf, Fackeln wirbelten durch die Finsternis, beleuchteten mit ihrem tanzenden Schein zwei schwarze Kapuzengestalten, aus deren ebenso schwarzen Gesichtern blutrote Augenhöhlen hervorleuchteten.

Vitus brüllte auf.

«Die Teufel aus der Höllenschlucht!»

Er zitterte am ganzen Leib, als Achaz sich neben ihn auf den Boden kauerte und ihn fest an sich zog. Das Ganze war geradezu zum Lachen, wäre ihre Lage nicht so todernst gewesen: Hinter der albernen Maskerade steckten der Größe und Statur nach Endres und Rupert. Doch das konnte er dem Jungen nicht sagen, wollte er sie nicht ins Verderben führen. So hob er abwehrend die Arme und rief ein ums andere Mal: «Herr, erbarme dich unser … Herr, erbarme dich unser …», dann warf er sich über den Jungen und sackte wie ohnmächtig in sich zusammen.

Kapitel 22

Nachdem Serafina zu sich gekommen war, fand sie sich an Händen und Füßen gefesselt neben dem Prior im Stroh wieder, mit einer schmerzhaften Beule am Hinterkopf. Bei ihrer Flucht aus dem Haus hatte sie wohl doch den Köhlersohn geweckt – mit einem Keulenschlag hatte der erst Serafina niedergestreckt, dann den Prior überwältigt. Obendrein war Michel verschwunden: Er hatte ihren Angreifer in die Hand gebissen, woraufhin der ihn mit einem harten Fußtritt nach draußen befördert hatte und Michel jaulend im Wald verschwunden war. So jedenfalls hatte es Bruder Matthäus erzählt, sie selbst erinnerte sich an nichts. Seither hatte man sie allein gelassen. Wahrscheinlich warteten das Weib und ihr Sohn auf die Rückkehr des Köhlers.

«Was haben sie bloß mit Catharina und Hedwig gemacht?», murmelte sie mutlos, nachdem sie eine Zeitlang gedankenverloren geschwiegen hatten.

«Ich nehme an», Bruder Matthäus streckte den Rücken durch, «die sind auch oben auf der Burg.»

Er hockte eingezwängt zwischen ihr und den Beinen der mageren Kuh, die sie immer wieder aus ihren großen Augen anglotzte.

«Aber möglicherweise», fuhr er fort, «steckt Hedwig von Üsenberg mit diesem Räuberpack unter einer Decke.»

«Ihr meint, Hedwig hat Catharina hierher in die Falle gelockt?»

«Das ist nicht auszuschließen. Wo sie doch von ihrem Gönner dazu angestiftet war, Euch Beginen aus der Stadt zu bekommen.»

«Wahrscheinlich habt Ihr recht. Der Fremde, der vorhin in der Köhlerhütte war, hatte nur von *einem* Kuttenweib gesprochen, also von Catharina. Ach, Bruder Matthäus – was sind das alles nur für Menschen …»

«Was die Schwarzwälder Köhler betrifft: Die sind bitterarme Hungerleider. Da lässt man sich gegen klingende Münze schon mal zu einem Frevel hinreißen.»

«Das mag wohl leider stimmen. Aber eines glaube ich trotzdem nicht: Dass diese Köhlersleute kaltblütige Meuchelmörder sein sollen.»

«Ich auch nicht, Schwester Serafina, ich auch nicht. Und deshalb wird Catharina auch am Leben sein.»

Zum ersten Mal erwähnte er den Namen der Meisterin, ohne die Anrede *Mutter* oder *Meisterin* davorzusetzen, und sie bemerkte trotz der Dunkelheit, wie er sich mit den gebundenen Händen über die Augen wischte.

«Ihr kanntet Euch in jungen Jahren sehr gut, nicht wahr?», fragte Serafina leise.

«Hat sie Euch davon erzählt?»

«Ja. Ein wenig jedenfalls. Dass Ihr ums Haar geheiratet hättet.»

Er seufzte. «Richtig. Wenn mein Vater – der Herrgott

hab ihn selig – uns nicht auseinandergebracht hätte. Er war ein reicher, angesehener Goldschmied, und weil Catharinas Vater, ein Witwer mit vier Töchtern, keine Mitgift zahlen konnte, hat man mir eine andere Braut gesucht, und Catharina musste zu den Straßburger Reuerinnen. Aber ich wollte nie eine andere als sie zur Frau, und so bin ich nach Speyer ins Kloster geflohen. Ob Ihr es glaubt oder nicht – ich habe es bis heute nicht bedauert.»

«Auch nicht, als Ihr Catharina dann in Freiburg wieder begegnet seid?»

Er lachte leise. «Im ersten Augenblick schon, da hätte es mir fast das Herz zerrissen. Aber ich bin ja um einiges älter als Ihr, da findet man sich mit den Gegebenheiten leichter ab. Und ich hatte mich nun mal für ein Leben im Dienste des Herrn entschieden, und Catharina auch.»

Ihr Gespräch wurde unterbrochen durch das knarrende Geräusch des Riegels an der Stalltür.

Jetzt kommen sie uns holen, schoss es Serafina durch den Kopf, und ihre Muskeln erstarrten. Aber es war nur die Alte. Mit ihrem Windlicht in der linken, Serafinas spitzem Geflügelmesser in der rechten Hand betrat sie den Kuhstall und leuchtete in ihre Richtung.

«Könnt Ihr uns was zu trinken bringen?», bat Serafina sie. «Wir haben Durst.»

Statt einer Antwort stellte sie das Windlicht ab und überprüfte mit versteinerter Miene zuerst Serafinas, dann Bruder Matthäus' Fußfesseln. Dabei fuchtelte sie bedrohlich mit dem Messer herum.

«Hört zu, Köhlerin», begann nun auch der Prior. «Ich

weiß, dass Ihr kein böser Mensch seid. Ihr seid da irgendwie hineingeraten. Schneidet uns die Fesseln auf, und niemand wird je etwas erfahren. Das schwöre ich Euch bei Gott, dem Allmächtigen.»

Ihr Gesichtsausdruck wurde verächtlich. «Gefurzt und geschissen auf deinen Schwur! Ihr seid grad selber schuld. Was muss dieses Weib da auch in unsrer Hütte rumschnüffeln und den Silberanhänger finden. Ihr müsst weg, für immer, sonst kommt alles raus.»

«Was kommt heraus?»

«Ha! Meinst etwa, das verrat ich dir?»

Sie wandte sich ab und wollte gehen.

«Halt, wartet!», rief er. «Ich hab Euch einen Handel vorzuschlagen.»

Serafina hielt den Atem an, als die Alte tatsächlich innehielt und sich umdrehte.

«Einen Handel?»

«Ja. Wenn Ihr uns umbringt, habt ihr nichts davon. Wohl aber, wenn Ihr Lösegeld fordert. Unser Kloster ist nämlich sehr reich. Und da ich der Prior bin, wird man einiges springen lassen für mich, meine Begleiterin und für Mutter Catharina, die oben auf der Burgruine ist, wie wir jetzt wissen.»

Bei den letzten Worten war Serafina zusammengezuckt – sie waren keineswegs sicher, ob Catharina auf Burg Falkenstein gefangen gehalten wurde, aber die Alte widersprach zumindest nicht.

Stattdessen begannen ihre Augen zu leuchten. «Ihr meint also …»

«Ja, ich spreche von Lösegeld. Zwanzig Gulden könnt Ihr sehr wohl verlangen.»

«Zwanzig Gulden? Dafür tät ich ja ein gutes Ross und fünf Kühe kriegen.»

«Oder Ihr fangt damit irgendwo ein neues Leben an. Überlegt es Euch. Lasst Euch das Geld an einen verabredeten Ort bringen, und wenn Ihr es habt, gebt Ihr uns frei. Aber besser, Ihr sagt kein Wort davon zu diesem Fremden.»

Die Köhlerin schien anzubeißen. «Ich werd mit meinem Mann drüber reden, wenn er zurück ist.»

«Wer ist dieser Fremde überhaupt?», hakte Serafina nach. «Was hat der mit Euch zu schaffen?»

«Das geht dich gar nichts an, Begine.»

Damit machte die Frau auf dem Absatz kehrt, verließ den Stall und versperrte die Tür von außen. Nachdem sich ihre Schritte entfernt hatten, sagte Serafina in einem plötzlichen Anflug von Hoffnungslosigkeit:

«Sie werden es tun, das mit dem Lösegeld. Aber wir werden trotzdem sterben müssen. Weil wir sie nämlich verraten könnten.»

Kapitel 23

Da man Achaz für bewusstlos hielt und Vitus für vollkommen berauscht, hatte man sich gar nicht erst die Mühe gemacht, sie zu fesseln, sondern sie kurzerhand aus dem Wirtshaus geschleppt und unsanft auf eine bereitstehende Maultierkarre geladen. Dabei hatte Achaz sich an dem harten Holz die Stirn blutig geschlagen, jeglichen Schmerzenslaut aber wacker unterdrückt.

Das Wirtshaus lag unmittelbar an der Falkensteiner Steige, doch schon nach einem kurzen Stück talwärts war die Karre linker Hand abgebogen, und jetzt rumpelten sie einen Wiesenweg hinauf durch die kalte Nacht. Achaz lag reglos auf der Seite, Vitus dicht neben ihm auf dem Rücken und lallte immer noch unverständliches Zeug vor sich hin. Zum Glück hatte man ihnen die Mäntel gelassen, denn in Vitus' Zustand wäre eine Unterkühlung lebensgefährlich. Die schäbige Umhängetasche im Übrigen auch, nachdem sie sie durchwühlt und darin nur eine paar Kienspäne, den Beutel mit dem Feuerzeug und einen Lederbecher zum Wasserholen entdeckt hatten. Ihr Essbesteck indessen hatte Endres ihnen vom Gürtel geschnitten – falls sie wider Erwarten doch zu sich kommen und sich mit ihren Messern wehren würden.

Die Augen zu schmalen Schlitzen geöffnet, konnte Achaz sehen, dass der Wirt das Maultier führte, das sich mit seiner schweren Fracht mächtig ins Geschirr legen musste. Endres und Rupert liefen dicht neben der Karre, um sie zu bewachen. Die beiden hatten noch immer ihre rußgeschwärzten Gesichter und rotumrandeten Augen, was jeden nächtlichen Wanderer mit Sicherheit zu Tode erschrecken würde. Aber hier in dieser Einöde gab es ohnehin nur ein paar weit verstreut liegende Hofstätten, und deren Bewohner hatten sich gewiss längst schlafen gelegt.

Was, wenn man sie nun irgendwo im Wald einfach erschlug und verscharrte, bis die Wölfe und Füchse sie holten? Die aufsteigende Angst ließ Achaz die Glieder zu Eis erstarren.

Da hörte er Endres sagen: «Die werden sich nicht mehr so schnell in die Nähe der Höllenschlucht wagen! Und falls sie je morgen früh aufwachen, dann können sie sich an nichts mehr erinnern außer an irgendwelche Teufelsfratzen.»

Er kicherte, und Rupert fragte: «Sollen wir das Kuttenweib und den Klosterbruder nicht auch lieber frei lassen?»

Achaz hielt die Luft an. Damit konnten nur Serafina und der Wilhelmitenprior gemeint sein. Diese Räuberbrut hielt also auch sie gefangen. Bloß wo? In irgendeiner Kammer im Wirtshaus?

«Bist du noch ganz bei Trost?», blaffte Endres gereizt zurück. «Die wissen doch jetzt Bescheid um die Beginenmeisterin. Bloß weil du Erztölpel den silbernen Anhänger hast fallen lassen … Nein, wir bringen die beiden auf die Burg, noch heute Nacht. Wie wir's besprochen haben.»

«Ich … ich kann das nicht! Eine Tote ist schon eine zu viel!»

Achaz hatte aufgehorcht – war mit der Toten etwa die Lämmlein-Schwester Mia gemeint? Doch da schnauzte Endres bereits:

«Das sagt der Richtige! Wer hat der alten Begine denn die Eibennadeln in den Mund gestopft – du oder ich? Mein Tolltrank hätte vollauf gereicht, um ihr den Verstand zu vernebeln.»

«Wo die doch so gebrüllt hat …»

In diesem Moment hielt die Karre mit einem heftigen Ruck.

«Wir sind da», rief der Wirt. «Laden wir ab.»

Die hintere Klappe wurde geöffnet, jemand packte Achaz grob bei den Achseln und zerrte ihn ebenso unsanft von der Ladefläche herunter, wie er hinaufbefördert worden war. Es tat weh, und umso schwerer fiel es ihm, seinen Körper erschlafft wie den eines Besinnungslosen wirken zu lassen. Ein kurzes Augenblinzeln verriet ihm, dass es Rupert war, der ihn mit seinen Bärenkräften ganz allein zu einem verlassenen Schafspferch am Wegrand schleifte und auf dem blanken Boden liegen ließ. Fast gleichzeitig trugen die beiden anderen Männer Vitus herbei.

«So, das wär's», sagte Endres. «Jetzt kümmern wir uns schleunigst um dem Rupert seine Gäste. Was ist, Henni – kommst du mit zur Burg?»

«Von wegen. Ein Weibsbild und einen schwächlichen Mönch werdet ihr wohl noch ohne mich hinaufschaffen können. Ich hau mich lieber aufs Ohr, 's ist spät.»

Achaz beobachtete, wie die Männer die Maultierkarre auf dem schmalen Weg wendeten. Zum Abschied gab Endres ihm noch einen Fußtritt in die Seite:

«Träum was Schönes, Pissprophet!»

Achaz unterdrückte ein Stöhnen. Das werde ich dir heimzahlen, du Hundsfott – den Tritt, die Schmähung und alles andere erst recht.

Nachdem Stille eingekehrt war, richtete er sich auf und streckte seine schmerzenden Glieder. Sein Blick fiel auf Vitus, dessen aufgerissene Augen im schwachen Schein des Mondlichts glänzten. Der Junge sah arg mitgenommen aus, aber immerhin stand ihm kein Schweiß mehr auf der Stirn. Er legte sein Ohr auf dessen Brust, umfasste das kalte Handgelenk und zählte in Gedanken mit. Herzschlag und Puls gingen ruhig, stellte er unendlich erleichtert fest. Es bestand wohl keine Lebensgefahr mehr. Denn ob Bilsenkraut, Alraune oder gar Tollkirsche: Bei all diesen Giften drohte der Tod durch Atemlähmung.

Allmählich vermochte er wieder klar zu denken. Angestrengt versuchte er, das Wesentliche zusammenzufassen: Dieser Erzlump von Endres, der kahlköpfige Wirt und Rupert, der tumbe Riese, hatten sich zu einer Bande Wegelagerer zusammengeschlossen, die arglose Reisende mit ihrer Teufelsposse erschreckten, betäubten und ausraubten, wenn nicht gar Schlimmeres. Mit Sicherheit waren all die Gruselgeschichten, die man in den letzten Wochen von der Höllenschlucht gehört hatte, ihnen zuzuschreiben. Womit auch Endres' neue, kostspielige Kleidung geklärt wäre. Oder handelten sie doch im Auftrag von Schneehas? Schließlich waren die jetzigen Opfer durch die Bank Beginen. Nur: Warum hatte Endres dann ihm gegenüber den Ratsherrn und den Basler Wanderprediger so offenherzig angeschwärzt? Und warum war Hedwig von Üsenberg, als Komplizin von Schneehas, zu Tode gekommen? Ein bedauernswerter Unfall?

Er wurde nicht klug aus alldem, aber eines wusste er: Irgendwo hier in der Nähe, im Haus dieses Rupert, wurden Serafina und Bruder Matthäus gefangen gehalten und sollten noch heute Nacht zur alten Falkensteiner Burg gebracht werden. Weil sie nämlich Mutter Catharina auf die Spur gekommen waren, die, aus welchen Gründen auch immer, in die Fänge dieser Brut geraten war.

Neben ihm begann sich Vitus zu rühren.

«Wach auf, Junge! Wach auf!»

Er klopfte ihm die Wangen. Die Lippen bewegten sich, aber es war nichts zu verstehen. Achaz wusste, dass die Wundärzte beim Absägen von Gliedmaßen solcherlei Gifte verwendeten, wohldosiert selbstredend, und wenn der Schlaf denn doch gefährlich tief zu werden drohte, Essig oder Nieswurz verabreichten. Doch er hatte weder das eine noch das andere bei sich.

Er blickte sich um: Vom Schneesturm lagen noch letzte Eisreste auf dem Boden, der spärlich mit Gras bewachsen war, doch in der oberen Ecke des Geheges, vor der Wand des tiefschwarzen Walds, befand sich ein kleiner Unterstand. Dorthin schleppte Achaz den Jungen und bettete ihn in einen Haufen alten Strohs, deckte ihn vorsichtshalber auch noch damit zu. Unmittelbar neben dem Pferch floss ein Bach durch eine magere Weide talwärts, für die Schafe hatte man einen

Kanal abgezweigt, der eine steinerne Tränke füllte. Gierig trank Achaz von dem eisigen Wasser, wusch sich die Wunde an der Stirn aus, dann klaubte er Vitus' Lederbecher aus der Tasche und füllte ihn auf.

«Trink, das wird dir guttun», redete er auf den Jungen ein, doch der war jetzt in tiefen Schlaf gesunken. Er zuckte nicht einmal, als Achaz ihm das Gesicht nass machte.

«Ich muss zur Burg, Vitus – hörst du? Zur alten Burg bei der Schlucht!»

Doch Vitus verzog den Mund nur zu einem beseligten Lächeln.

Was sollte er tun? Ihn einfach hier liegen lassen? Der Junge konnte noch stundenlang in seinen Träumen gefangen sein. Ja, er musste los, hatte keine Zeit mehr zu verlieren. Sie waren nicht allzu lange auf der Karre unterwegs gewesen, keine Viertelstunde nach seiner Schätzung, und befanden sich demnach nicht allzu weit von der Höllenschlucht und der Burgruine.

Er füllte den Becher noch einmal randvoll und stellte ihn nahe der Strohschütte auf den Boden. Vitus würde brennenden Durst verspüren, wenn er zu sich kam. Dann nahm er einige Kienspäne mitsamt dem Feuerzeug aus dessen Tasche und steckte alles ein. Dabei kam ihm der Gedanke, ihm ein Zeichen zu setzen, wenn er aufwachte. Er holte vom Waldrand etwas Tannenreisig und trockene Zweige, legte alles neben den Wasserbecher und formte aus den Zweigen einen Burgturm, der aus dem Tannengrün herausragte – in der Hoffnung, Vitus würde sein Werk richtig deuten.

Eilig machte Achaz sich auf den Weg. Kaum hatte er

das Schafsgehege hinter sich gelassen, durchfuhr es ihn wie ein Blitz: *Ich kann das nicht! Eine Tote ist schon eine zu viel*, hatte Rupert gestammelt. Das konnte nichts anderes heißen, als dass Serafina, Catharina und Bruder Matthäus umgebracht werden sollten!

Kapitel 24

«Sie sind zurück!», flüsterte Serafina.

Durch die Wand zur Hütte hörte sie die Köhlerin aufgebracht mit den Männern reden. Sie musste unbedingt herausfinden, worum es ging

Mühevoll rutschte sie mit ihren gebundenen Händen und Füßen zur Wand und presste ihr Ohr ans Holz.

«Was habt ihr getan?», hörte sie die Alte leise keifen. «Den Stadtarzt und einen jungen Gaukler betäubt? Seid ihr jetzt völlig närrisch?»

Um einiges ruhiger entgegnete ihr Mann: «Na und? Die liegen jetzt wie tot in Hennis Schafstall und werden den Rausch grad so überleben. Und danach wissen die von nichts mehr.»

«Seid ihr wohl still, ihr zwei? Los jetzt, bringen wir sie endlich weg.»

Letzteres war die Stimme des Fremden, die Serafina mit einem Mal merkwürdig bekannt vorkam.

«Heilige Mutter Maria», stieß sie hervor. «Die haben Achaz und meinen … mein Patenkind Vitus erwischt! Die haben von einem jungen Gaukler geredet – das kann nur Vitus sein!»

«Dann sucht man uns schon», flüsterte der Prior zurück. «Bleibt ganz ruhig, Schwester Serafina.»

Aber Serafina war alles andere als beruhigt. Erst recht nicht, als die Stalltür aufging und vor ihnen mit einer Fackel in der Faust Endres stand, der einstige Turmwächter und frühere Schwager ihrer Mitschwester Heiltrud.

Fassungslos rief sie aus: «Du steckst also dahinter! Wie kannst du so etwas tun?»

Endres grinste. «Da glotzt du, Begine, was? Jetzt ist dir dein Vorwitz vergangen.»

«Was habt ihr mit Mutter Catharina gemacht?»

«Wirst schon sehen. Auf die Beine jetzt und ab, marsch!»

Der Köhler lockerte ihnen die Fußfesseln, damit sie in kleinen Schritten vorwärtsgehen konnten, als hinter seinem Rücken die Alte auftauchte.

«Hab gut auf sie Acht gegeben, nachdem sich das Weib schon fast davongemacht hätte.»

«Dem Klewi gehört dafür eins übergebraten, so sieht's aus», schnauzte Endres. «Wenn man sich nicht um alles selber kümmert …»

Bruder Matthäus, der als Erster auf den Beinen war, wandte sich an die Köhlerin. Seiner Miene war keine Regung anzusehen.

«Habt Ihr es Euch überlegt mit unserem Freikauf?»

Anstelle der Alten antwortete Endres.

«Das haben wir, fürwahr kein schlechter Einfall. Aber statt zwanzig Gulden werden wir fünfzig für euch verlangen. Für die reichen Wilhelmiten ein Mückenschiss, schätze ich.»

«Was für ein widerlicher Kerl du bist», zischte Serafina. Ihre Angst war umgeschlagen in Wut und Abscheu.

«Halt's Maul und steh endlich auf.» Unsanft zerrte er sie in die Höhe. Dabei konnte Serafina seinen Weinatem riechen.

«Steckt Hedwig mit euch unter einer Decke?»

«Was für eine Hedwig?» Endres sah sie verdutzt an. «Ich kenne keine Hedwig. Jetzt schwatz nicht dumm herum, sondern lauf los.»

Sie wurden aus dem Stall gestoßen. Es war windstill draußen, die Luft schneidend kalt. Zerrissene Wolken gaben Sterne und Mondsichel frei. Serafina sah sich um: Von Michel war nichts zu sehen noch zu hören. Wohl aber entdeckte sie den fleckigen Verband um Handrücken und Daumen von Klewis linker Hand. Der Hund musste kräftig zugebissen haben. Plötzlich hatte sie das untrügliche Gefühl, dass Michel in ihrer Nähe war.

«Wartet», hörte sie hinter sich Bruder Matthäus sagen. «Was haltet Ihr davon, wenn wir in die Stube gehen und ich das Schreiben an mein Kloster aufsetze? Griffel und Schiefertafel werdet Ihr ja wohl haben, und des Schreibens mächtig ist gewiss keiner von Euch.»

Der Köhler kratzte sich den Bart. «Er hat recht. Kannst *du* denn schreiben, Endres?»

Der schüttelte den Kopf. Dann verzog er verächtlich sein pockennarbiges Gesicht. «Für wie blöde hältst du uns, Kuttenbrunzer? Damit du uns bei deinen Leuten verpfeifst, weil wir dein Gekritzel nämlich nicht lesen können? Nein, wir machen's anders. Ich führ euch noch auf die Burg, dann geh ich zu Henni. Der kann halbwegs schreiben. Morgen früh bring ich den Brief in die Stadt und lass ihn in eurem Kloster abgeben. Los, gehen wir. Und wer jetzt noch quatscht, dem hau ich eins aufs Maul.»

Schweigend machten sich Serafina, Bruder Matthäus und die drei Männer auf den Weg. Wenig später schon bogen sie von der Falkensteiner Steige auf einen Waldweg ab, dann hielten sie inne. Klewi schob die Zweige zweier Haselbüsche beiseite und ließ Endres mit der Fackel vorausgehen. Kein Ortsfremder würde hinter diesem Gesträuch einen Pfad vermuten, fuhr es Serafina durch den Kopf, und geistesgegenwärtig zog sie mit ihren gebundenen Händen ihr weißes Nasentüchlein vom Gürtel. Achaz hatte ihr zum Verlöbnis ein halbes Dutzend dieser italienischen Tücher geschenkt, es waren die Anfangsbuchstaben ihres Namens eingestickt.

Nacheinander tasteten sie sich durch das Gebüsch, doch Serafina blieb stehen, als müsse sie nach Luft schnappen. Der Köhler, der den Abschluss der Reihe bildete, prallte gegen sie.

«He, was soll das?»

«Seht Ihr nicht? Da vorne, die roten Augen! Ein Wolf!»

Während der Mann erschrocken in den Wald starrte, steckte sie rasch das Taschentuch in die Zweige des Haselbusches.

«Da ist nichts», gab er zurück, wenngleich seine Stimme unsicher klang. «Weiter!»

Hinter dem Gestrüpp war der Weg frei geschlagen, als würde er häufig genutzt. Dennoch war der steile Aufstieg zur Burg, die wie ein Adlerhorst auf dem Felsen klebte, mühsam. Immer wieder rutschte Serafina auf dem steinigen Boden weg mit ihren gebundenen Füßen, und einmal schlug es sie der Länge nach hin. Da auch ihre Hände gefesselt waren, konnte sie sich nicht auffangen, und prallte schmerzhaft auf die Schulter.

Der Köhler half ihr auf. «Habt Ihr Euch weh getan?», fragte er, und es klang ehrlich besorgt. Aber sie stieß nur ein verächtliches Lachen aus.

Schließlich erreichten sie die Unterburg. Die einst stolze Höhenburg der Falkensteiner Herren war von den Freiburgern gehörig geschleift worden: Eine einzige Trümmerlandschaft zog sich über den felsigen Bergkamm, mit Geröllhalden und wildem Gestrüpp zwischen mächtigen Mauerresten, die an einer Stelle kniehoch abgetragen waren, an anderer bis in den Nachthimmel ragten. Im Schein von Endres' Fackel ging es weiter steil bergauf zur oberen Burg, und Serafina hatte alle Mühe, auf dem holprigen Untergrund nicht das Gleichgewicht zu verlieren.

Auch oben lag alles weitgehend in Trümmern. Vor den Resten einer Kapelle, von der lediglich die Seitenwände und das Portal mit dem steinernen Kreuz übrig waren, glomm ein Lagerfeuer. Von daher also rührten die Funken, die sie beim Sturm gesehen hatte!

Dicht bei der Kapelle war eines der Gebäude erstaunlicherweise wieder hergerichtet. Es war nur einstöckig, zog sich gut zehn Schritte an der Festungsmauer entlang, die hier dem Tal zugewandt war. Im Schein der Fackel war zu erkennen, dass man die Wände mit neuen Bruchsteinen hochgezogen hatte, wenn auch nicht sehr fachmännisch, und dass die Lücken im Schindeldach mit Brettern vernagelt waren. Es handelte sich wohl um die ehemalige Burgküche, da nahe der Festungsmauer ein mächtiger Schornstein aus dem Dach ragte. Und aus dem quoll Rauch – ganz offensichtlich wohnte hier jemand, zumindest zeitweise.

Eine abgeschlagene, schmale Holztür führte ins Innere. Sie war nicht mit Schloss und Riegel gesichert, sondern mit einer breiten Querlatte. Man kam also ohne weiteres hinein, aber nicht wieder hinaus.

«Rupert, du übernimmst die erste Wache», befahl Endres, nachdem Klewi die Latte aus der Verankerung gehoben und die Tür nach außen aufgezogen hatte. «Ich geh zurück zu Henni und hau mich aufs Ohr.»

Klewi deutete auf seine verbundene Hand. «Wenn du unterwegs diesen Scheißköter triffst, stech ihn ab!»

«Darauf kannst du Gift nehmen», grinste Endres. «Und wenn ich morgen Mittag zurückkomme, will ich denen ihre Knochen unten am Fels liegen sehen. Verstanden?»

«Verzeiht, Endres, wenn ich Euch widerspreche», ließ sich Bruder Matthäus mit fester Stimme vernehmen, und Serafina fragte sich ein weiteres Mal, ob dieser Mann so gar keine Angst hatte. «Meine Klosterbrüder werden ein Lebenszeichen haben wollen, ansonsten rücken sie nicht einen einzigen Gulden heraus.»

Endres starrte ihn verblüfft an.

«Das lass mal meine Sorge sein», schnauzte er schließlich und zog ihm das kleine Kruzifix aus dem Gürtel. «Das hier werde ich zumindest als Beweis für Eure Gefangenschaft vorzeigen können. Los jetzt, Klewi, bring sie rein und mach ihnen die Fußfesseln wieder enger. Und pass bloß auf sie auf, sonst wirst du mich kennenlernen.»

Mit seiner Fackel in der Hand stapfte er davon.

«Der Herrgott wird uns schützen», flüsterte der Prior Serafina zu, während der Köhler sie in den halbdunklen Raum schob, um dann hinter ihnen die Tür abzusperren.

Die riesige, offene Herdstelle mit dem auf Hüfthöhe gemauerten Sockel unter dem Abzug verriet, dass hier tatsächlich einst die herrschaftliche Küche gewesen war. Sogar alte Töpfe und Pfannen gab es zwischen zerbrochenem Essgeschirr, dazu mit Holzscheiten gefüllte Körbe, einen Mehlsack mit allerlei Stricken und Seilen und neben der Tür ein Weinfässchen. Auf zwei grob gezimmerten Holzbänken lagen Strohsäcke und Decken, im Kamin schwelte ein Feuer, das nur noch leidlich Wärme abgab.

In der der Kochstelle abgewandten Ecke raschelte es.

«Wer da?», fragte eine belegte Stimme.

Serafina fuhr herum – und hätte die gefesselte Frau, die sich dort auf der Strohschütte mühsam aufrichtete, ums Haar nicht erkannt. Das Gesicht war schmutzig, die Stirn blutverkrustet, der graue Schleier um den Kopf eingerissen.

«Catharina! Wir sind's, Serafina und Bruder Matthäus.»

Und der Prior setzte mit bewegter Stimme hinzu: «Dem Allmächtigen sei Dank – du lebst!»

Klewi schubste sie zu der Strohschütte.

«Aber nicht mehr lange. Und jetzt haltet das Maul!»

Kapitel 25

Achaz war ein Stadtmensch durch und durch, der es gewohnt war, abends mit seinem Licht in der Hand durch die Gassen zu marschieren und dabei zu wissen, dass der Wächter umging. Die nächtliche Einsamkeit in diesem unheilvollen engen Tal hingegen machte ihm Angst. Jedes Knacken, jedes Knistern, das das Rauschen des Bachs entlang der Steige übertönte, ließ ihn zusammenzucken und innehalten. Gab es nicht Wölfe, Wildkatzen und Bären zuhauf in diesem Waldgebirge? Beim vierten oder fünften Male schalt er sich einen Narren: Die Wahrscheinlichkeit, einem wilden Tier zu begegnen, war gewiss um einiges geringer, als einem dieser kaltblütigen Wegelagerer in die Arme zu laufen. Was indessen auch nicht gerade beruhigend war. Zum Glück hatten sich seine Augen inzwischen an die Dunkelheit angepasst, und so hatte er keinen der Kienspäne entzünden müssen, um der Falkensteiner Steige zu folgen.

Hennis Wirtshaus, auf das er schon nach kurzer Zeit gestoßen war, hatte er in einem großen Bogen umgangen, indem er sich durch das Unterholz am gegenüberliegenden Wegesrand gedrückt hatte. Von dort war es keine halbe Stunde mehr gewesen bis hierher, zum Eingang der Höllenschlucht.

Er blieb stehen und blickte auf die Felswände vor sich, die im fahlen Mondlicht silbergrau glänzten. Hoch über ihm thronte die Burgruine, doch wie er in Gottes Namen dort hinaufkommen sollte, wusste er nicht. Der alte Zugang sei völlig zugewachsen, hieß es, seitdem die Burg zerstört worden war. Die Menschen aus der Umgebung kannten sicherlich den richtigen Weg, doch konnte er unmöglich mitten in der Nacht bei jener Hütte anklopfen, an der er zuletzt vorbeigekommen war. Oder doch? Er hatte einen Lichtschein zwischen den Fensterläden gesehen, was zu dieser Nachtzeit bei rechtschaffenen Leuten verwunderlich war.

Nein, er würde auf eigene Faust suchen. Er traute keinem mehr von den Anwohnern dieses Tals.

Ein lautes Knacken, das von dem steilen Abhang schräg über ihm durch die Stille hallte, ließ ihn zusammenfahren. Mit einem Satz verbarg er sich hinter einen breiten Baumstamm und hielt den Atem an. Doch es war nur der gestreckte, kurzbeinige Körper eines Marders, der aus dem bewaldeten Steilstück herausschoss und fluchtartig das Weite suchte. In diesem Moment entdeckte er den schmalen Waldweg, der an einem Bachlauf bergwärts führte. Das war zumindest die richtige Richtung.

Kurzerhand schlug er den mit hohen Tannen bestandenen Weg ein, der im Stockdunklen lag. Ob er wollte oder nicht – er musste einen Kienspan entzünden. Er schlug das Eisen gegen den Feuerstein, doch es dauerte seine Zeit, bis die Funken endlich den Zunderschwamm entfachten und er den Kienspan anzünden konnte. Dabei dachte er an Vitus. Hoffentlich ging es dem Jungen einigermaßen gut. Ob er das

Zeichen, das er ihm hinterlassen hatte, richtig deuten würde, war schwer einzuschätzen. Aber vermutlich würde er ohnehin nicht vor dem helllichten Tag zu sich kommen.

Er eilte den Waldweg hinauf, bis er feststellte, dass er sich vom Burgfelsen entfernt hatte. Irgendwo zu seiner Rechten hätte der Zugang zur Burg sein müssen, aber da war nichts gewesen. Nur dichtes, dunkles Buschwerk. Enttäuscht machte er kehrt, leuchtete dabei nach jedem zweiten Schritt den Wegrand ab. Bis er stutzte: Im Gestrüpp hing etwas Helles, das dort nicht hingehörte.

Er zog das weiße Stoffstück von den Zweigen und hielt es gegen den Kienspan. Sein Herz tat einen Sprung: Er hatte wahrhaftig Serafinas Nastüchlein in den Händen, mit einem eingestickten zweifachen S, für Serafina Stadlerin. Dass sie es verloren hatte, war unwahrscheinlich – dann hätte es auf dem Boden gelegen oder zuunterst im Gehölz. Ahnte sie also, dass er auf der Suche nach ihr war, und wollte ihm den richtigen Weg weisen? Nur: Hier war gar kein Weg zu sehen!

Er leuchtete den Haselstrauch genauer aus, fasste mit der freien Hand hinein, bis er bemerkte, dass die beiden längsten Zweige sich zur Seite schieben ließen und einen Durchgang freigaben. Tränen der Erleichterung traten ihm in die Augen. Er war ganz in ihrer Nähe, würde sie bald schon finden.

Am liebsten wäre er losgestürmt. Aber er durfte jetzt keinen Fehler machen. So schlich er langsam und möglichst lautlos den steilen, buckligen Pfad hinauf, sorgsam darauf bedacht, kein Geröll loszutreten. Den Kienspan hielt er am ausgestreckten Arm in Bodennähe, zum einen, um nicht über dunkle Stellen zu stolpern, zum andern, um nicht schon von weitem gesehen zu werden. Zumindest Endres und Rupert steckten jetzt da oben, möglicherweise aber noch mehr von diesem Gesindel.

Als sich vor ihm die ersten Stützmauern der Burg aus dem Steilhang schälten, blieb er verunsichert stehen. Er hatte nicht mal mehr ein Messer bei sich. Wie also sollte er den Gefangenen eine Hilfe sein, geschweige denn, ihre Befreiung vorantreiben?

Ihm fiel das Feuereisen ein. Er schob es über die Fingerknöchel seiner rechten Hand, sodass es ihm im Notfall als eine Art Schlagring dienen konnte. Ansonsten aber musste er mit List und Tücke vorgehen, zumindest dieser Rupert schien ihm nämlich nicht der Hellste zu sein. Er würde zunächst einmal das Gelände erkunden und dann weitersehen.

Als er die Freifläche der Unterburg betrat, löschte er rasch den Kienspan. Das Mondlicht war zwar schwach, aber dennoch meinte er zu erkennen, dass in diesem Trümmerfeld aus Steinen und Geröll nichts auf ein Versteck hinwies.

Im nächsten Augenblick erschrak er fast zu Tode, als ihn etwas Weiches, Helles gegen die Kniekehlen stieß und in den höchsten Tönen zu winseln begann. Es war Michel, Serafinas Hund!

«Still, Michel», flüsterte er und beugte sich nieder, um den freudigen Hund zu beruhigen. «Bleib bei Fuß und zeig mir, wo dein Frauchen versteckt ist.»

«Das wird nicht nötig sein.»

Achaz fuhr herum und sah Endres vor sich stehen. Ohne nachzudenken, sprang er auf und schlug dem Kerl die Faust mit dem Schlagring ins Gesicht. Damit hatte sein Gegner nicht gerechnet: Achaz traf die Nase, aus der sofort das Blut schoss. Er schürzte den Saum seines langen Mantels und rannte los, dem Hund hinterher, der den Weg zu kennen schien. Aber schon nach wenigen Schritten stolperte er über eine Wurzel, versuchte sich zu fangen, glitt aber auf einer vereisten Stelle aus und schlug der Länge nach hin. Endres warf sich mit Wutgebrüll über ihn.

«Du Mistkröte!»

Achaz sah noch, wie der Hund ins Unterholz flüchtete, dann drehte Endres ihm schmerzhaft die Arme auf den Rücken und entriss ihm dabei das Feuereisen.

«Wo ist der andre? Dieser Gaukler?»

«Ich weiß nicht», presste Achaz hervor. Er hätte heulen können. Jetzt war alles aus und vorbei.

«Aufstehen und mitkommen!»

Doch so schnell gab Achaz nicht klein bei. Kaum dass er wieder auf den Beinen war, entwand er sich seinem Widersacher, der zwar kräftiger, aber um einiges kleiner war als er selbst, durch eine schnelle Drehung des Oberkörpers. Indessen nicht schnell genug: Endres packte ihn am Kragen des Mantels und zog ihn zu sich heran. Keinen Atemzug später spürte Achaz die kalte Klinge eines Dolchs an seiner Kehle.

«Wärst besser in Hennis Schafstall geblieben», hörte er Endres sagen. «Dass du auf die Burg gekommen bist, war der größte Fehler deines Lebens.»

Kapitel 26

Zu dritt kauerten sie eng nebeneinander auf der Strohschütte, in Fußfesseln, die Hände auf den Rücken gebunden. Nachdem Klewi das Feuer wieder angefacht hatte, hatte er sich ausgiebig an dem Weinfässchen bedient und sich schließlich auf einer Holzbank beim Kamin ausgestreckt. Jetzt schien er eingenickt zu sein.

«Achaz und Vitus sind uns gefolgt», brach Serafina im Flüsterton das beklommene Schweigen. «Vielleicht können sie Hilfe holen.»

Catharina nickte nur. So schwach und mutlos hatte Serafina sie noch nie gesehen. Dabei ging es ihr selbst nicht viel anders. Ihre Lage war mehr als aussichtslos. Waren Vitus und Achaz nicht betäubt worden? Und lagen hilflos bei dieser Kälte unter freiem Himmel in irgendeinem Schafspferch? Immerhin war dieser Endres weg. Der schien ihr der Gefährlichste und Kaltblütigste von allen, obgleich auch mit dem großspurigen Köhlersohn nicht zu spaßen war.

Bruder Matthäus, der zwischen ihr und der Meisterin saß, berührte Catharina vorsichtig mit seiner Schulter – eine hilflose und zärtliche Geste zugleich.

«Für den Fall, dass die städtische Scharwache nichts unternehmen will», sagte er ihr leise, «werden meine Leute sich morgen auf den Weg machen, wenn ich bis zur neunten Stunde nicht zurück bin. Zu Mittag sind sie hier.»

Falls Endres Ernst macht, dachte Serafina, sind wir bis dahin tot. Und Adalbert Achaz werde ich nie wiedersehen.

Als hätte sie ihre Gedanken gelesen, stieß Catharina einen Seufzer aus. «Ach, Serafina – in vier Tagen wär dein Hochzeitsfest, und ich hatte mich so unendlich gefreut für dich.»

Serafina straffte die Schultern. «Das kannst du auch weiterhin. Wirst sehen, wir kommen hier raus. Jetzt berichte erst mal, was euch zugestoßen ist.»

Die Meisterin nickte. «Es war gegen Mittag», begann sie leise, um den Köhlersohn nicht zu wecken. «Das Wetter war noch gut, auch wenn der Wind stärker und eisiger wurde. Wir hatten gerade die ersten Felsen der Höllenschlucht erreicht, als wir aus dem Unterholz ein schauriges Heulen gehört haben. Zu Tode erschrocken sind wir stehen geblieben, und da sprangen auch schon drei schwarz verhüllte Gestalten aus dem Gebüsch. Sie sahen grauenhaft aus, mit ihren schwarzen Gesichtern und blutroten Augen, sind sogleich auf uns zugestürzt, und vor Schreck bin ich gestolpert und hab mir die Stirn blutig geschlagen. Da hatten sie sich erst mal auf Hedwig gestürzt, und jetzt ist mir auch klar, warum: Sie hatte unseren Ranzen getragen. Der Hund stand bei mir, wie ich da so am Boden lag, und hat fürchterlich gejault und gebellt. Da hab ich ihm von meinem Blut ein H auf sein Fell gemalt und ihn angeschrien, er solle nach Hause, zu seinem Frauchen. Er wollte erst nicht, aber dann sind zwei von diesen

Teufelsgestalten auf mich zugerannt, mit lautem Gebrüll – da erst ist Michel davongelaufen.»

«Zu deinem Glück. Er stand ganz aufgeregt daheim vor dem Tor, und dein Zeichen war noch gut zu erkennen. Sonst hätten wir nie geahnt, was geschehen ist. Danach hat er uns hierher geführt.»

«Wo ist Michel jetzt?»

Serafina zuckte die Schultern. «Wir haben ihn verloren, als man uns in dieser Köhlerhütte eingesperrt hat. Aber ich hab das Gefühl, dass er ganz in unserer Nähe ist. Und dass er weiß, dass er sich hüten muss vor diesen Verbrechern.»

«Dann wart ihr also auch in dieser Hütte?»

«Ja, es war ja das einzige Haus weit und breit. Wir haben dort vor dem Sturm Obdach gesucht. Aber dann hab ich dort das silberne Kreuz entdeckt, das du immer um den Hals trägst, und der Köhler hat behauptet, dass er es im Wald gefunden hätte. Vom Dachboden aus hab ich ihn und Endres belauscht, wie sie uns beide wegschaffen könnten. Als wir fliehen wollten, haben sie uns überwältigt und gefesselt. Aber jetzt erzähl du weiter.»

Klewi auf seiner Bank fuhr auf, grunzte kurz, dann sank er wieder in sich zusammen.

«Die Männer wollten mir was einflößen, wie ich da am Boden lag, und dabei ist wohl die Halskette gerissen», fuhr Catharina fort, «aber ich hab alles wieder ausgespuckt, und plötzlich fing Hedwig an zu schreien wie am Spieß. Weil nämlich von der Schlucht her Hufgetrappel und Wagenräder zu hören waren. Die Männer sind alle zu ihr, wollten sie zum Schweigen bringen, da konnte ich mich wieder aufrappeln und wollte weglaufen, den Fuhrwerken entgegen. Aber einer der Männer hat mich eingeholt und zu Boden geworfen. Dabei ist seine Kapuze vom Kopf gerutscht, und ich hab Endres erkannt. Man hat mich gefesselt und eiligst in den Wald geschafft, bis die Fuhrwerke vorbei waren. Danach bin ich in dieser Köhlerhütte gelandet.»

Ihre Stimme hatte sich gefestigt. Sie wirkte nun fast erleichtert, dass sie sich diesen schrecklichen Überfall von der Seele reden konnte.

«Und Hedwig von Üsenberg?», warf der Prior ein. «War sie nicht mehr bei Euch?»

«Nein. Man hat sie einfach liegen gelassen, nur unseren Ranzen hat man ihr vom Rücken geschnitten. Endres ist dann noch einmal hinaus zur Schlucht, nachdem er sich umgezogen und gewaschen hatte, wahrscheinlich wollte er nach ihr sehen. Aber er ist dann gar nicht mehr zurückgekommen in die Hütte. Das alte Köhlerweib aber wollte mich so schnell wie möglich aus dem Haus haben, und so haben mich der Junge und sein Vater hierher auf die Burg gebracht. – Ach, ich mache mir solche Sorgen um Schwester Hedwig.»

«Hedwig ist eine Lügnerin und Verräterin», brachte Serafina zornig hervor. «Die hat dich höchstwahrscheinlich erst in diese Falle gelockt. Zum Konstanzer Bischof hättest du niemals kommen sollen. Warum sonst ist sie jetzt verschwunden und nicht mit dir gefangen? Wahrscheinlich ist sie längst wieder auf dem Weg zurück in ihr Basler Damenstift.»

«Das … das kann nicht wahr sein.»

«Doch, leider. Grethe hat unter ihrer Strohmatratze einen Brief gefunden. Daraus geht hervor, dass Hedwig und dieser

Basler Lotterpfaffe dafür sorgen sollten, dass wir Beginen endlich aus der Stadt gejagt werden. Dreißig Gulden sollte sie hierfür bekommen.»

Selbst im Halbdunkel war das Entsetzen auf Catharinas Gesicht zu erkennen.

«Was für eine Niedertracht! Jetzt verstehe ich auch ihren frömmlerischen Eifer in den Bürgerhäusern: weil sie uns Beginen nämlich in Verruf bringen wollte. Und zum Bischof wollte sie mich unbedingt begleiten, um uns dort erst recht der Ketzerei verdächtig zu machen. Auf dem Weg hierher haben wir uns fast gestritten, weil sie alles besser wusste. Aber ihre Schreie, ihre Todesangst beim Überfall – hat sie das alles nur gespielt?»

«Wahrscheinlich», erwiderte Serafina. «Ich frag mich bloß, wer diesen Endres und seine Helfershelfer beauftragt hat, euch zu überfallen.»

«Wahrscheinlich der Verfasser des Briefes. Hat ein Name darunter gestanden?»

«Ja, aber ich kann mich nicht mehr dran erinnern, so seltsam war der.»

Catharina starrte zu Boden. «Was haben die jetzt bloß vor mit uns?»

Bruder Matthäus tastete nach ihren Händen. «Sie wollen die Wilhelmiten erpressen. Wir werden also freikommen, Mutter Catharina.»

Serafina schluckte. Euer Wort in Gottes Ohr, Bruder Matthäus, dachte sie und begann still zu beten.

Kapitel 27

Lautes Poltern ließ Serafina zusammenzucken, und selbst Klewi fuhr in die Höhe.

«Dieser Mistkerl war gar nicht richtig betäubt», hörte sie Endres' aufgebrachte Stimme, während die Tür aufgerissen wurde. «Dem Henni werd ich was erzählen, mit seinem angeblich todsicheren Gebräu.»

Dann stand er auch schon im Türrahmen, mit blutender Nase, seinen Dolch angriffsbereit in der Faust – und Adalbert Achaz am Kragen!

Serafina unterdrückte einen Aufschrei.

«Guten Abend allerseits.» Achaz lächelte schief. «Trotz dieser widrigen Umstände bin ich heilfroh, dass ich euch endlich gefunden habe.»

Sein Blick blieb an Serafina haften, und sein Lächeln wurde weich.

«Hör auf zu quatschen, Medicus.» Endres gab ihm einen Stoß, und Achaz taumelte auf die Knie. «Los, Klewi, heb deinen faulen Arsch und fessle ihn. Und du, Rupert, komm rein. Wir haben was zu besprechen.»

«Wo hast du bloß *den* aufgegabelt?», fragte der Köhler ihn verdattert. Unterdessen hatte sein Sohn Achaz zur Strohschütte gezerrt und begonnen, ihm die Hände auf den Rücken zu binden.

«Auf der Unterburg. Der wollt sich wohl hier anschleichen. Aber dann hat ihn dieser dumme Köter verraten mit seinem Winseln.»

«Und was ist mit deiner Nase?»

«Da hat mir der Kerl sein Feuereisen draufgeschlagen.»

So schrecklich dies alles war – Serafina musste unwillkürlich lächeln. Adalbert Achaz, dieser mitunter so unbeholfene Mann, hatte nicht nur mutterseelenallein mitten in der Nacht die Burg bestiegen, um sie zu befreien – er hatte sich auch gegen diesen Teufel von Endres gewehrt wie ein Löwe!

«Was grinst du so blöde?» Endres baute sich vor Serafina auf.

«Die blutige Nase im Gesicht steht dir gut», gab sie frech zurück. Sie spürte plötzlich eine unverhoffte Ruhe: Achaz war bei ihr, alles würde gut. Selbst wenn sie sterben müssten, dann täten sie es gemeinsam.

Endres verzog das Gesicht. «Wirst schon noch sehen, Begine. Ich sag euch nämlich was: Wir warten nicht länger, sondern lassen euch jetzt gleich über den Felsen stürzen.»

«Bist du von Sinnen?», rief der Köhler. «Mit vier Gefangenen übers Geröll, wo draußen alles stockfinster und vereist ist? Da brechen wir uns noch alle Knochen, wenn die sich wehren. Nein, nein, nicht mit mir.»

«Wie? Hast du nicht selbst gesagt, dass der Kuttenbruder Verstärkung erwartet? Willst du hier hocken bleiben, bis die da ist? Wir sollten uns beeilen.»

«Aber dem seine Leute wollten doch erst gegen Mittag kommen. Ist's nicht so, Prior?»

«Ganz recht.» Bruder Matthäus gähnte betont auffällig. «Lasst uns doch einfach noch ein paar Stunden schlafen, wir brauchen das allesamt, schätze ich.»

Endres zögerte.

«Gut, aber ich bleib auf der Burg. Euch kann man ja nichts allein machen lassen! Und du, Klewi, hörst gefälligst auf, von meinem Wein zu saufen!»

Achaz ließ sich neben Serafina ins Stroh sinken. Wie gern hätte sie ihn umarmt, aber ihr waren ebenso wie allen anderen die Hände auf den Rücken gebunden. So lehnte sie sich an ihn und legte ihm den Kopf an die Schulter.

«Was ist mit Vitus?», flüsterte sie. «Ist er verletzt?»

«Nein, er schläft nur seinen Rausch aus», gab er ebenso leise zurück. «In einem Schafstall nicht weit von dieser Räuberspelunke. Ich denke nicht, dass er in Gefahr ist.»

«Aber warum berauscht? Wie seid ihr überhaupt an Endres geraten?»

«Ausgerechnet dem sind wir auf der Suche nach euch begegnet und haben ihn um Hilfe gebeten. Dann kam dieses Unwetter, und er hat uns in Hennis Wirtshaus gelockt. Dort haben die uns irgendein Gebräu eingeflößt, bloß hab ich's, im Gegensatz zu deinem Jungen, rechtzeitig gemerkt.»

«Und der Hund?»

«Hat sich versteckt.»

«Ruhe!», schnauzte Endres, der sich am Weinfass zu schaffen machte. «Hör zu, Rupert. Wir ändern unser Vorhaben. Du nimmst dir eine Fackel und gehst runter zu Henni.

Er soll Folgendes schreiben: *Wir haben den Prior von den Wilhelmiten und den Freiburger Stadtarzt Achaz in unserer Gewalt. Bringt uns fünfzig rheinische Goldgulden bis Sonnenuntergang zu der hohlen Eiche von Himmelreich. Wenn nicht, dann sind die beiden mausetot.* Kannst dir das merken mit deinem Spatzenhirn?»

«Ja doch. Aber was ist mit den Beginen?»

«Ha! Nach denen kräht doch eh kein Hahn. Der Henni soll dann sein Schankmädchen bei Sonnenaufgang ins Kloster schicken, damit sie den Brief und das Kruzifix von dem Prior beim Pförtner abgibt.»

Er trat auf Achaz zu und riss ihm die Pelzmütze vom Kopf.

«Das hier soll das Mädchen auch mit abgeben. Als Beweis, dass wir den Stadtarzt auch wirklich haben. Und du, Rupert, du kommst morgen so früh als möglich hierher zurück. Damit wir unser Werk vollenden.»

Achaz richtete sich auf. «Ich bitt euch: Lasst uns laufen. Ihr habt schon genug Unheil angerichtet.»

Er drehte sich zu Serafina und den anderen.

«Hedwig von Üsenberg ist nämlich tot, vor meinen Augen gestorben, nachdem die Gaukler sie bei der Schlucht gefunden haben. Und du, Rupert, hast sie umgebracht mit deinen Eibischnadeln!»

Serafina glaubte, sich verhört zu haben. Dann hatte Hedwig gar nicht mit den Wegelagerern unter einer Decke gesteckt. Bei allem Zorn auf diese Frau – ein solches Ende hätte sie ihr niemals gewünscht.

Der Köhler fing an zu zittern. «Das wollt ich nicht, das war alles anders ausgedacht gewesen …»

Bruder Matthäus schüttelte den Kopf. «Hast du denn gar

keinen Funken Gewissen mehr im Leib? Wie konntet Ihr nur wehrlose Frauen überfallen, noch dazu arme Beginen?»

«Die Frage ist doch», wandte Achaz ein, «wer Euch beauftragt hat, das zu tun?»

«Hä? Beauftragt?» Rupert glotzte ihn an. «Das war mein Weib, wo die beiden belauscht hat, gegen Mittag am Straßenrand. Mir und dem Endres hat sie dann erzählt, dass die Kuttenweiber ein schönes Geschenk für den Bischof von Konstanz dabeihätten. Wir dachten an silberne Becher oder einen schönen Ring – aber da war nur diese verdammte stinkende Salbe im Ranzen.»

«Meine Gichtsalbe für den Bischof», kam es Serafina über die Lippen. Ihr fiel auf, dass nicht nur Rupert, der Köhler, unsicher geworden war. Auch Endres wirkte plötzlich angespannt. In seinem vernarbten Gesicht zuckte es. Wahrscheinlich war ihm die ganze Sache längst über den Kopf gewachsen: Da saß er nun hier mit vier Gefangenen, zwei davon gewichtige Männer der Stadt Freiburg, hatte bereits eine Tote auf dem Gewissen und wusste nicht mehr, wie er aus der Sache herauskommen mochte. Sie kannte ihn gut genug, als dass sie wusste, dass er in dieser Zwangslage zu allem fähig war.

In diesem Moment ließ er seine Faust auf die Holzbank krachen. «Genug geschwatzt, wir sind hier nicht im Wirtshaus. Los, Rupert, verschwinde endlich! Und du, Klewi, gehst raus und nimmst Aufstellung vor der Tür. Bei der Kälte schläfst wenigstens nicht ein.»

Schweigend gehorchten die beiden. Man hörte, wie von außen wieder das Brett vorgelegt wurde. Endres füllte sich einen weiteren Becher Wein ab und ließ sich auf der Bank nieder. Dabei fluchte er ein ums andere Mal, dass er zu dieser Nachtstunde nicht in einem warmen Bett in Hennis Wirtshaus liegen durfte.

Eng an Achaz' Oberkörper geschmiegt, beobachtete Serafina jede seiner Regungen. Sie war erschöpft und hundemüde, doch die Anspannung hielt sie wach.

Endres wurde zunehmend unruhig. Mal streckte er sich auf der Bank aus, dann fuhr er wieder hoch, lief vor dem Feuer auf und ab, hockte sich wieder hin, schenkte sich immer wieder Wein nach. Und zuckte bei jedem Geräusch von draußen zusammen.

Schließlich schlug er sich eine warme Decke um die Schultern, füllte gleich einen ganzen Krug mit Wein ab und rief Klewi herein.

«*Ich* übernehm die Wache vor der Tür, das ist mir sicherer. Und halt deinen Dolch bereit – wenn irgendwas ist, stichst du zu.»

Kapitel 28

Als Serafina die Augen aufschlug, brauchte sie geraume Zeit, um sich wieder zurechtzufinden. Sie hatte von einem warmen Frühlingstag geträumt, an dem sie mit Achaz in ihrem schönen Garten in der Vorstadt unter dem alten Apfelbaum lag, ein Körbchen mit Wein, Brot und Käse neben sich.

Die Wirklichkeit traf sie mit umso härterer Wucht. Die rauchige Luft der Falkensteiner Burgküche kratzte im Hals, von den Fesseln schmerzten ihr die Handgelenke, die Glieder waren ihr vom Sitzen steif geworden. Nichts hatte sich an ihrer Lage geändert, noch immer waren sie in der Gewalt dieser Mörderbande. Im Halbdunkel sah sie Klewi zusammengesunken auf der Bank beim Kamin kauern, von draußen hörte man das Lagerfeuer prasseln. Endres hatte wohl zu frieren begonnen und Holz nachgelegt.

Sie nahm den Kopf von Achaz' Schulter, an der sie eingeschlafen sein musste. Das verwunderte sie am meisten: Dass der Mensch schlafen konnte in solch großer Not. Wahrscheinlich war die Erschöpfung doch zu stark gewesen. Wie spät mochte es wohl sein?

Auch die Meisterin und Bruder Matthäus schliefen, Seite

an Seite waren sie ins Stroh gesunken. Catharinas Kopf ruhte auf seiner Brust, mit einem friedlichen Lächeln im Gesicht. Was hätten die beiden für ein schönes Paar abgegeben, dachte Serafina wehmütig. Aber vielleicht war es auch ein Glück, mit dem Liebsten zu sterben …

Achaz stieß sie sachte an.

«Du siehst wunderschön aus, wenn du schläfst», sagte er leise und lächelte.

«Ich hab mir vorgestellt, wir beide wären in unserem Garten, an einem warmen, sonnigen Tag.» Sie unterdrückte ein Seufzen. «Hast du gar kein Auge zugetan?»

«Nein, leider nicht.»

«Wie lang hab ich geschlafen?»

«Eine Stunde vielleicht. Oder auch zwei – ich weiß es nicht.»

Er beugte sich zu ihr herüber und küsste sie zärtlich auf die Stirn. Augenblicklich schossen ihr die Tränen in die Augen. Es konnte doch nicht sein, dass ihr neues Leben jetzt schon zu Ende ging!

Sie holte tief Luft, streckte erst ihren schmerzenden Rücken durch, dann die Beine. Dabei sah sie links von ihren gefesselten Fußgelenken etwas im Schein des Herdfeuers blitzen. Vorsichtig scharrte sie mit den Fersen das Stroh beiseite: Es sah aus wie eine Scherbe aus grünlichem Glas.

Zoll für Zoll schob sie die Scherbe an sich heran, indem sie die Beine wieder anwinkelte. Ihr Auge hatte sie nicht getäuscht: Es war tatsächlich Glas und stammte ganz offensichtlich von dem oberen Rand eines Noppenbechers, der hier in der Burgküche einst zu Bruch gegangen war.

Zwei- oder dreimal in ihrem Leben hatte sie aus solch einem kostbaren Gefäß Wein getrunken, damals, im Haus Zum Blauen Mond, in Gesellschaft hoher geistlicher Herren und Edelmänner.

Nein, sie würde nicht kampflos aufgeben, sich nicht willenlos wie ein Schaf zum Metzger führen lassen. Noch war die Schlacht nicht verloren: Ihre Bewacher waren derzeit nur noch zu zweit, und der junge Köhlersohn Klewi war das schwächste Glied in der Kette.

Sie ahnte nämlich, dass er große Schmerzen in der linken Hand haben musste. Kreidebleich war er inzwischen und biss sich immer wieder verzweifelt auf die Lippen. Michel musste erbarmungslos zugepackt haben, denn der dreckige Verband war bereits an zwei Stellen durchgeblutet. Mit dieser Hand war der Junge alles andere als wehrhaft, zumal sie beim Abendessen in der Köhlerhütte festgestellt hatte, dass er Linkshänder war.

Sie wandte sich Achaz zu und deutete stumm mit dem Kopf auf die Scherbe, die nun zwischen ihnen lag. Er nickte, schien also verstanden zu haben.

«Klewi», sagte sie so laut, dass Catharina und Bruder Matthäus erwachten. «Tut dir die Hand weh?»

Der Junge hob den Kopf. «Geht's dich was an?»

«Nun, ich bin eine stadtbekannte Heilerin, verstehe mich auf Verletzungen grad so gut wie jeder Wundarzt. Ich könnte dir helfen.»

Klewi schwieg trotzig, presste nur seine verbundene Hand zwischen die Oberschenkel. Wahrscheinlich pochte schon heftig das Blut darin.

«Damit machst du's nur schlimmer.» Sie flüsterte wieder. «Die Wunde muss gereinigt und neu verbunden werden. Mach mir die Handfesseln ab, damit ich dir helfen kann.»

Sie sah ihm an, wie er mit sich kämpfte, bis er sich endlich erhob. Er kam auf sie zu, lockerte umständlich erst ihre Fußfesseln, dann gab er ihre Hände frei. Serafina entging nicht, wie Achaz anerkennend die Augenbrauen hob.

«Gehen wir ans Licht», bat sie den Jungen in mütterlichem Tonfall. Am Kamin wies sie ihn an, sich dem Feuer zugewandt auf die Bank zu setzen, und ließ sich neben ihm nieder. Jetzt aus der Nähe sah sie, dass die freien Finger seiner Linken schon bläulich angelaufen waren. Langsam löste sie den Verband und hielt die verletzte Hand in den Feuerschein. Handfläche und Handrücken waren blutverkrustet, über den Daumenballen lief ein tiefer Riss, der nachblutete. Wie es aussah, hatte Michel mehrfach zugebissen.

«Das sieht bös aus. Wenn da mal nicht der Wundbrand einschlägt und dir die Hand abfault», meinte sie, woraufhin Klewi erschrocken zusammenzuckte.

«Gibt es hier irgendwo Essig?»

«Weiß ich doch nicht», presste er hervor, und seine Lippen zitterten.

«Nun ja, saurer Wein tut's auch.»

Sie griff nach seinem Becher, der auf dem Boden stand, und füllte ihn am Weinfass auf. Aus dem Augenwinkel sah sie, dass Achaz und der Prior eng zusammengerückt waren.

«Gib mir dein Halstuch», wies sie ihn an, nachdem sie sich wieder neben ihn gesetzt hatte, «und trenne es in der Mitte durch.»

Das graue Tuch, das er sich gehorsam vom Hals zog, war schmutzig, viel zu schmutzig für einen Verband, aber das war ihr herzlich gleichgültig. Er nahm seinen Dolch in die rechte Hand und schnitt es mehr als ungeschickt entzwei. Damit bewies er, dass er wirklich durch und durch ein Linkshänder war.

«Ein gelehrter Doctor wie unser Medicus hier», plapperte sie drauflos und hoffte dabei inständig, dass Achaz hinter ihrem Rücken erfolgreich war, «der würde jetzt gewiss eine Urinschau empfehlen. Aber ich sehe auch so, dass dein Blut verunreinigt ist und die Säfte nicht mehr im Gleichklang sind. Waschen wir also die Wunden erstmal mit dem Wein aus.»

Sie tauchte den einen der Tuchstreifen immer wieder in den Wein, um damit die Hand sauber zu wischen. Möglichst behutsam, aber nur aus dem einzigen Grund, ihn nicht zum Schreien zu bringen. Ein hereinstürmender Endres hätte jetzt alles zunichtegemacht.

Aber auch so entrang sich dem Jungen, obgleich er die Zähne zusammenbiss, immer wieder ein unterdrücktes Stöhnen. Sie musste sich zwingen, nicht den Kopf zu wenden, um zu sehen, wie weit Achaz und Bruder Matthäus waren. Klewi hätte sich sonst womöglich ebenfalls umgedreht.

Sie redete weiterhin auf ihn ein.

«Das Saure im Wein zieht den Schmutz heraus, wobei Essig noch wirkungsvoller wäre, aber das bekommen wir schon hin. Schade nur, dass ich meine gute Salbe aus Gundelrebe und Vipernhaut nicht dabeihabe, die würde in deinem Fall Wunder wirken. Aber solange sich keine schwarzen Blasen auf der Hand bilden, können wir beruhigt sein …»

Weiter kam sie nicht. Lautlos, wie ein wandernder Schatten, war Achaz mit von den Fesseln befreiten Händen herangeschlichen, packte in diesem Augenblick den Köhlersohn von hinten und hielt ihm den Mund zu. Rasch bückte sich Serafina nach dem zusammengeknüllten, dreckigen Verband und stopfte ihm den Fetzen in den Mund. Ein gurgelnder Laut entrang sich seiner Kehle, von seinen Augen war fast nur noch das Weiße zu sehen. Schon war auch Bruder Matthäus an ihrer Seite, zog zwei Seile aus einem der Körbe und fesselte Klewi. Dabei nahm er keinerlei Rücksicht auf die zerbissene Hand, und dem geknebelten Jungen war anzusehen, welche Schmerzen er litt. Serafina verspürte alles andere als Mitleid.

Derweil hatte Achaz Klewis Dolch an sich genommen und auch Catharinas Fesseln zerschnitten.

Ungläubig sah Serafina von einem zum andern, dann fiel sie Achaz in die Arme.

Sie waren frei!

Kapitel 29

Was für ein tollkühner Einfall von Serafina, dachte Achaz. Zunächst nämlich hatte er befürchtet, mit der Scherbe, auf die sie ihn stumm hingewiesen hatte, nicht allzu viel anfangen zu können. Sich damit gegenseitig die Handfesseln aufzutrennen, war langwierig und vor allem mit Bewegungen und Geräuschen verbunden. Doch als sie dann dem Köhlersohn vorgeschlagen hatte, ihm die Hand zu verarzten, hatte er verstanden. Er konnte nur immer wieder staunen über die Klugheit und den Wagemut dieser Frau.

Jetzt fragte er sich allerdings, wie sie aus ihrem Gefängnis entfliehen sollten. Die Tür war von außen versperrt, und bis auf eine winzige offene Luke in der Dachschräge gab es keine Fenster. Das größte Hindernis indessen war dieser unberechenbare Endres, der draußen Wache hielt. Unwillkürlich drückte er Serafina erneut an sich. Er hatte schon nicht mehr daran geglaubt, sie wiederzufinden. Noch dazu lebendig und unversehrt! Gemeinsam würden sie einen Ausweg finden.

«Was machen wir nun?», flüsterte Catharina. Sie hielt sich an der Hand von Bruder Matthäus fest, ihre Wangen hatten wieder Farbe bekommen. Achaz wunderte sich nicht wenig über die Vertrautheit, die zwischen den beiden herrschte.

Sein Blick ging zu Klewi, der fürs Erste außer Gefecht gesetzt war. Er sah übel aus, aus den Bisswunden troff erneut das Blut. Nun, das war nicht das Schlechteste zur inneren Reinigung des Körpers, dachte der Arzt in ihm.

«Ich schlage vor», sagte der Prior und ließ die Hand der Meisterin los, «ich stelle mich mit einem Scheitholz neben die Tür, und dann locken wir Endres herein. Die Frauen stellen sich auf die andere Seite der Tür, damit sie als Erste fliehen können. Sobald Endres hereinkommt, brate ich ihm eins über, und Ihr, werter Stadtarzt, haltet vorerst den Jungen mit dem Dolch in Schach.»

Serafina nickte. «Gut. Am besten klopfe *ich* gegen die Tür und sag ihm, dass ich Wasser lassen muss.»

«Niemals!», erhob Achaz Einspruch. «Du hältst dich neben der Tür verborgen. Das ist sonst viel zu gefährlich.»

«Doch, sie hat recht», wandte Catharina in ihrer besonnenen Art ein. «Wenn einer von euch Männern gegen die Tür klopfen würde, hieße das, dass Klewi euch die Fußfesseln gelöst hat, und das würde er bei euch ganz bestimmt nicht tun, ohne sich vorher mit Endres abzusprechen. Uns Frauen würde er schon eher nach draußen lassen.»

Sie umarmte Serafina und küsste sie auf die Stirn.

«Sobald du draußen bist: Lauf! Lauf davon, versteck dich irgendwo, bis es hell wird. Wir andern schaffen das schon. Und ganz gleich, was noch geschieht: Du sollst wissen, dass ich dir unendlich dankbar bin für deinen Mut. Euch allen!»

Ihre Augen füllten sich plötzlich mit Tränen, und sie ließ sie los. Da zog auch der Prior Serafina in die Arme und schließlich Achaz selbst. Ihm klopfte das Herz bis zum Hals.

«Ich weiß ja nicht, ob das so ein guter Einfall ist», sagte er laut. Dann flüsterte er ihr ins Ohr: «Ich liebe dich von ganzem Herzen.»

«Ich liebe dich auch, Adalbert Achaz.»

Sie drehten den geknebelten Klewi mit dem Rücken zur Tür und umhüllten ihn mit einer Decke, damit man die Fesseln nicht sah. Jetzt machte es den Eindruck, als würde er, gegen die Wand gelehnt, schlafen oder vor sich hin dösen. Mit einem Kantholz bewaffnet, nahm der Prior Aufstellung, während Achaz und die Meisterin sich auf der anderen Seite des Türrahmens im Halbdunkel verbargen.

Beherzt hämmerte Serafina gegen die Tür. Dann legte sie die Hände auf den Rücken, als seien sie noch gefesselt.

«He, Endres! Ich muss mal. Dringend!»

Es dauerte ein wenig, bis draußen das Querbrett abgenommen wurde. Achaz, der Klewis Dolch in der Hand hielt, trat einen Schritt zurück, damit Endres ihn nicht sofort entdeckte.

Die Tür schwang nach außen auf, und sie hörten Endres unwillig raunen: «Was soll das? Habt ihr nicht 'nen Brunzeimer da drinnen?»

Er sprach, als wäre er angetrunken. Umso besser!

«Glaubst du etwa, ich pinkel hier vor drei Mannsbildern in einen Eimer? Jetzt lass mich schon raus.»

Er ließ sie wahrhaftig austreten. Wie erwartet, steckte er den Kopf herein, um nach dem Rechten sehen. In zwei Sprüngen war Achaz bei Klewi und setzte ihm das Messer an den Hals, im selben Augenblick holte der Prior aus.

«Was zum Teufel ...», rief Endres mit stierem Blick,

weiter kam er nicht. Das Scheitholz krachte ihm gegen den Schädel, doch leider nicht kraftvoll genug: Er wankte nur, mit einem erschreckten Grunzen, um sich dann blitzschnell auf die Meisterin zu stürzen, die eben durch die offene Tür entfliehen wollte. Mit einem Wutschrei riss er ihr den Arm auf den Rücken und hielt ihr seinerseits das Messer an den Hals.

«Lass sie sofort los», schrie Achaz. «Sonst stech ich den Jungen ab!»

«Nur zu, Doctorlein. Menschenleben gegen Menschenleben! Und das meine ich ernst.»

Endres verzog das Gesicht zu einem grausamen Lächeln. Ganz langsam ließ er die Klinge über Catharinas Kehle gleiten, die ersten Blutstropfen traten aus der weißen Haut hervor.

«Nein!»

In seinem Aufschrei ließ der Prior das Holz fallen.

«Wir ergeben uns», stieß er hervor. «Es hat keinen Sinn mehr.»

Schwer atmend warf auch Achaz den Dolch zu Boden. Die Schlacht war verloren.

«Mach den Jungen los, Medicus, und verbind ihm die Hand», befahl Endres, der die Meisterin noch immer in Schach hielt. «Das wird ein gelehrter Stadtarzt ja wohl noch können.»

Achaz gehorchte. Er wickelte dem Köhlersohn das halbe Tuch um die Hand und zog ihm am Ende den Knebel aus dem Mund. Der Junge begann vor Schmerzen laut zu wimmern.

«Das tut so weh!»

«Jetzt hör schon auf zu heulen, du Waschweib», schnauzte Endres, «und pack deinen Dolch. Achaz, du fesselst den Mönch, aber richtig. Ich prüf's nach.» Da endlich ließ er Catharina los, die kraftlos auf die Knie sank.

Wenig später kauerten sie wieder wie zuvor mit gebundenen Füßen und Händen im Stroh. Alle, bis auf Serafina.

«Kreuzsackerment», fluchte Endres, «ist dieses Teufelsweib doch tatsächlich entwischt. Hoffentlich bricht sie sich den Hals in der Dunkelheit.»

Er schleifte die beiden Holzbänke vor die Tür.

«Auf den Scheiß hin muss ich erst mal was trinken. Und du auch, Junge, bist ja schon ganz grün im Gesicht.»

Achaz kämpfte gegen die Tränen der Enttäuschung an. Diesen Bestien würden sie nicht entkommen.

Aber eines hatten sie wenigstens erreicht: Serafina hatte sich retten können!

Kapitel 30

Im Schein des Lagerfeuers hatte Serafina sich bis zum Tor zur Unterburg geflüchtet. Dort hatte ein wütender Aufschrei sie innehalten lassen. Für einen kurzen Augenblick hatte sie geglaubt, die anderen hätten es geschafft und Endres überwältigt. Doch das kurz darauf folgende gellende «Nein!» hatte sie eines Besseren belehrt, und seither war alles still geblieben drüben in der Burgküche.

Ihr Herz hämmerte gegen die Rippen, während sie an dem kalten Stein des zerfallenen Torhauses lehnte. Hinter ihr knisterte das Feuer und warf gespenstische Schatten an das Mauerwerk, vor ihr lag der steile, mit Geröll übersäte Abgang zur unteren Burg, der sich zwischen den Trümmerhaufen im Dunkeln verlor.

Sie hatte Angst. Angst vor der Finsternis, vor dem einsamen, nächtlichen Wald, vor allem aber davor, was in der Burgküche geschehen sein mochte. Die Befreiung war misslungen, ansonsten wären die anderen längst hier draußen. Endres hatte sich also gewehrt, erfolgreich gewehrt. Ob es Verletzte gegeben hatte? Tote gar?

Die eisige Nachtluft ließ sie frieren. Was sollte sie tun? Irgendwo Hilfe holen, wenn sie es denn überhaupt von dieser verfluchten Burgruine hinunter ins Tal schaffte? Bis nach Freiburg waren es von dort noch gut drei Wegstunden, und dann würde sie erst einmal vor dem verschlossenen Stadttor stehen. Das ergab überhaupt keinen Sinn, dauerte alles viel zu lange. Was also tun?

Plötzlich fiel ihr wieder ein, dass Bruder Matthäus von einer Reiseherberge in Himmelreich gesprochen hatte, in der er einige Male eingekehrt war. Dieser Weiler war nicht allzu weit, bis dahin musste sie es schaffen. Sie würde an der Tür so lange Lärm schlagen, bis man ihr öffnete und Unterstützung zugestand.

Wenn sie nur von einem anderen Weg dorthin gewusst hätte! Wie ein wahrhaftiger Höllenschlund erschien ihr dieses enge, tiefeingeschnittene Tal, umso mehr, da die Straße erst an der Köhlerhütte, dann am Wirtshaus von diesem Henni vorbeiführte. Die Gefahr, Rupert in die Arme zu laufen, war groß.

Sie musste sich irgendwie bewaffnen.

Kurz entschlossen schlich sie sich zurück an den Rand des Feuers und suchte einen starken Prügel heraus, der ihr auch als Wanderstock für den Abstieg dienen mochte. Ihr Blick fiel auf die Gesteinsbrocken, die die Feuerstelle umfassten. Sie klaubte einen scharfkantigen Stein heraus und steckte ihn in die Tasche ihres Umhangs.

Ein letztes Mal zögerte sie noch. Von drüben aus der Burgküche war weiterhin kein Laut zu hören, was immer das zu bedeuten hatte. Sollte sie nicht lieber zu den anderen zurückkehren, statt mutterseelenallein durch die Nacht zu laufen?

Die Sehnsucht, in Achaz' Nähe zu sein, nahm ihr die Luft.

Sie wollte ihn nicht verlieren, wo sie sich gerade erst gefunden hatten. Und falls den Gefangenen der Tod bevorstand, dann wollte sie erst recht bei ihm sein. Lieber mit ihm sterben, als noch vor der Hochzeit zur Witwe werden.

Ein leises Winseln ließ sie aufhorchen. Es kam vom Tor. Sie kniff die Augen zusammen und erkannte Michels hellbraunes Köpfchen, das zwischen den Steinen zu ihr herlugte. Offenbar traute er sich nicht näher heran, aus Angst vor Endres und dem Köhlersohn.

Sie eilte die wenigen Schritte zum Tor und beugte sich im Schutz eines Mauerrests zu ihm hinunter.

«Michel – du treue Seele.» Sie kraulte ihm das Fell, nachdem er sich auf den Rücken geworfen hatte vor Freude. «Pst! Leise, keinen Laut!»

Dann richtete sie sich wieder auf, nahm den Stock fest in die rechte Hand und tat die ersten vorsichtigen Schritte auf dem unwegsamen Pfad, der ihr bergab noch weitaus gefährlicher schien. Ja, zusammen mit Michel würde sie es schaffen bis Himmelreich, sie durfte nichts unversucht lassen.

Sie hatte länger gebraucht als erwartet bis ins Tal, war trotz ihres Wanderstabs ein paarmal weggerutscht auf eisglatten Steinen und immer wieder stehen geblieben, spähend und Ausschau haltend, um in dem steilen, stockfinsteren Bergwald nicht in die Irre zu laufen. Am Ende hatte sie stets auf Michel vertraut und schließlich wohlbehalten die Falkensteiner Steige erreicht. Doch die lag zu ihrem Schrecken im dichten Nebel!

«Bleib bei Fuß, hörst du?», befahl sie dem Hund. Der

wich ohnehin keinen Zoll mehr von ihrer Seite. Sie tastete sich durch die weiße Nebelwand voran, hielt sich an den Wildbach, der nun zu ihrer Linken rauschte – viel lauter, als sie es in Erinnerung hatte. Auch das Knistern und Knacken, Flattern und Rascheln rundum erschien ihr viel lauter als auf dem Hinweg zur Burg. Wäre Michel nicht bei ihr gewesen, hätte sie gefürchtet, den Verstand zu verlieren. Immer wieder strich sie ihm über den Kopf, wie um sich zu vergewissern, dass er wirklich bei ihr war.

Dem Himmel sei Dank war außer ihr keine Menschenseele unterwegs. Sie wäre zu Tode erschrocken, wäre aus dem Nebel plötzlich eine Gestalt aufgetaucht. Ihrem Gefühl nach hatte sie die Köhlerhütte längst hinter sich gelassen, und wenn sie es richtig verstanden hatte, lag diese Schenke von Endres' Spießgesellen Henni nicht allzu weit davon entfernt. Die musste zu jener Handvoll Häuser jenseits des Baches gehören, die Bruder Matthäus auf dem Hinweg als Weiler zu Falkenstein bezeichnet hatte. Es galt also, noch ein gefährliches Stück Weges hinter sich zu bringen, bevor sie die rettende Reiseherberge jenseits dieses Tales erreichen würde.

All ihre Sinne hatten sich geschärft, bis auf den Zeitsinn: Ob es erst um Mitternacht war oder vielleicht schon kurz vor Morgengrauen – sie wusste es nicht.

Ihr Gehör sagte ihr plötzlich, dass ganz in der Nähe eine Brücke über den Wildbach führte, da dessen Rauschen an dieser Stelle anders klang. Sie hatte also den Weiler zu Falkenstein erreicht. Bis Himmelreich und somit zum Ausgang dieses unseligen Tals in die Ebene von Kirchzarten war es von hier eigentlich nur ein Katzensprung, und doch war sie noch längst nicht außer Gefahr. Erst recht nicht bei Nacht und Nebel.

Sie spürte ihren Herzschlag bis in die Schläfen, als sie Schritt für Schritt weitermarschierte. Da zuckte sie zusammen: Von jenseits des Bachs waren zwei Männerstimmen zu vernehmen. Ihre Worte drangen nur gedämpft zu ihr herüber, doch es war deutlich auszumachen, dass sie miteinander stritten.

Michel begann zu knurren.

«Still!», zischte sie und griff nach dem Strick um seinen Hals. Gebückt zog sie ihn an den Wegrand, bis ihr Zweige in den Nacken stachen. Unter ihren Füßen knackte es vernehmlich.

«He! Wer da?», rief es prompt von der anderen Seite.

Es war die Stimme von Rupert, dem Köhler, und sie erschrak bis ins Mark. Erst recht, als sich ihr von hinten aus dem Nichts heraus eine Hand auf den Mund legte und ihren Aufschrei erstickte.

Kapitel 31

Endres und der Köhlersohn hatten sich auf den Bänken, die den Eingang nun auch von innen versperrten, lang ausgestreckt. Beide waren sie mittlerweile ganz offensichtlich betrunken, nickten immer wieder ein, wie ihr Schnarchen und Grunzen verriet.

Dennoch war an Flucht nicht zu denken. Kurz bevor sich die beiden über das Weinfass hergemacht hatten, hatte Endres sie nämlich alle drei an einen langen Strick gebunden.

Gar nicht dumm, dachte Achaz mutlos. Auf diese Weise würden sie niemals entfliehen können in diesem unwegsamen Gelände. Ihr Ende war besiegelt.

Er sah zu der Luke in der Dachschräge. Noch immer herrschte Nacht draußen. Seine Erleichterung über Serafinas Flucht war längst in quälende Unruhe umgeschlagen. Wie sollte sie es jemals schutzlos und allein durch den Wald bis Freiburg schaffen?

«Ich hab alles vermasselt», raunte Bruder Matthäus neben ihm mit erstickter Stimme. «Hätte ich fester zugeschlagen, wären wir jetzt frei.»

Achaz schüttelte den Kopf.

«Niemand kann Euch einen Vorwurf machen. Wir hatten

einfach nicht bedacht, dass sich Endres bei der Kälte draußen seine Kapuze überziehen würde und obendrein so einen harten Schädel hat. Und glaubt Ihr im Ernst, ich hätte dem wehrlosen Jungen wirklich das Messer in den Leib rammen können? Niemals.»

Sie schwiegen bedrückt, während die Zeit verrann. Beim ersten Morgenlicht würde Rupert zurückkehren, und dann würde man sie auf den Burgfelsen führen, der jäh zum Tal hin abfiel. Daran hatte Achaz keinen Zweifel mehr.

«Kennt Ihr die Geschichte von Kuno von Falkenstein, dem Begründer dieser Burg?», hörte er den Prior plötzlich fragen.

«Ich meine, ich hab davon schon mal gehört», erwiderte Mutter Catharina. Sie wirkte vollkommen ruhig, als hätte sie sich mit ihrem Schicksal abgefunden. «Erzählt sie uns, das wird uns ablenken.»

«Kreuzdonnerwetter», ließ Endres sich mit schwerer Zunge vernehmen. «Ihr habt wohl den Verstand verloren? Plaudert hier am Kaminfeuer wie feine Herrschaften, dabei geht's euch demnächst an den Kragen.»

Achaz warf ihm einen verächtlichen Blick zu. «So hör halt einfach zu, wenn wir uns mit Geschichten die Zeit vertreiben. Oder willst du uns auch noch knebeln in den letzten Stunden? – Bitte, Bruder Matthäus, fahrt fort.»

«Sehr gerne. Alsdann – im Gegensatz zu seinen Nachkommen war Kuno ein Mann mit echten ritterlichen Tugenden. Noch dazu ein treusorgender Ehemann. Nur eines blieb ihm zu seinem großen Kummer verwehrt: ein Sohn, dem er seine Güter hätte übertragen können. Als er darum in tiefe Schwermut verfiel, beschloss er, die gefahrvolle Reise ins gelobte Land und zum Heiligen Grabe zu wagen. Doch bevor er hinzog, brach er noch seinen Trauring entzwei und hinterließ seiner geliebten Gattin Ida die eine Hälfte mit der Verfügung, sie solle sieben Jahre auf ihn warten. Wenn er bis dahin nicht wiederkehre und sich der Ring somit nicht aufs Neue vereinige, solle sie ihn für tot erklären.»

Der Prior hatte eine angenehme, weiche Stimme, und Achaz schloss die Augen. Er fühlte sich in seine frühe Kindheit versetzt, als ihre Köchin den Geschwistern und ihm allerlei Märchen und Abenteuergeschichten erzählt hatte.

«Nach etlichen Gefahren gelangte der Falkensteiner endlich ans Heilige Grab, wo er seinen Gebeten und seinen Tränen freien Lauf ließ. Dann aber geriet er in die Gewalt des Sultans und schmachtete jahrelang im tiefen Kerker. An Rettung glaubte er nicht mehr.»

Er unterbrach sich, und Achaz schlug die Augen auf. Dabei bemerkte er, wie die auf dem Rücken gebundenen Hände des Priors nach denen von Mutter Catharina tasteten. Das Gefühl von Einsamkeit und Verzweiflung durchfuhr Achaz wie ein Dolchstoß. Nach dem allzu frühen Tod seiner Frau Lena und der einzigen Tochter, die mit ihr im Kindbett gestorben war, hatte er nicht mehr daran geglaubt, noch jemals das Glück einer Liebe erfahren zu dürfen. Bis er Serafina im Konstanzer Frauenhaus begegnet war und vom ersten Augenblick an sein Herz an sie verloren hatte. Und jetzt, wo sie sich endlich gefunden hatten, sollte alles wieder verloren sein …

«Endlich wird Kuno», sprach Bruder Matthäus weiter, «durch göttliche Fügung befreit und eilt nach Hause. Aber er verirrt sich in den Bergwäldern Italiens, aus denen er keinen

Ausweg mehr findet. Da tritt der Leibhaftige hohnlachend und in Gestalt eines Löwen vor ihn hin: Soeben gehe das siebente Jahr zu Ende, und morgen schon werde seine Gattin ihre Hand dem Ritter Johann von Snewlin reichen. In seiner Verzweiflung willigt Kuno in das Angebot des bösen Verführers ein, ihn bis zum Morgen hoch durch die Lüfte zurück in die Heimat zu tragen. ‹Es ist eine weite Reise, und du musst wach bleiben dabei. Schläfst du aber ein, gehört deine Seele mir!› Bald schon kämpft der arme Ritter auf dem Rücken des falschen Löwen gegen die lähmende Müdigkeit an, immer wieder wollen ihm die Augenlieder zufallen, aber siehe da! Ein Falke schießt herbei, setzt sich auf das Haupt des Ritters und hält den Schlaftrunkenen mit seinem Schnabel und dem Schwung seiner Flügel wach. So gelangt er am Morgen unversehrt in sein Dorf Kirchzarten, wo ihn der Höllenfürst beim Wirtshaus Zum Rindsfuß absetzt. Da er den Ritter hellwach findet, ergreift er voll Wut einen Stein, ihn zu zermalmen. Doch der Stein fährt krachend in eine Ecke des Hauses. – Ihr kennt den Stein, er ist noch heute dort zu sehen.»

Der Köhlersohn nickte. Er hatte mit offenem Mund zugehört und seinen Schmerz dabei wohl vergessen. Oder er war inzwischen so berauscht, dass er ihn nicht mehr spürte. Unwillkürlich zerrte Achaz an seinen Handfesseln. Wenn man jetzt nur loskäme – man könnte die beiden Trunkenbolde ganz gewiss überwältigen.

«Wie geht es weiter?», fragte Catharina leise.

«In ebendiesem Augenblick kommt der Hochzeitszug auf dem Weg zur Galluskirche vorbei. Man verteilt Wein an die Umstehenden, die Braut selbst reicht dem verhüllten Kuno den Willkommenstrunk. Da lässt er seinen halben Ring in den leeren Kelch fallen, Ida bemerkt es mit ungläubigem Staunen, gibt auch ihre Hälfte hinein, und wie von selbst vereinigen sich die beiden Hälften zu einem Ganzen. Da erst wird der Falkensteiner auch von der Hochzeitsgesellschaft erkannt und tritt noch am selben Tag als Herr und Gemahl in die ihm gebührenden Rechte ein. Obendrein ist von nun an seine Ehe mit zahlreichen Nachkommen gesegnet, und aus Dank an seinen Retter führt er fortan den Falken mit geschwungenen Flügeln in seinem Wappen.»

Niemand sagte etwas, als die Geschichte zu Ende war. Achaz starrte auf seinen zerrissenen Rocksaum und dachte sich, wie tröstlich es sein musste, an Wunder zu glauben. Vielleicht besaß der Prior ja diese Gabe.

«Aber die Snewlins haben die Falkensteiner dann doch beerbt», grunzte Endres schließlich. «Wer zuletzt lacht, lacht am besten.»

Achaz hob den Kopf. «Hör zu, Endres. Jetzt, wo es zu Ende geht, kannst du uns auch die Wahrheit sagen. Mir scheint nämlich, die Nachfahren des Kuno, all diese gnadenlosen Strauchritter von Falkenstein, die hast *du* beerbt. Indem du dich auf ihrer Burg eingenistet hast und seit Wochen wehrlose Wanderer überfällst und ausraubst. Hab ich recht?»

Endres schlug sich auf die Schenkel. «Was für ein kluger Kopf du bist! Ja, ich bin der neue Herr auf Falkenstein. Wie lächerlich zu glauben, ich bräuchte jemanden, der mir Befehle erteilt. Mit der Beginenhatz hab ich rein gar nichts zu tun, mir ist es wurscht, wer durch meine Schlucht zieht – ob Kuttenträger, Krämer oder Handwerksbursche. Mit meinem

Zaubertränklein im Hirn weiß hernach keiner mehr, was ihm geschehen ist. Jetzt, wo die Wagensteige durch den Erdrutsch versperrt ist, kommen genug vorbei, um mein Geldsäckel zu füllen. Und für meine Helfershelfer springt auch noch reichlich bei heraus.»

Er rülpste laut.

«Dann ist es also reiner Zufall, dass Hedwig und ich in Eure Hände gefallen sind?», fragte Catharina fast teilnahmslos.

«Zufall, Schicksal oder Gottes Wille – nenn es, wie du willst. Euer Pech ist nur, dass ihr mir auf die Schliche gekommen seid.»

Er deutete mit ausgestrecktem Arm auf die Dachluke, wo ein rosiger Schimmer den anbrechenden Morgen verriet.

«Aber das Warten hat bald ein End. Was freu ich mich auf ein warmes Bett, wenn das hier vorbei ist.»

Kapitel 32

Als die ersten Sonnenstrahlen durch die Ritzen der Tür drangen, kehrte Rupert zurück. Achaz schreckte aus seinem Dämmerzustand, als Endres die Bänke vom Eingang wegrückte. Mit einem Schwall kalter Luft trat der Köhler ein.

«Da unten hängt ein verdammter Nebel im Tal», knurrte er. Sein Blick fiel auf das zur Seite gekippte Weinfässchen. «Habt ihr die ganze Nacht gesoffen, oder was?»

«Und uns alberne Rittergeschichten angehört», kicherte Endres und erhob sich schwankend.

Rupert stutzte. «Wo ist die andre Kuttenfrau? Habt ihr die etwa …»

«Das Weibsstück ist abgehauen.»

«Was? Und wenn die nun schnurstracks zum Freiburger Schultheiß rennt?»

«Na und? Der Begine glaubt doch eh keiner.»

«Hast du vergessen, dass die die Braut vom Stadtarzt ist? Und dass eben jetzt Hennis Magd unterwegs ist zu den Wilhelmiten, mit dem Brief, mit dem die da freigekauft werden sollen?»

Für einen Moment wirkte Endres verunsichert. «Pah!», schnaubte er schließlich. «In einer Stunde liegen wir alle drei bei Henni in der Gästekammer, weil wir die Nacht mit ihm beim Zechen verbracht haben. Und zwar unter Zeugen. Also mach dir nicht ins Hemd. Uns kann keiner was. Los jetzt, bringen wir's hinter uns.»

Rupert verschränkte die Arme vor der Brust. «Ich steig aus.»

«Bist du übergeschnappt? Wir bringen die drei jetzt zum Burgfelsen, und damit hat sich's.»

«Nein!»

«Du tust, was ich dir sage, sonst such ich mir wen anderen für meine Unternehmungen.»

«Das ist mir gleich. Ich bring keinen Menschen um. Das war niemals ausgemacht gewesen.»

Mit höhnischem Lachen packte Endres ihn bei den Schultern. «Das hast du aber schon. Gestern auf der Steige, noch dazu eine wehrlose Frau. Schon wieder vergessen? Du steckst bis zum Hals mit drin in der Scheiße.»

«Das war ein Versehen.» Er schüttelte Endres ab und wandte sich Achaz und den andern zu. «Das wollt ich wirklich nicht, glaubt ihr mir das?»

Bruder Matthäus nickte. «Wir werden für dich ein gutes Wort bei Gericht einlegen.»

Er stieß Achaz in die Seite.

«Ganz recht, Rupert», bekräftigte Achaz und spürte einen winzigen Funken Hoffnung aufkeimen. «Als Stadtarzt und Ratsherr hat mein Wort großes Gewicht. Bring deinen Sohn zur Vernunft und lass uns frei. Dann werdet ihr glimpflich davonkommen, das verspreche ich euch. Mach uns also die Fesseln los.»

Was er daherredete, war zwar blanker Unsinn, aber er betete inständig, dass der Köhler sich hiervon umstimmen ließ.

Endres' Gebrüll ließ ihn zusammenfahren.

«Wage es ja nicht!» Mit hochrotem Kopf zog Endres sein Messer und streckte es dem Köhler entgegen. «Nur einen Schritt zu den Gefangenen, und ich stech dich ab wie ein Schwein.»

Rupert wich vor ihm zurück. «Und ich hab gedacht, du wärst mein Freund. – Komm, Klewi, wir gehen.»

Der Köhlersohn, der wieder kraftlos auf die Bank gesunken war, rührte sich nicht. Achaz entging nicht, wie seine verletzte Hand zitterte.

«Der Junge hat höllische Schmerzen», sagte er. «Er muss dringend in die Stadt, zu einem Wundarzt. Wir hier können nichts mehr für ihn tun.»

Rupert stieß seinen Sohn in die Seite. «Los jetzt, komm mit!»

Mühsam rappelte Klewi sich auf. Mit seinen vom Schmerz und Alkohol rot unterlaufenen Augen glotzte er Endres an. Der legte ihm den Arm um die Schultern.

«Ich geb dir einen halben Gulden obendrauf, wenn du bei mir bleibst.»

Dem Jungen war anzusehen, wie er mit sich kämpfte.

«Wenn du bleibst», sagte Rupert, «dann bist du nicht mehr mein Sohn.»

«Dann bleib du halt auch, verdammt noch mal!», schrie Endres ihn an.

Eine Zeitlang starrten sich die drei feindselig an, dann

spuckte Rupert seinem Sohn vor die Füße, drehte sich um und stapfte hinaus. Endres wankte ihm nach.

«Fahr zur Hölle, du Hurensohn», hörten sie ihn brüllen. Gleich darauf kehrte er schwer atmend zurück, und Achaz presste die Lippen zusammen: Ihr Schicksal war besiegelt.

«Was, wenn er uns an die Freiburger Obrigkeit verrät?», hörte er Klewi mit zitternder Stimme fragen.

«Im Leben nicht wird der sein eigen Fleisch und Blut ans Messer liefern. Und sich selbst erst recht nicht. Jetzt komm, Junge – hast ganz schön Mut bewiesen, dich gegen deinen Alten zu stellen. Wir schaffen jetzt zusammen diese Brut da weg, dann hauen wir uns bei Henni aufs Ohr. Und zum Abend holen wir uns die fünfzig Gulden bei der hohlen Eiche ab.»

Klewi zog sein Messer aus dem Gürtel und nickte. «Bringen wir's hinter uns.»

Entschlossen trat er an die Strohschütte.

«Hoch mit euch, und zwar schnurstracks!»

Das Aufstehen fiel Achaz, dem die Beine eingeschlafen waren, reichlich schwer, zumal sie immer noch alle drei aneinandergebunden waren.

Endres lachte. «So ist's recht, Klewi. Den Pissdoctor lassen wir vorneweg gehen.»

Achaz erschauerte. Das bedeutete nichts anderes, als dass er selbst als Erster in die Tiefe stürzen und Mutter Catharina und Bruder Matthäus unweigerlich mit sich reißen würde.

Kapitel 33

Mit gelockerten Fußfesseln und über das Seil miteinander verbunden, traten sie ins Freie. Das Lagerfeuer zwischen Burgküche und Kapelle war heruntergebrannt, Raubvögel kreisten schwerelos über dem mächtigen Wehrturm, zwischen den verfallenen Gemäuern stiegen erste Nebelschwaden aus dem Tal herauf und verflüchtigten sich in einem wolkenlosen, blassblauen Morgenhimmel.

«Du gehst voran», befahl Endres dem Köhlersohn. «Vor dem Bergfried ist der Durchlass zum Felsen. Du kennst die Stelle, oder?»

«Ja. Sicher doch.»

Achaz war speiübel. Er wusste, dass Endres und Klewi Ernst machen würden. Ihre Trunkenheit würde sie nicht davon abhalten – im Gegenteil.

Es herrschte eine eigentümliche Stille hier oben. Kein Windhauch regte sich, weder Tierlaute noch das Rascheln von Laub waren zu hören. Mit einem Stock in der Linken, den Dolch in der Rechten, trieb Endres sie vorwärts, Schritt für Schritt über das Geröll, an dem zerstörten Palas der Falkensteiner vorbei. Bruder Matthäus und die Meisterin hatten zu beten begonnen. *«Ave Maria, gratia plena, Dominus tecum»*, murmelten sie halblaut, und schon bei der zweiten Anrufung der Gottesmutter fiel Achaz mit ein.

«Jetzt kommt dir das große Schlottern, was, Medicus?», höhnte Endres dicht hinter ihm. Tatsächlich zitterte Achaz am ganzen Leib wie ein Veitstänzer, vermochte kaum noch einen Fuß vor den anderen zu setzen. Er hatte eine solch grauenhafte Angst vor dem Sterben und vor dem Tod. Zu oft hatte er schon gesehen, wie Menschen ihren letzten Kampf gekämpft hatten, und nur die wenigsten waren friedlich eingeschlafen. Mit schmerzverzerrten Gesichtern, mit zuckenden Gliedern, unter Stöhnen und Klagen waren sie sterbend vor ihm gelegen. Was erst würde einen im Fegefeuer erwarten, wo man von seinen Sünden gereinigt wurde, bevor man endlich die ewige Ruhe fand? Wie lange würde er selbst, Adalbert Achaz, leiden müssen? Büßen müssen für all seine Verfehlungen und Vergehen, vor allem aber dafür, dass er nicht zur Stelle gewesen war bei der Niederkunft seines Weibes. Weil er nämlich, von Eitelkeit und Ehrgeiz angetrieben, lieber einen berühmten Gelehrten zu einem Krankenbesuch begleitet hatte, als der werdenden Mutter zur Seite zu stehen.

Plötzlich ertönte vom Bergfried her ein tiefes, langgezogenes Heulen. Es klang dumpf wie aus einer Gruft. Erschrocken blieb Klewi stehen, und Achaz prallte gegen dessen Rücken.

«Was … was ist das?», stammelte der Junge.

Auch Achaz erstarrte: Das Heulen war wirklich teuflisch, und er atmete erst auf, als es leiser wurde und erstarb.

«Lauf gefälligst weiter, du Hemdscheißer!», brüllte Endres.

Da heulte es erneut, doch für diesmal hell und schrill und von der anderen Seite – von dort, wo in diesem Augenblick das Tor zur Unterburg in einer dichten Nebelwand verschwand. Und nur einen Atemzug später fiel Wolfsgeheul ein, im steten Wechsel mit dem hohen Jaulen.

Keiner von ihnen rührte sich mehr von der Stelle.

Als wieder Stille eintrat, eine fast schon beängstigende Stille, drehte Achaz sich zu seinen Mitgefangenen um. Catharina hatte die Augen weit aufgerissen und drängte sich an den Prior.

Der fragte mit belegter Stimme: «Sind das wilde Tiere?»

«Geister!», stieß Klewi hervor. «Die Geister der Falkensteiner!»

Endres' Gesicht war leichenblass geworden. «Heiliger Nikolaus von Myra – hilf!»

«Ich will nach Haus», jammerte Klewi. Die nächsten Töne aus Richtung der Wehrmauer, die wie ein satanisches Hohngelächter klangen, ließen ihn aufschreien. Von allen Seiten drang es nun auf sie ein, mal in hohen, mal in dumpfen Tönen, mal als wildes Wolfsgeheul.

«Wer auch immer ihr seid – hört auf!», brüllte Endres. «Hört endlich auf!»

Achaz krampfte hinter seinem Rücken die Hände zusammen. Das ging nicht mit rechten Dingen zu. Selbst er, ein Mann des Buches und der Wissenschaft, konnte sich das hier nicht mehr erklären. Dabei war ihm fast schon wieder zum Lachen zumute, verschaffte ihnen dieser Spuk doch erst einmal Zeit und Hoffnung.

Mittlerweile umhüllte der Nebel die Oberburg wie flüssiger Milchbrei, man konnte kaum zwei Schritte weit sehen. Achaz zuckte zusammen, als nach einem Moment der Ruhe eine tiefe Stimme zu rufen begann.

«Endres!», donnerte es aus dem Nichts. «Dein Meister ist erschienen!»

Der ehemalige Turmwächter stand starr wie Lots Weib, Catharina schlug das Kreuzzeichen, Klewi begann leise zu wimmern. Wären Achaz nicht Hände und Füße gebunden gewesen, so hätte er jetzt dem Jungen ohne weiteres das Messer aus der Hand schlagen können.

Dann sah er durch das milchige Weiß ein Licht schweben, mal links, mal rechts von ihnen tanzte es auf sie zu, entfernte sich wieder, erschien erneut. Achaz glaubte seinen Augen nicht zu trauen, als seitlich von ihnen eine furchterregende Gestalt auftauchte, übermenschlich groß, mit einem langen Stab in der Hand, das Gesicht vom Schein einer Fackel erhellt: Es war kohlschwarz, statt Haaren wuchsen dem Ungetüm Blätter und Zweige aus dem Kopf, der Mund war weit aufgerissen.

«Komm zu deinem Meister, Endres! Ich bin erschienen, dich zu holen!»

Die Geistgestalt in ihrem schwarz-grau gescheckten Gewand reckte sich und hob Stab und Fackel hoch in die Luft. Zugleich setzte vom Tor her wieder das Wolfsgeheul ein.

Endres wich angstverzerrt zurück, während Klewi auf dem Absatz kehrtmachte und losstürmte. Er wollte sich offenbar zurück in den Schutz der Burgküche flüchten, als er in dem unwegsamen Gelände stolperte und der Länge nach hinfiel. In diesem Augenblick schoss ein dunkles Tier heran und sprang ihm fauchend auf den Rücken.

Achaz stutzte – und begriff.

«Wir sind gerettet!», flüsterte er Catharina zu. Vor ihnen lichtete sich der Nebel ein Stück weit, er erkannte, dass die Geistgestalt auf einem hohen Steinhaufen stand und eigentlich eher schmächtig war. Doch Endres war schon in Richtung Wehrmauer geflohen. Leichtfüßig wie eine Gämse nahm sein Widersacher die Verfolgung auf.

Dann geschah alles auf einmal: Während Endres die Mauer entlanghetzte wie ein gejagtes Tier und schließlich durch einen schmalen Durchlass entkam, näherte sich jemand von der anderen Seite her, in grauem Kapuzenmantel und eher klein, das Gesicht dunkel wie hinter einer Maske.

Einen Atemzug lang glaubte Achaz, erneut angegriffen zu werden, dann erkannte er die Gestalt, die sich zu Klewi niederbeugte, ohne dass sich das wild knurrende Tier von dessen Rücken löste. Mit Klewis Dolch in der Hand erhob sich die Vermummte und eilte auf sie zu. Im selben Moment ertönte hinter der Wehrmauer ein gellender Schrei, der durch Mark und Bein ging. Endres schien von seinem Verfolger gefasst worden zu sein.

«Bist du es wirklich?», stammelte Achaz, während Serafina erst Catharina, dann ihm und dem Prior die Fesseln löste. Alle drei starrten sie ihre Retterin ungläubig an.

«Wir müssen schnell verschwinden», drängte Serafina, «womöglich kommt der Köhler gleich zurück. Wir sind ihm auf der Unterburg begegnet, haben uns aber im Nebel rechtzeitig verstecken können.»

Achaz schüttelte den Kopf. «Nein, der kommt ganz sicher nicht zurück. Nicht bei dem Spektakel, das ihr veranstaltet habt.»

Er zog sie in seine Arme und küsste sie. Vor Glück hätte er ums Haar zu weinen begonnen.

«Du machst dich ganz dreckig», flüsterte sie, und zwei Tränen zeichneten eine helle Spur über ihre Wangen.

«Besser dreckig als tot», versuchte er zu scherzen und drückte sie noch fester an sich.

«Wer ist der andere?», fragte die Meisterin, nachdem auch sie ihre Gefährtin umarmt hatte. Noch bevor Serafina etwas erwidern konnte, wusste Achaz schon die Antwort: Hinter einem solchen Possenstück konnte nur einer stecken.

«Es ist Vitus. Das Ganze war sein Einfall», sagte Serafina, und mit einem Mal klang ihre Stimme erschöpft. «Wenn ich ihm nicht im Tal begegnet wäre, dann … dann …»

Sie brach ab. Der Prior räusperte sich.

«Vielleicht sollten wir erst einmal diesen Klewi aus seiner misslichen Lage befreien und fesseln. Was ist das überhaupt für ein hässlicher grauer Hund?»

Catharina begann schallend zu lachen. «Ich glaub es nicht – das ist ja unser Michel! Habt ihr den etwa auch mit Holzkohle eingerieben?»

Alle fielen in ihr Lachen ein, was etwas wunderbar Befreiendes hatte.

«Dann hat also Michel wie ein Wolf geheult?», fragte Achaz, während er mit Hilfe des Priors das lange Seil um Klewis Oberkörper wickelte. Der Junge war vor Angst und Schmerz fast ohnmächtig. Noch immer kauerte der Hund zu seinen Füßen und knurrte ihn mit gefletschten Zähnen an.

«Nun ja», Serafina wischte sich mit dem Ärmel über das Gesicht, wodurch es nur noch fleckiger wurde, «ich hab das mal mit ihm eingeübt. Nur so zum Spaß. Dass er zu jaulen beginnt, wenn ich in hohen Tönen singe.»

Da rief eine vertraute Stimme von der Wehrmauer her. «Es ist vorbei – er ist tot.»

Langsam kam Vitus auf sie zu und riss sich dabei das Gestrüpp vom Kopf.

«Der Herr sei seiner Seele gnädig», murmelten Catharina und Bruder Matthäus fast gleichzeitig und schlugen das Kreuzzeichen.

Vitus trat zu seiner Mutter und ergriff ihre Hände. Sein Blick flackerte.

«Er hat sich in seiner Angst vom Felsen gestürzt. Ich … ich hab noch versucht, ihn festzuhalten, aber es war zu spät. Das wollte ich nicht, das wollte ich wirklich nicht.»

Achaz legte ihm den Arm um die Schultern.

«Das glauben wir dir. Aber dafür hast du unser aller Leben gerettet.»

Kapitel 34

Mit dem gefesselten Klewi im Schlepptau machten sie sich an den Abstieg. Der Nebel hatte sich vollends gelichtet, und nachdem der erste Schreck überwunden war, redeten sie alle durcheinander. Jeder wollte vom anderen wissen, wie er in die Fänge dieser Schelmenbande geraten war, und in Serafinas Kopf begann sich bald alles zu drehen.

«Wie hast du Vitus überhaupt gefunden?», fragte Catharina sie. Ihr Gesicht hatte wieder Farbe bekommen.

Serafina warf ihrem Sohn, der den benommenen Klewi vor sich herschob, einen liebevollen Blick zu.

«Er hat mich gefunden. Das war bei Hennis Wirtshaus, nachdem ich zusammen mit Michel heimwärts geflüchtet bin. Es war ja stockfinster und noch dazu neblig, da hatte ich plötzlich in der Nähe des Wirtshauses Stimmen gehört. Erschrocken bin ich ins Gebüsch zurückgewichen, aber das Knacken eines Zweigs hat mich verraten. Ich hab schon gedacht, dass jetzt alles aus sei – erst recht, als mir jemand von hinten die Hand auf den Mund gelegt und mich zu Boden gezogen hat. Vor Angst ist mir fast das Herz stehengeblieben. Aber es war Vitus, und deswegen hatte auch der Hund nicht gebellt. Ihr glaubt gar nicht, wie froh ich war!»

Allein bei der Erinnerung an diesen Augenblick schossen ihr wieder die Tränen in die Augen. Noch immer konnte sie es nicht fassen, dass sie alle mit heiler Haut davongekommen waren. Vor allem aber, dass sie und Achaz wieder beisammen waren.

Sie unterdrückte ein Schluchzen und beugte sich zu Michel herunter.

«Du bist so ein kluges, tapferes Tier», murmelte sie, «bist immer in unserer Nähe geblieben.»

«Ich finde, die wahren Helden sind Serafina und Vitus», sagte Achaz, der nicht aufhören konnte, dem Jungen auf die Schulter zu klopfen. «Ohne Serafinas Schnupftuch hätte ich den Weg zur Burg gar nicht gefunden, noch dazu ihr Einfall, Klewi die Hand zu verarzten – fast hätte das ja geklappt. Und Vitus' Possenspiel hat das Geisterspektakel in Hennis Wirtshaus bei weitem übertroffen.»

Vitus grinste zu ihnen herüber. «Hab halt mein Handwerk bei der Straßburger Compania gelernt. Da war es schon um einiges schwerer, das seltsame Zeichen zu enträtseln, das der Medicus mir hinterlassen hat. Diese Zweiglein und Stöcklein hatten für mich überhaupt keinen Sinn ergeben. Da hab ich mir dann erst mal ordentlich kalt Wasser ins Gesicht geschüttet, und beim zweiten Blick dann kam's mir wie der Blitz: Ein Burgturm im Wald sollte das sein! Mit einem Schlag war ich wieder völlig bei Sinnen.»

«Aber es war ja noch mitten in der Nacht, als du Serafina begegnet bist», hakte Catharina nach. «Was habt ihr bloß bis zum frühen Morgen gemacht?»

«Nichts», erwiderte Serafina an Vitus' Stelle. «Wir sind

im Dunkeln zur Burg zurück und haben in einem Versteck erst mal gewartet. Stundenlang sind wir dort gegen die Kälte hin und her gelaufen und hatten schreckliche Angst um euch.»

Sie griff nach Achaz' Hand.

«Das war das Schlimmste. Es war so still dort oben, auch bei euch in der Burgküche. Ich dachte immer wieder, dass ihr vielleicht alle längst tot seid. Aber Vitus hatte sich sein Vorhaben genau ausgedacht, und dazu brauchten wir das erste Tageslicht. Er hatte nämlich den Einfall, dass wir Endres am besten mit seinen eigenen Mitteln schlagen, um euch zu befreien – mit einem gehörigen Geisterspuk. Zwischendurch haben wir uns dann näher an die Burgküche gewagt, um uns und den Hund mit Kohle vom Lagerfeuer einzureiben. Und Vitus hat sich noch Gestrüpp ins Haar geflochten.»

«Ist euch nicht der Köhler in die Quere gekommen?», fragte Achaz. «Der kam im Morgengrauen kurz auf die Burg, bevor er endgültig verschwunden ist.»

Serafina nickte. «Ja, aber der hat vom Aufstieg so laut gekeucht, dass wir uns rechtzeitig wieder verstecken konnten. Dann haben wir den Streit zwischen ihm und Endres mit angehört und wussten: Wir sind noch nicht zu spät.»

«Vor allem aber», warf Vitus ein, «hat man gehört, dass Endres besoffen war. Das hat mir gleich noch mal so viel Mut gemacht. Wir haben bloß noch gewartet, bis dieser Köhler wieder weg war, dann hab ich mir die Fackel angezündet, und los ging es.»

Achaz lachte leise auf. «Dass du so etwas auf die Beine

stellst, hätte ich im Traum nicht gedacht. Gestern Abend warst du noch halb besinnungslos gewesen. Wie war eigentlich dein Rausch?»

«Schrecklich! Ich hatte wirklich geglaubt, ich sei in der Hölle! Aber plötzlich war da der Sternenhimmel über mir, und dann war mir so, als sei ich ein Schafsbock und könnte fliegen …»

«Ein Schafsbock bist du fürwahr! Diesen Würzwein so gierig auszutrinken! Nun ja, dafür hast du ja dann auch eine Maulschelle von mir geernet.»

«Eine Maulschelle?»

«Weißt du das nicht mehr? ‹Lass mich los, du Vogelscheuche!›, hattest du mich angebrüllt, als ich dir das Brechmittel einflößen wollte.»

Er knuffte Vitus auf väterliche, ja fast zärtliche Weise in die Wange, und Serafina durchfuhr es warm. Wie vertraut die beiden auf einmal miteinander waren!

«Wir können dem Herrgott wahrlich danken, dass wir entkommen sind», meldete sich Bruder Matthäus zu Wort, der jetzt erst aus diesem Albtraum erwacht zu sein schien. Inzwischen hielt er auch wieder schicklichen Abstand zu Catharina.

«Da ist nur eines, was mich noch immer entsetzt», fuhr er fort. «Dass wir alle hier nur aus dem einzigen Grund in Todesgefahr geraten sind: weil in der Stadt gegen die Beginen gehetzt wird.»

Serafina starrte ihn an. Daran hatte sie überhaupt nicht mehr gedacht. Niemals sonst hätten sich die Meisterin und Hedwig auf den Weg nach Villingen gemacht. Hedwig, dieser Wolf im Schafspelz, hatte dafür mit dem Leben gebüßt – und nicht nur sie!

«Derjenige, der die arme Lämmlein-Schwester Mia auf dem Gewissen hat», sagte sie leise, «hätte ums Haar auch uns in den Tod getrieben. Wenn wir nur wüssten, wer hinter diesem Brief an Hedwig steckt.»

«Ich fürchte», sagte Achaz gedehnt, «ich weiß, wer es ist.»

«Das sagst du erst jetzt?», erwiderte Serafina verdutzt.

«Nun ja», er lächelte schief, «in den letzten Stunden hatten wir wohl andere Sorgen. – Lepus Lepidus ist Lateinisch und bedeutet allerliebster Hase.»

«Hase?» Serafina war stehen geblieben. Sofort kam ihr ein Verdacht.

«Ja. Ich bin mir sicher, da steckt unser Ratsherr Schneehas dahinter, der wohl in Basel einst eine Liebschaft mit Hedwig gehabt hat. Für ihn als Strippenzieher spricht auch, was Endres mir unterwegs zugesteckt hat. Der hatte nämlich Schneehas und den Wanderprediger gemeinsam im Brückleswirtshaus vor der Stadt gesehen. Möglicherweise ist diese Verschwörung sogar mit Wissen des Basler Bischofs in die Gänge gekommen – Humbert von Neuenburg und Schneehas kennen sich recht gut.»

Achaz' Enthüllung verschlug ihnen die Sprache.

«Aber was hat ausgerechnet Schneehas davon, uns Beginen aus der Stadt zu jagen?», fragte Catharina schließlich.

«Ich denke, ihr wart ihm schon immer ein Dorn im Auge. Und jetzt, wo er Bau- und Hofstättenmeister ist, brennt er darauf, sich mit einem neuen, prachtvollen Rathaus für alle Zeiten einen Namen zu machen. Dazu braucht es viel Geld und obendrein den Grund der benachbarten Lämmlein-Schwestern. Der Verkauf der beschlagnahmten Beginenhäuser hätte das Stadtsäckel gut gefüllt, und einige von euch Schwestern haben ja auch Vermögen in die Sammlung eingebracht. Bloß fürchte ich, dass wir Schneehas kaum belangen können für das, was *uns* zugestoßen ist.»

Die Bauersfrau, die ihnen unten im Tal entgegenkam, stürzte mit einem Aufschrei davon, als sich der kleine Trupp ihr näherte.

«Was war das denn?», fragte Vitus.

Achaz stieß ihn belustigt in die Seite. «Wenn ich mir dich und Serafina so anschaue, dann würde ich auch davonlaufen. Ihr seht aus, als hättet ihr euch in einem Kohlenmeiler gewälzt. Obendrein», er klaubte ihm ein Blatt aus dem Haar, «hast du immer noch den halben Wald auf dem Kopf.»

Er wusste auch nicht, wie ihm geschah, aber es war ihm plötzlich nach Scherzen zumute, nach Singen, Lachen und Tanzen. Diese Nacht voll Angst und Schrecken musste seine Körpersäfte wohl gehörig durcheinandergebracht haben.

Der Prior blickte an sich herunter. «Wir anderen sehen auch nicht besser aus, mit unseren schmutzigen, zerrissenen Gewändern. Ich schlage vor, wir waschen uns erst einmal.»

Sie traten ans Bachufer und suchten sich eine Stelle, wo man sich gefahrlos benetzen konnte. Michel sprang mitten hinein ins Wasser und hatte Mühe, der kräftigen Strömung wieder zu entkommen.

Achaz, der Serafina fest beim Arm hielt, damit sie auf den rutschigen Gesteinsbrocken nicht ausglitt, deutete mit dem Kinn zu dem armseligen Häuschen am Berghang.

«Ist das da drüben nicht die Köhlerhütte, wo ihr gefangen wart?»

Serafina nickte und richtete sich wieder auf. Vergebens suchte Achaz in seiner Rocktasche nach einem sauberen Tuch, und so nahm er kurzerhand den Innensaum seines Ärmels, um ihr zärtlich das Gesicht abzutrocknen.

«Ich finde, wir sollten den Köhler und sein Weib aus den Federn jagen und mitnehmen», sagte er. «Das wäre doch auch eine nette Begleitung für diesen Nichtsnutz von Sohn. Nicht wahr, Klewi?»

Der Junge hielt den Kopf gesenkt und schwieg.

«Ich halte das für zu gewagt», entgegnete der Prior in seiner bedächtigen Art. «Drei Gefangene durch ein Tal führen, in dem offenbar alle Bewohner unter einer Decke stecken … Noch dazu waffenlos, von Klewis Dolch abgesehen.»

«Ich hätte einen anderen Vorschlag», sagte Serafina. «Wir sperren sie gefesselt in den Kuhstall, grad so, wie sie es mit uns gemacht haben. Die Freiburger Büttel sollen sie dann abholen.»

«Gut, so machen wir's.» Achaz drückte ihr zum zigsten Male an diesem Morgen einen Kuss auf die Wange. «Statten wir unseren guten alten Freunden also einen Überraschungsbesuch ab. Uns anzugreifen werden sie nicht wagen, wo wir Klewi als Geisel haben.»

Vorsichtshalber stopften sie dem Jungen ein Stück Stoff in den Mund, damit er seine Eltern nicht vorwarnen konnte.

Dann marschierten sie alle gemeinsam den kurzen Weg hinauf zu der schäbigen Hütte.

Die Tür war von innen verriegelt, doch in einem einzigen kräftigen Sprung, mit den Füßen voraus, gelang es Vitus, sie aufzubrechen.

«Guten Morgen, ihr Leut. Der Hahn hat gekräht – aufgestanden!», rief er lauthals in den halbdunklen Raum hinein. Währenddessen war Achaz an ihm vorbeigeeilt und hatte auch schon den fleckigen Vorhang zur Seite gerissen: Schlaftrunken, in Hemd und Nachthaube, richtete sich das Köhlerpaar im Bett auf.

«Was … was soll das?», presste Rupert hervor.

«Das Spiel ist aus», gab Achaz mit donnernder Stimme zu verstehen. Er hatte keinerlei Mitleid mit den beiden, auch wenn der Köhler von Endres und dessen mörderischem Vorhaben zu guter Letzt abgerückt war. Neben ihm zückte Vitus den Dolch.

Erschrocken riss Rupert die Augen auf. «Wo ist Endres? Wo ist unser Sohn?»

«Endres' Leib liegt zerschmettert unter dem Burgfelsen, seine Seele schmort vermutlich in der Hölle. Und Klewi haben wir in unserer Obhut.»

Er winkte den Prior heran, der den geknebelten und gebundenen Jungen am Seil hielt. Dessen Mund entrang sich ein unverständliches Grunzen.

Die Köhlerfrau begann zu zittern. «Verschont uns! Lasst uns am Leben!»

«Keine Sorge. Vorerst werdet ihr eurer Kuh Gesellschaft leisten.» Achaz blickte sich um. «Wo habt ihr Stricke liegen?»

Umständlich kletterte Rupert aus dem Bett. «Ich zeig's Euch.»

Kaum war er auf den Beinen, stürmte er so wieselflink, wie man es dem schwerfälligen Kerl kaum zugetraut hätte, an Achaz vorbei zur offenen Tür. Doch Vitus streckte blitzschnell das Bein aus, und Rupert schlug der Länge nach hin. Sofort sprang der Hund ihm mit fletschenden Zähnen auf den Rücken.

Vitus stieß den Köhler mit der Fußspitze in die Seite. «Am besten rührst du dich nicht mehr. Sonst beißt der Hund dir die Kehle durch.»

Ein Vaterunser später lagen Rupert und sein Weib gefesselt im Stall. Die Männer verriegelten die Tür, versperrten sie obendrein von außen mit allerlei Gerümpel, das hier zur Genüge herumlag.

Achaz rieb sich die Hände. «Das wäre geschafft!»

Er konnte sich nicht erinnern, wann er sich das letzte Mal so stark und zugleich hellwach gefühlt hatte. Musste man dazu dem Tod erst von der Schippe springen?

«Noch sind wir nicht in Freiburg», gab der Prior zu bedenken. «Müssen wir nicht erst noch an dieser Spelunke vorbei, in der man Euch vergiften wollte?»

Zur Sicherheit bewehrten sie sich mit Knüppeln, bevor sie ihren Weg fortsetzten. Vitus hielt den Dolch angriffsbereit in der Faust, Klewi blieb weiterhin geknebelt. Dem Himmel sei Dank waren die Fensterläden von Hennis Wirtshaus noch verschlossen, und so erreichten sie ohne Zwischenfälle bei dem Weiler Himmelreich das weitläufige Dreisamtal, das bereits in der strahlenden Morgensonne lag.

Achaz hörte Serafina neben sich aufatmen.

«Jetzt kommt's mir wahrlich vor», sagte sie leise, «als ob wir es von der Hölle ins Himmelreich geschafft hätten!»

«Das ist wohl wahr, liebe Serafina. Zumal dort unsere Rettung naht.» Achaz musste grinsen. «Ein bisschen spät sind sie dran, aber immerhin.»

Eine Gruppe von sieben Reitern und drei Mönchen in weißem Habit kam ihnen entgegen, allen voran der Büttel Gallus Sackpfeiffer, hoch zu Ross und gut bewaffnet. Auch Gottschalk, der Stadtbote, war mit dabei.

«Das sind ja auch welche von meinen Klosterbrüdern», rief der Prior voller Freude und beschleunigte seinen Schritt. Gleich darauf fielen sich die Mönche in die Arme.

Achaz trat auf Sackpfeiffer zu.

«Irre ich mich, oder seid Ihr wegen uns schon so zeitig auf den Beinen?»

Der Büttel schnaubte. «Ihr glaubt gar nicht, was noch vor Sonnenaufgang an der Ratskanzlei los war! Ein wahrer Menschenauflauf! Eure Magd, Eure ganze Nachbarschaft, dazu die Beginen von Sankt Christoffel – alle völlig außer sich.» Er wandte sich Serafina zu. «Eure Mitschwestern haben Topfdeckel und Pfannen mitgebracht und damit einen Radau gemacht, dass einem die Ohren abfielen.»

Serafina musste lachen, und Achaz' Herz tat einen Sprung: Wie schön sie war, wenn sie lachte.

«Das kann nur Grethes Einfall gewesen sein», raunte sie ihm zu.

Achaz nickte. «Das hat sie gut gemacht.»

Dann wandte er sich wieder an den Büttel. «So hat sich

also der ehrenwerte Rat unserer Stadt endlich bequemt, nach seinen verlorenen Schäfchen auszuschwärmen.»

«Nicht ganz», gab Sackpfeiffer ein wenig verlegen zurück. «Der Bürgermeister wollte erst einmal eine Sitzung einberufen und beraten, weil doch der Schultheiß derzeit auswärts weilt. Aber da ist mir denn doch die Hutschnur geplatzt. Ich hab kurzerhand ein paar Freiwillige zusammengetrommelt, und wir sind auf eigene Faust los.»

Alle Wetter!, dachte sich Achaz. So viel Mut und Eigenmächtigkeit hätte er weder dem Büttel noch dem Stadtboten zugetraut.

Gerührt reichte er Sackpfeiffer die Hand. «Habt herzlichen Dank, Sackpfeiffer. Euch allen vielen Dank!»

Der Büttel wirkte noch verlegener. «Nun ja, wie es aussieht, sind wir wohl umsonst losgezogen. Ihr habt diesen Spitzbuben», er deutete auf Klewi, «ja schon gefesselt und geknebelt dabei.»

«Aber nein, Ihr seid überhaupt nicht umsonst hier, im Gegenteil. Ihr solltet mit Euren Reitern weiter zu Hennis Wirtshaus an der Falkensteiner Steige – der gute Mann hat gewaltig Dreck am Stecken. Und in der Köhlerhütte am Eingang zur Höll wartet im Kuhstall ein ganz und gar nicht ehrenwertes Ehepaar auf den Abmarsch in den Gefängnisturm.»

Sackpfeiffer starrte ihn verständnislos an, und so berichtete Achaz in knappen Worten, was ihnen zugestoßen war. Wohlweislich hielt er sich mit seinem Verdacht über den Urheber der hinterhältigen Beginenhetze zurück. Das würde sich auch noch in Freiburg klären lassen.

Der Büttel pfiff durch die Zähne.

«Allmächtiger! Da seid Ihr ja grad noch mal mit dem Leben davongekommen. In der Haut des Bürgermeisters möchte ich jetzt nicht stecken.» Er drehte sich im Sattel um. «Alsdann, Leute – auf geht's! Holen wir diese Ratten aus ihren Löchern!»

Gemeinsam mit den Mönchen und dem gefangenen Klewi setzten sie ihren Weg fort. Achaz nahm Serafinas Hand und drückte sie fest.

«Ich verspreche dir hoch und heilig: Ich werde nie wieder mit dir über ärztliche Behandlungsweisen streiten – du stadtbekannte Heilerin», setzte er scherzhaft hinzu.

Sie lächelte und erwiderte seinen Händedruck. «Das wollen wir erst mal sehen. Aber für heute will ich ohnehin nur noch in Ruhe schlafen.»

«Das kannst du am besten bei mir zu Hause.»

Mit einem Seitenblick auf Catharina, die neben ihnen stand, schüttelte sie den Kopf. «*Noch* wohne ich im Christoffelshaus.»

«Nein, meine Liebe», widersprach ihr die Meisterin. «Da bin ich ganz der Meinung unseres Stadtarztes: Du gehörst ab jetzt an seine Seite.»

Vor aller Augen zog Achaz Serafina in die Arme und hielt sie fest an sich gedrückt. Nie zuvor hatte er so viel Liebe für eine Frau empfunden. Und in drei Tagen würden sie endlich heiraten. Vorausgesetzt, es kam nicht wieder etwas dazwischen. Mit Serafina an der Seite wusste man nämlich nie …

Kapitel 35

Die fünf Tafeln im großen Saal des Elephanten waren weiß eingedeckt und mit buntem Herbstlaub, Hagebuttenzweiglein und Kastanien geschmückt. Statt der Holzbrettchen lag an jedem Platz ein Teller, und eigens angestellte Tischdiener reichten nach jedem Gang Wasser und Tücher zum Händewaschen, geradeso wie bei einer höfischen Gesellschaft. Letzteres war Achaz' Einfall gewesen, der großen Wert auf Reinlichkeit legte.

Als die Schankmädchen das gebackene weiße Ochsenfleisch mit gesüßten Pastinaken auftrugen, glaubte Serafina, bald platzen zu müssen, so satt war sie längst. Dabei war man gerade mal bei der vierten von sieben Speisefolgen angelangt.

Mit einem unterdrückten Stöhnen lehnte sie sich zurück und winkte Grethe zu, die schräg gegenüber von ihr saß und gerade zu ihr hersah. Die gute Seele! Dank der Unterstützung ihrer Freundin war für dieses Festessen alles bestens vorbereitet gewesen, ja, sie hatte in der Küche sogar selbst mit Hand angelegt.

«Darf ich der gnädigen Dame ein Stücklein Ochsenfleisch reichen?», fragte Achaz sie in diesem Augenblick und strahlte sie an. Noch bevor sie antworten konnte, hatte er mit seinem Tischmesser schon einen besonders knusprigen Streifen aufgespießt und ihr auf den Teller gelegt.

«Bitte, Adalbert – ich kann nicht mehr.»

«Nichts da! Du wirst doch deine Freundin Grethe nicht verärgern wollen. Außerdem bist du viel zu schmal geworden in letzter Zeit. Ich mag keinen Hungerhaken zur Frau.»

Er zwinkerte ihr zu, und sie musste lachen. Es war schon seltsam: Sie konnte es noch immer nicht fassen, dass sie nun Mann und Frau waren. Vor dem Schultheiß und der versammelten Gästeschar hatten sie sich zwei Stunden zuvor das Jawort gegeben und die Ringe getauscht, morgen früh nach dem Gottesdienst würde Pfarrer Swartz ihnen den Segen spenden.

«Hast ja recht – es schmeckt alles wunderbar.»

Wie ein Fürstenpaar saßen sie in der Mitte der längsten Tafel, Schultheiß Paulus von Riehen und Bürgermeister Abrecht von Kippenheim jeweils neben sich, ansonsten hatten hier ihre engsten Vertrauten Platz genommen: Außer Vitus und den Christoffelsschwestern waren dies Irmla, die alte Kräuterfrau Gisla, Seilermeister Pongratz und das Ehepaar Wetzstein. Die übrigen vier Tische standen quer zu ihnen, sodass das Paar alle Gäste im Blick hatte. Es waren natürlich weitaus mehr geworden, als sie dereinst in der Ratskanzlei angemeldet hatten, doch nach alldem, was geschehen war, würde ihnen wohl kaum eine Strafzahlung drohen. Allein Vitus' Gauklertruppe um den Prinzipal Don Giacomo, die nach dem Essen zum Tanz aufspielen würde, nahm einen halben Tisch ein, und Serafina musste unwillkürlich lächeln, als sie daran dachte, wie sie und Grethe noch im letzten Moment die Sitzordnung umgestellt und die mit ihnen befreundeten Beginen aus anderen Freiburger Schwesternsammlungen dazugesellt hatten. Ihre Rechnung war aufgegangen: Die sonst so ernsten Frauen hatten ganz offensichtlich ihren Spaß mit den Possenreißern, kicherten und alberten wie kleine Mädchen. Überhaupt war die Stimmung wunderbar, wozu das gute Essen und der schwere Burgunderwein natürlich ihren Teil beitrugen.

«Ich bin so glücklich», flüsterte sie Achaz zu und ließ ihren Blick über die fröhliche Gästeschar schweifen.

«Ich auch, Serafina, ich auch.»

Sie wies mit ihrem Weinkelch in Richtung der Gaukler. «Ist das nicht die Tochter des Prinzipals?»

Das dunkelhaarige Mädchen neben Don Giacomo lächelte zu ihrem Tisch herüber. Genauer gesagt, lächelte es Vitus an, und der strahlte zurück.

«Stimmt.» Achaz nickte. «Und sie ist unsagbar hübsch – genau so musst *du* in dem Alter ausgesehen haben.»

«Danke für die Schmeichelei, Adalbert. Aber ist dir auch aufgefallen, dass Vitus und das Mädchen sich dauernd anschauen?»

«Merkst du das jetzt erst?» Achaz strich ihr über die Hand. «Die beiden sind verliebt ineinander.»

«Nein! Vitus ist noch viel zu jung!»

«Ach, Serafina – mit seinen siebzehn Jahren ist er weiß Gott nicht zu jung für die erste große Liebe. Freu dich für ihn. Übrigens hab ich noch eine Überraschung für dich – du wirst Augen machen!»

«Aber … du hast mir doch schon so viel geschenkt», sagte sie verwundert.

«Es ist eigentlich auch kein Geschenk.»

«Dann sag es mir. Bitte!»

Er lachte. «Ich denk nicht dran, es zu verraten.»

Bevor sie weiterbohren konnte, erhob sich am Tisch der Ratsherren, wo die Stimmung nicht minder ausgelassen war als anderswo, Johans von Gloter. Der dicke Stadtschreiber schwankte schon beträchtlich, seine fleischigen Wangen glänzten rot.

«Ein Hoch auf das Brautpaar!», rief er in die Runde und hob seinen Weinkelch. «Auf den besten Stadtarzt am Oberrhein und auf das tapferste Weib, dem ich je begegnet bin!»

«Hoch sollen sie leben! Auf Adalbert Achaz! Auf Serafina Stadlerin!», riefen die Gäste durcheinander und tranken ihnen zu – zum zigsten Male an diesem Abend.

«Den Stadtschreiber werde ich die nächste Zeit wohl wieder täglich behandeln müssen», raunte Achaz gerade so laut, dass Serafina es noch hören konnte. «So, wie der gute Mann heute wieder reinhaut …»

Sie stupste ihn in die Seite. «Sei doch froh – mit solchen Leuten verdienst du das meiste Geld.»

Ihr Blick ging zurück zum Tisch der Ratsherren. Achaz hatte am Vortag noch kurzerhand den gesamten Magistrat eingeladen, nachdem in einer endlos langen Sitzung beschlossen worden war, dass die Freiburger Beginen weiterhin und ausdrücklich unter dem Schutz der Stadt stünden. Dieser Gesinnungswandel war sicherlich den schlimmen Ereignissen geschuldet, vor allem aber den zahlreichen Bittgesuchen namhafter Bürger. Als Serafina davon erfahren hatte, war sie Achaz vor Freude um den Hals gefallen. Nur eine einzige Gegenstimme hatte es gegeben: die des Goldschmiedemeisters Quintlin. So war denn der heute auch nicht der Einladung gefolgt. Und noch jemand fehlte – Ratsherr Andreas Schneehas.

Gleich zu Beginn der gestrigen Sitzung hatte man ihn mit einer knappen Mehrheit aus dem Rat der Achtundvierzig ausgeschlossen. Zwar konnte man ihm, nach der Vernehmung des Wanderpredigers und aufgrund des Schreibens an Hedwig von Üsenberg, den Komplott gegen die freien Schwesternsammlungen nachweisen, doch für ein Gerichtsverfahren reichte das offensichtlich nicht aus. So hatte man Schneehas lediglich all seiner Ämter enthoben, was Serafina als zutiefst ungerecht empfand. Schließlich waren letzten Endes wegen ihm zwei Menschen ums Leben gekommen und sie selbst mit ihren Freunden in einen fast tödlichen Hinterhalt geraten.

Auch diesen Bruder Thomas hatte es nicht allzu hart getroffen. Der saß zwar nun mitsamt seinem Scholar im Gefängnisturm ein, nachdem er zugegeben hatte, am Tod von Schwester Mia schuld zu sein, hatte aber darauf beharrt, dass er die junge Lämmlein-Schwester in der dunklen Gasse nur habe gehörig erschrecken wollen. Dass sie dabei so unglücklich gegen den Mauervorsprung gestürzt sei, habe er nicht gewollt. Mit Hilfe des Scholars habe er die Frau noch wegschaffen wollen, dabei seien sie aber vom Nachtwächter aufgeschreckt worden.

Wie es aussah, würde man die beiden wohl nach Basel

ausliefern müssen, und dort würde ihnen nichts geschehen. Hatte Bischof Humbert von Neuenburg doch in seinem Antwortschreiben, das der Bote gestern Abend gebracht hatte, bekundet, dass ihn die Sache nichts angehe. Die Köhlerfamilie und Schankwirt Henni waren im Übrigen ebenfalls eingesperrt, auf sie hingegen wartete eine Verurteilung durch das Malefizgericht.

Gallus Sackpfeiffer riss sie aus ihren Gedanken. Er war mit seinem Becher in der Hand zu ihnen an den Tisch getreten, um mit ihnen auf ihr Wohl anzustoßen.

«Was ich noch sagen wollte, Schwester Sera … – verzeiht: Frau Stadtärztin», druckste er nach einem beherzten Schluck herum. «Ich wäre an jenem Morgen auch nur für Euch Beginen ausgeschwärmt. Schon als die Gaukler die schwerverletzte Schwester Hedwig zur Kanzlei gebracht hatten, war mir klargeworden, in welcher Gefahr Ihr schwebt.»

Sie musste lachen. «Und das soll ich Euch glauben?»

«Ich bitte Euch drum! Ich weiß, ich war in der Vergangenheit oft recht ruppig zu Euch, weil ich meine, dass ein Weib bei seiner Haushaltung bleiben sollte, statt in ungeklärten Todesfällen herumzuschnüffeln. Andererseits sollt Ihr wissen, dass ich, wie alle hier im Saal, Euren Mut zutiefst bewundere. Auch wenn Ihr Euch künftig, bitte schön, nicht gar so wagemutig aufführen solltet.»

«Na dann!» Sie hob erneut ihren Kelch und sah aus dem Augenwinkel, wie Achaz neben ihr zustimmend grinste. «Das könnte ja fast der Beginn einer Freundschaft zwischen uns werden.»

«Das will ich hoffen, Frau Stadtärztin. Auf Euer Wohl.»

«Auf Euer Wohl, Gallus Sackpfeiffer. Ach ja, bevor ich's vergesse: Was ist eigentlich mit Klewi und seiner Hand?»

«Wundarzt Henslin musste sie gestern abtrennen. Selbst wenn der Junge als Mitläufer nur des Landes verwiesen wird, wird er nie mehr ein Handwerk ausüben können. Der ist also bestraft genug.»

Sie nickte. Fürwahr eine harte Strafe für einen jungen Mann, dachte sie, und schon tat es ihr leid, dass Michel so fest zugebissen hatte. Umso saurer stieß ihr auf, dass nur ein Einziger ungesühnt davonzukommen schien. Wenn eines Tages erst einmal Gras über die Sache gewachsen wäre, würde Silberkrämer Schneehas wieder wie zuvor in der Freiburger Obrigkeit mitmischen.

Innerlich schüttelte sie den Kopf. Nein, an ihrem Hochzeitstag wollte sie an diese Dinge nicht einmal denken.

Neben ihr erhob sich Abrecht von Kippenheim.

«Liebes Brautpaar, liebe Hochzeitsgäste. Als Euer Bürgermeister, der sehr um Euer Wohl besorgt ist, ordne ich Folgendes an: Bevor nun morgen alle mit Leibschmerzen darniederliegen, wird es vor den gesottenen Forellen eine kleine Unterbrechung unseres Festbanketts geben. Die hier anwesende Straßburger Compania hat sich erboten, einige akrobatische Kunststücke zum Besten zu geben.»

Vitus war bereits aufgesprungen und zu seiner Truppe geeilt. Serafina sah, wie er das dunkelhaarige Mädchen bei der Hand nahm und dabei von einem Ohr zum anderen strahlte.

«Zuvor aber möchte ich etwas Wichtiges bekanntgeben», fuhr der Bürgermeister fort. «Nein, besser noch, ich erteile hierzu unserem verehrten Apotheker Johans das Wort.»

«Jetzt kommt's!» Aufgeregt stieß Achaz sie in die Seite, während Johans sich gemächlich aufrichtete.

«Werte Freunde und Gäste – der Magistrat der Stadt Freiburg hat gestern auf Antrag unseres Ratsmitglieds und Stadtarztes Adalbert Achaz einstimmig beschlossen, der hier anwesenden Stadtarztgattin Serafina Stadlerin die Gerechtsame für eine Armenapotheke zu erteilen. Wir Ratsherren sind übereingekommen, dass es dem Wohl der Stadt dient, wenn unsere bedürftigen Mitmenschen Zugang zu kostenfreien Heilmitteln haben. Sämtliche Arzeneien und Behandlungen sind indessen auf unsere Freiburger Hausarmen beschränkt, die Aufsicht hierüber wie auch über unser sonstiges städtisches Gesundheitswesen obliegt unserem hochgeschätzten *Physicus ordinarius* Adalbert Achaz. Urkunde wie Heilmittelverordnung werden der künftigen Armenapothekerin am folgenden Montag in der Kanzlei ausgehändigt.»

Seine letzten Worte gingen im donnernden Applaus unter. Sprachlos starrte Serafina Achaz an, und ihr Herz tat einen Freudensprung. Diese Überraschung war gelungen!

Er blinzelte sie an. «Was ist? Freust du dich nicht?

«Und wie! Ich kann's gar nicht glauben, so sehr freue ich mich. Auch wenn da», sie gab sich alle Mühe, ein wenig enttäuscht dreinzuschauen, «ein kleiner Wermutstropfen ist: dass nämlich mein Tun unter deiner Beobachtung stehen soll.»

«Nun ja, das hat schon seine Berechtigung. Ich hätte dir zum Beispiel von vornherein sagen können, dass ihr in eurer Speiseplanung die Linsen am Spanferkel besser weggelassen hättet, jetzt zur kalten Jahreszeit. Das fördert nämlich die schwarze Galle und damit die Kälte im Leib.»

Sie lächelte triumphierend. «Und gerade deshalb haben wir ja an anderer Stelle ein wenig Anis und Ingwer verwendet – heiß und trocken!»

«Woher weißt du das?»

«Du hast es oft genug erwähnt. Zudem wette ich, dass du ein probates Mittel gegen Leibschmerzen weißt, das du unseren Gästen mit auf den Heimweg geben kannst.»

«In der Tat», erwiderte er so ernst, dass sie erst recht lachen musste. Er merkte tatsächlich nicht, dass sie ihn auf die Schippe nahm.

«Um ein Übermaß an verdorbenen Säften auszugleichen», dozierte er, «nehme man Kamillesud zu sich, weil diese Pflanze feuchten Charakters ist und kühlt.»

«Siehst du? Dasselbe hätte ich auch vorgeschlagen. Aber nicht etwa, weil ich in deiner Säftelehre firm wäre, sondern weil Kamille seit alters her dafür bekannt ist, Entzündungen und Bauchkrämpfe zu lindern.» Sie stieß einen übertriebenen Seufzer aus. «Ich sehe schon: Wir beide werden uns andauernd in die Quere kommen.»

«Ich finde, im Augenblick ergänzen wir uns wunderbar. Außerdem macht das nichts. Hauptsache, du bist mit deiner kleinen Apotheke rundum beschäftigt. Das allein mindert nämlich schon die Möglichkeit, dass du ständig in Teufels Küche gerätst.»

Sie verzog das Gesicht. «Das wollen wir erstmal sehen.»

Er zog sie in die Arme und gab ihr einen Kuss. «Ach, Serafina – wenn ich eines sicher weiß: Langweilig wird's mir mit dir bestimmt nie sein!»

Nachbemerkung der Autorin

Die in der Geschichte des Breisgaus bewanderten Leserinnen und Leser mögen sich vielleicht wundern über den Begriff «Höllental» im Titel: Früher hieß dieses tief eingeschnittene Schwarzwaldtal östlich von Freiburg *Falkensteiner Tal* oder *Falkensteige*, seit dem Rückzug französischer Truppen unter General Moreau im Jahre 1796 wurde es indessen als *Val d'enfer* (Höllental) bezeichnet. Doch der Name *In der Höll* oder *Höllenschlucht* für den felsigen Engpass am heutigen Hirschsprung wurde im Volksmund bereits viel früher verwendet.

Die Romanhandlung beruht, wie in den anderen Serafina-Episoden auch, nicht etwa auf einem historischen Kriminalfall, sondern ist frei erfunden. Ebenso fiktional sind, von einigen Alt-Freiburger Honoratioren abgesehen, alle Figuren. Tatsächlich aber erfolgte die Freiburger Rathauserweiterung zum heutigen *Alten Rathaus* durch Zukauf von Grund und Boden bei den benachbarten Lämmlein-Schwestern – wenn auch erst über hundert Jahre später und auf legalem Wege.

Glossar

Achtundvierzig – Freiburger Gesamtstadtrat im Spätmittelalter, jährlich neu gewählt; bestand zu gleichen Teilen aus Adels- bzw. Kaufmannsgeschlechtern und aus Zunftmitgliedern

Adlatus – vornehmer, heute veralteter Begriff für Gehilfe

Alraune – giftige Heilpflanze, die seit der Antike auch als Zaubermittel gilt. Die Wurzel erinnert an eine menschliche Gestalt, daher auch Alraunmännchen genannt

Aufgebot, öffentliches – Bekanntmachung einer beabsichtigten Eheschließung

Ave Maria – Das Grundgebet der katholischen Kirche beginnt mit dem lateinischen Wortlaut: Ave Maria, gratia plena, Dominus tecum – Gegrüßest seist du, Maria, voll der Gnade, der Herr ist mit dir

Bannwart – auch Feldschütz, Flurschütz, der Wald, Felder und Pflanzungen einer Gemeinde vor unbefugter Nutzung schützt

Barett – flache, runde Kopfbedeckung, ursprünglich Zeichen des Gelehrtenstandes bzw. von *Scholaren*

Begarde – männliche *Begine*

Beginen – (in Freiburg auch Regelschwestern genannt) Gemeinschaft christlicher Frauen, die ein frommes, eheloses Leben in ordensähnlichen Häusern führten und sich u. a. der Krankenpflege und Sterbebegleitung widmeten. Wurden immer wieder als Ketzerinnen verfolgt

Bergfried – unbewohnter Wehrturm einer Burganlage

Bilsenkraut – das schwarze Bilsenkraut ist ein stark giftiges Nachtschattengewächs, seit jeher als Rauschmittel bekannt (sog. Hexenkraut)

Brechwurz – volkstümlicher Name für *Haselwurz*

Bühne – süddt.: Dachboden

Caritas – im ursprünglichen Sinne: aktive christliche Nächstenliebe

Christoffelsschwestern – die Schwestern/Beginen zum Christoffel hatten ihr Haus in der Brunnenstraße auf Höhe der heutigen Universitätskirche und wurden 1347 erstmals erwähnt; auch «des Autschers Regelhaus zu Sankt Christoffel» genannt

Christoffelstor, Christoffelsturm – ehemaliges Stadttor von der Innenstadt in die *Neuburgvorstadt* am nördlichen Ende der heutigen Kaiser-Joseph-Straße; hier wie auch in einigen anderen Türmen der Stadttore befand sich das Gefängnis

contraria contrariis curantur – lat.: Gegensätzliches wird mit Gegensätzlichem geheilt; alter schulmedizinischer Leitsatz

Cosmas und Damian – christliche Märtyrer, Schutzheilige der Mediziner und Apotheker

Damenstift – religiöse Gemeinschaft von zumeist adligen Frauen (Kanonissen, Chorfrauen, Stiftsdamen), die ohne Gelübde in einer klosterähnlichen Anlage leben

Delsberg – auch frz. Delémont: Gemeinde bei Basel; war über Jahrhunderte Sommerresidenz der Basler *Fürstbischöfe*

Dreisam – Fluss durch Freiburg, der früher dichter an der Altstadt lag als heute

Ebnot – alter Name für Ebnet, einem dörflichen Stadtteil von Freiburg

Ederlin-Schwestern – ansässig in der heutigen Merianstraße 5, 1347 erstmals erwähnt

Exitus – lat.: Tod

Frauenhaus – alter Name für Bordell, Hurenhaus

Fürstbischof – Bischof im Fürstenrang, der zugleich weltlicher Landesherr war

Gardian – Klostervorsteher einer Franziskanerniederlassung (heutige Schreibweise: Guardian)

Gerechtsame – auch Gerechtigkeit: alter Rechtsbegriff für Berechtigung, Lizenz, Konzession

geschworen – hier: amtlich mit einer Aufgabe betraut, in städtischen Diensten vereidigt

Gliederschwamm – veraltet für Gelenkschmerzen, Gelenkentzündung

Grafenmühle – einstige städtische Mühle östlich von Freiburg; ursprünglich von den Grafen von Freiburg errichtet

Große Gass – heutige Kaiser-Joseph-Straße. War damals

Haupt- und Marktgasse mit zahlreichen Verkaufsständen

Grünen Wald, Regelhaus zum – Schwesternsammlung in der heutigen Grünwälderstraße 8; nach 1451 Augustiner-Eremitinnen

Habit – Ordenstracht von Nonnen und Mönchen, Farbe je nach Ordenszugehörigkeit

Halseisen – eiserne Halsfessel, bei Schandstrafen am Pranger oder an einer Wand befestigt

Harnisch – Rüstung, Plattenpanzer eines Ritters; halber Harnisch: leichterer Rüstungstyp, zumeist nur Brustpanzer

Haselwurz – krautige Pflanze, deren getrocknete Wurzelsprossen früher als Brechmittel verwendet wurden

Hausarme – einheimische «ehrbare» Arme, die Almosen erhielten und nicht als Bettler in Erscheinung treten durften

Haus Zum Pilger – heutige Franziskanerstraße 7

Heilig-Geist-Spital – bürgerschaftliche Einrichtung der öffentlichen Fürsorge, die im Laufe des MA immer vermögender wurde; befand sich an der heutigen Kaiser-Joseph-Straße zwischen Marktgasse und Münsterstraße

Herrenbrot – auch Semmelbrot: aus hellem, feingemahlenem Weizen gebacken; üblich ist sonst dunkles Brot

Himmelreich – Ortsteil der Gemeinde Buchenbach östlich von Freiburg; als Flurname recht häufig für besonders sonnige und ertragreiche Lagen auf der Höhe

Hübschlerin – alte Bezeichnung für Prostituierte. Dazu

viele weitere Umschreibungen, wie leichte Fräulein, freie Töchter, offene/gemeine Frauen oder heimliche freie Frauen

Humbert von Neuenburg – von 1395 bis 1417 *Fürstbischof* von Basel; entstammte burgundischem Adel und residierte zumeist in *Delsberg*; zwischen 1405 und 1410 enteignete und vertrieb er die *Beginen* aus seinem Territorium

inkorporieren – hier: in einen Mönchsorden eingliedern

Intoxikation – lat.: Vergiftung

Jahrzeitstiftung – jährliches Gedenken eines Verstorbenen während einer Messe an dessen Todestag, gegen Güter oder Geld

Johanni – Datumsangabe nach Johannes dem Täufer: 24. Juni

Kaldaunen – Kutteln, Innereien

Kapaun – kastrierter Masthahn

Ketzer – jemand, der von der offiziellen Kirchenlehre abweicht; seit dem Spätmittelalter wurde Ketzerei mittels geistlicher Gerichtsverfahren (Inquisition) verfolgt und geahndet

Klamm – enge, felsige Gebirgsschlucht

Kohlenmeiler – kegelförmig geschichteter Holzhaufen, der zur Erzeugung von Holzkohle in Brand gesetzt wird

Koinzidenz – Verkettung, Zusammentreffen

Konvent – Gemeinschaft aller Nonnen/Mönche eines Klosters bzw. der Wohnbereich selbst; der Begriff wurde auch von *Beginen* verwendet

Konzil von Konstanz – unter König Sigismund einberufene Versammlung (1414–1418), die zur Zeit des Schismas (Papst und Gegenpapst) die Einheit der Kirche wiederherstellen sollte

Lämmlein-Schwestern – siehe *Regelhaus zum Lämmlein*

Ledergasse – alter Name der Freiburger Turmstraße, die zwischenzeitlich auch Gerbergasse hieß

Lehener Vorstadt – ehemalige westliche Vorstadt im Bereich heutige Bertoldstraße / Stadttheater; damals nur locker bebaut, mit Gärten, Rebland und zwei Frauenklöstern

Licentia – lat. für Lizenz, behördliche Genehmigung

Lotterpfaffe – Schimpfname für Wanderprediger

Malefizgericht – auch Hochgericht, Blutgericht, Halsgericht: Gericht für Schwerverbrechen, die mit Körper- oder Todesstrafen geahndet wurden

Martini – Datumsangabe nach dem heiligen Martin: 11. November

Medicus – (auch Physikus, doctor medicinae) studierter Arzt, der im Gegensatz zum Wundarzt, dem Vorläufer des Chirurgen, für die angesehenere Innere Medizin zuständig war

Neuburg(vorstadt) – ehemalige nördliche Vorstadt rechts und links der heutigen Habsburgerstraße. War eher ärmlich, mit Einrichtungen der städtischen Fürsorge

Neuenstadt – gemeint ist hier der Stadtteil von Titisee-Neustadt im Hochschwarzwald

Nikolaus von Myra – der heilige Nikolaus von Myra (4. Jh.

nach Christus) ist traditionell auch Schutzpatron der Diebe

Noppenbecher – Trinkglas des Hoch- und Spätmittelalters mit kleinen Noppen auf der Außenwand

Obere Au – lose Häuseransammlung außerhalb des Freiburger Mauerrings, vor dem heutigen Schwabentor / *Obertor* (die heutige Oberau liegt weiter ostwärts)

Obertor – alter Name des heute noch bestehenden Freiburger Schwabentors; Turm zur Stadtseite hin ursprünglich offen, erst 1547 mit einer steinernen Wand geschlossen

Palas – großer Saalbau mittelalterlicher Burgen, Wohnsitz der Burgherren

Pastinake – Wurzelgemüse; vor dem Zeitalter der Kartoffel verbreitetes Grundnahrungsmittel

Paternoster – Vaterunser-Gebet, auch als Zeitangabe benutzt

per se – lat.: durch sich selbst; im Sinne von: ohne weiteres Zutun, an sich, von selbst

Pfleger – hier: Verwalter / Treuhänder einer Stiftung, einer Kirche, eines Klosters, eines Spitals; aus den Reihen der Ratsherren erwählt

Physikus – siehe *Medicus*

Physicus ordinarius – Stadtarzt

Portarius – Klosterpförtner

Prediger – hier: volkstümlicher Name für Dominikanerorden

Prinzipal – veraltet für Theaterleiter, Leiter von Gaukler- und Wanderbühnen

Prior – Klostervorsteher in Orden, die keine Äbte kennen, z. B. Dominikaner

probat – erprobt, bewährt

Rappenpfennig, Freiburger – Kleinmünze, seit dem 13. Jh. in Freiburg geprägt; hierauf geht wahrscheinlich der Schweizer Rappen zurück

Ratskanzlei – hier: städtischer Verwaltungssitz. Die erste Kanzlei Freiburgs war ein bescheidenes Häuschen an Stelle des heutigen Alten Rathauses. Siehe auch *Ratsstube*

Ratsstube – ältestes Freiburger Rathaus (Turmstraße), das heute fälschlicherweise «Gerichtslaube» genannt wird. Die ursprüngliche Gerichtslaube als öffentlicher Gerichtsort lag am heutigen Bertoldsbrunnen, mitten im Marktgeschehen. Von der Ratsstube räumlich getrennt gab es noch die *Ratskanzlei*

Raunächte – die Nächte die Zeit zwischen dem 21. Dezember und dem 6. Januar; in vorchristlicher Zeit mit Magie und Geist-Erscheinungen behaftet

Refektorium – klösterlicher Speisesaal

Regelhaus – *Beginen*gemeinschaft unter eigener Hausregel, welche Aufnahme, Hausordnung und Lebensführung festlegte. War eng mit den Bettelorden (Franziskaner, Dominikaner) verbunden, jedoch ohne sich ihnen unterzuordnen

Regelhaus zum Lämmlein – histor. Freiburger *Regelhaus* in der Gauchstraße / Ecke Merianstraße neben der *Ratskanzlei*, seit 1350 erwähnt

Reuerinnen – volkstümlich für den Orden der heiligen

Maria Magdalena; ursprünglich als Sammlung bußfertiger Straßendirnen gedacht

Rhizome – Erdsprossen bestimmter Pflanzen wie Bambus oder Maiglöckchen

Säftehaushalt – veralteter medizinischer Begriff nach der Viersäftelehre (Humoralpathologie) der Antike, die für die mittelalterliche Medizin bestimmend war: Krankheiten entstehen, wenn die vier Säfte Blut, Schleim, schwarze und gelbe Galle nicht mehr im Gleichgewicht zueinander stehen

Sankt Pirmin – Datumsangabe nach dem heiligen Pirmin: 3. November

Sattelgasse – alter Name der Freiburger Bertoldstraße

Saumpfad – schmaler, oft unwegsamer (Berg-)Pfad, Warentransport nur mit Lasttieren möglich

Scharwache, Scharwächter – bewaffnete Wachmannschaft, die anfangs von Stadtbürgern gestellt wurde, später von besoldeten Wächtern in städtischen Diensten

Schießrain – Übungsplatz der Armbrustschützen, auf Höhe der heutigen Freiburger Wallstraße

schleifen – insbesondere bei Burgen und Festungen: Niederreißen der Mauern

Schneckenvorstadt – südliche Handwerkervorstadt vor dem Freiburger Martinstor; heute noch weitgehend erhalten

Scholar – fahrender Schüler/Student des Mittelalters, meist mit dem Ziel, Geistlicher zu werden, oder auch gebildeter Kleriker ohne Amt und feste Stellung

Schröpfköpfe – runde Glasgefäße, in denen durch Erhitzen

Unterdruck erzeugt wird; auf angeritzte Hautstellen gesetzt, wird Blut entzogen, was eine Entschlackung bewirken soll. Heute noch in der Alternativmedizin

Schultheiß – vom Landesherrn eingesetzter Gemeindevorsteher mit Gerichtsgewalt (auf dem Dorf Schultes oder Schulze genannt); der Bürgermeister hingegen wird jährlich vom Rat gewählt

Sieben Freie Künste – (lat.: septem artes liberales) an der mittelalterlichen Universität bildeten die sieben Fächer Grammatik, Rhetorik, Dialektik, Arithmetik, Geometrie, Musik und Astrologie das Grundstudium und die Voraussetzung für Theologie, Medizin oder Rechtswissenschaft

Spitalkirche – Kirche des *Heilig-Geist-Spitals*

Stadtschreiber – auch Kanzleischreiber: Als Leiter der städtischen Verwaltung, Notar und Berater des Bürgermeisters war er sehr gebildet, meist mit Jurastudium. Bedeutende Stadtschreiber waren Sebastian Brant (Straßburg) und Ulrich Zasius (Freiburg)

Auf der *Stör, Störschuster* – mobile Handwerker auf dem Land, die zum Kunden ins Haus kamen; zumeist Schuster, Schneider, Kesselflicker, Messerschleifer u. Ä.

Talar – weitärmelige Robe, heute noch von Geistlichen, Gelehrten und Juristen getragen

Tappert – knielanger, häufig seitlich geschlitzter Überwurfmantel

Terz – eines der klösterlichen Stundengebete zur dritten Tageslichtstunde um etwa 9 Uhr

Terziar(inn)en – fromme Laienvereinigungen, die sich einem der bestehenden Mönchsorden angeschlossen haben, um dann in der Regel ein klösterliches Leben zu führen; auch «Dritter Orden» genannt

der *Thurnerin Regelhaus* – 1316 von der Ritterwitwe Margarethe T(h)urnerin für zwölf arme Schwestern gestiftet; befand sich auf Höhe der Schiffstraße 14

Unterlinden, Kloster – am heutigen Bereich Unterlinden befand sich im Mittelalter ein Dominikanerkloster, auch Predigerkloster genannt

Urinschau – Prüfung des Morgenurins auf etwaige Krankheiten; von der Antike bis in die frühe Neuzeit wichtigstes Mittel der Diagnose gelehrter Ärzte

Veitstanz – (auch: Tanzwut, Tanzplage) mittelalterliche Bezeichnung für die krampfartigen Zuckungen von Nervenkranken, Epileptikern oder durch Mutterkorn / Genuss pflanzlicher Drogen Vergifteten

Vikar – hier: Stellvertreter des Klostervorstehers der Franziskaner, dem *Gardian*

Wartturm – auch: Warte; Festungsturm als Vorwerk einer nahegelegenen Höhenburg

Wilhelm von Malavalle – italienischer Eremit (um 1100–1175), 1202 heiliggesprochen; seine Schüler begründeten den Wilhelmiten-Orden

Wundarzt – auch Bader; im Gegensatz zum gelehrten Medicus ein Handwerksberuf (Arzt der kleinen Leute). Untersteht wie die städtische Hebamme und der Apotheker dem i.d.R. studierten Stadtarzt

Zoll – altes Längenmaß, zwischen 2 und 3 Zentimetern

Weitere Titel von Astrid Fritz

Das Mädchen und die Herzogin

Der Pestengel von Freiburg

Der Ruf des Kondors

Die Bettelprophetin

Die Himmelsbraut

Die Räuberbraut

Die Vagabundin

Henkersmarie

Unter dem Banner des Kreuzes

Wie der Weihnachtsbaum in die Welt kam

Die Hexe von Freiburg

Die Hexe von Freiburg

Die Tochter der Hexe

Die Gauklerin

Serafina

Das Aschenkreuz

Hostienfrevel

Das Siechenhaus

Tod im Höllental

MIX
Papier aus verantwortungsvollen Quellen
FSC® C083411

Das für dieses Buch verwendete Papier ist FSC®-zertifiziert.